Sophie Henrionnet

W0373510

TOUT EST SOUS CONTRÔLE

Le tumultueux quotidien d'Olympe McQueen

Roman

Une nouvelle inédite à télécharger !
Rendez-vous p. 384

CHARLESTON

© Charleston, une marque des éditions Leduc.s, 2016
17, rue du Regard
75006 Paris – France
contact@editionscharleston.fr
www.editionscharleston.fr

ISBN : 978-2-36812-092-7

Dépôt légal : mars 2016
Maquette : Patrick Leleux PAO

Pour suivre notre actualité, rejoignez-nous sur la page Facebook :
www.facebook.com/Editions.Charleston et sur Twitter @LillyCharleston

À Clotilde

En arrivant dans le couloir, je frissonnai. Il me fallait faire au plus vite. Pressant encore un peu plus le pas, je trouvai du premier coup la porte qui donnait à l'escalier et entrepris l'ascension des trois étages.

Je crus tout d'abord qu'un chewing-gum s'était collé sous ma chaussure, continuai de progresser dans l'escalier, puis manquai de glisser. Vacillante, je me rattrapai à la main courante, et, mue par mon élan, gravis les deux dernières marches avant le prochain palier.

C'est alors que je la vis. Aussi jolie que dans mes souvenirs de lycée.

Les cheveux tellement soyeux qu'on aurait dit une perruque. Le grain de peau magnifié par la semi-obscurité. Des cils longs et aussi épais que des bambous ourlaient ses yeux de biche. Non vraiment, depuis toutes ces années, Bianca avait superbement vieilli… Cependant, le sang qui encadrait son visage, ainsi que l'angle que sa tête formait avec son cou, donnait à l'ensemble quelque chose de… plutôt perturbant.

Tout en essayant de me remémorer mon stage d'initiation à la méditation, je me forçai à visualiser des champs couverts de coquelicots et me concentrai sur mon but. J'étais venue jusqu'ici pour récupérer mon portable. Priorité numéro un : ne laisser aucune trace de mon passage… D'ailleurs, avec ces circonstances toutes nouvelles, je devais être encore plus discrète.

En crispant tout mon corps pour ne pas rendre mon sandwich, j'enjambai celui de Bianca. Il n'était pas utile de vérifier si son cas était encore récupérable, il y avait tant de sang sur les marches et son regard était si fixe que le doute n'était malheureusement plus permis.

Trente secondes plus tard, j'avais rejoint l'endroit où mon sac s'était accroché à une poignée et balayai les environs du regard.

— Banco !

Le téléphone avait glissé très loin et fini sa course contre une plinthe. Je me baissai, le saisis et entrepris de faire le trajet en sens inverse, en évitant autant que faire se peut les flaques de sang qui commençaient à coaguler par endroits.

En respirant l'air frais de la ruelle, j'eus la sensation d'être restée en apnée depuis la découverte du corps de Bianca. En mode pilotage automatique, et tout à fait sous le choc, je retrouvai ma Clio, pressée de raconter ce que je venais de voir à Vincent.

Je mis quelques secondes à intégrer que la voiture était vide.

— C'est pas vrai !

J'examinai les possibilités qui s'offraient à moi :

— Appeler Vincent, mais le mettre en danger.

— Appeler Hugo, mais devoir expliquer ma présence durant mon service dans une clinique de chirurgie esthétique.

— Appeler ma mère, mais me faire passer un savon.

— Appeler ma grand-mère, mais devoir gérer son envie de venir voir à quoi pouvait bien ressembler une scène de crime.

— Appeler Rachel, mais lui annoncer au passage que sa cousine était assurément décédée.

... ou bien appeler Mathieu, capitaine de police, et habitué aux décès, qu'ils soient accidentels ou non, car, en cet instant, je ne savais pas du tout quoi en conclure.

Il décrocha à la troisième sonnerie, la voix chargée de sommeil. Je l'imaginai aussitôt et très volontiers en caleçon, mais là n'était indubitablement pas le propos.

— Allô ?

— Mathieu, c'est Olympe !

— Olympe, s'exclama-t-il soudain tout à fait réveillé.

Il se racla la gorge.

— Un problème ? Avec Aglaé ?

— Non... Non... Enfin si, quand même, ajoutai-je en visualisant le corps de Bianca.

— Que se passe-t-il ?

— Il ne s'agit pas d'Aglaé, elle va bien... Enfin, je l'espère ?

— Oui, je suis passée la voir en début de soirée, et j'ai veillé à ce qu'elle s'enferme.

— Bien...

— Alors ? Que me vaut cet appel à... trois heures vingt-cinq !

— Je sais... Je suis désolée... J'ai un gros, très gros souci. Ou plutôt une personne de mon entourage...

Il y eut un court silence durant lequel Mathieu dut très certainement s'asseoir sur le bord de son lit.

— Et quel est son problème ?

— Eh bien... Je dirais... la mort ?

J'entendis au bout du fil un bruit curieux, et je compris que Mathieu était en train de boire quelque chose.

— Pardon ? !

— Oui, c'est assez délicat, en fait...

— Où êtes-vous ?

— …

— Olympe !

— En planque…

Je donnais l'adresse exacte à Mathieu qui me promit d'arriver le plus rapidement possible.

Deux semaines plus tôt…

1

Celle qui n'était pas patiente

Dans les bons jours je ne suis pas excessivement patiente, et c'était un assez mauvais jour…

Quoi que mon entourage en dise, je ne suis pas pour rien dans la succession d'événements curieux qui jalonnent ma vie. D'un naturel optimiste, j'ai appris à détourner le regard quand point la tuile, et je fais mine d'ignorer les ennuis qui s'accumulent sur le pas de ma porte. Pendant ce temps, devant tant de manque de chance, mes proches soupirent, ou compatissent dans le meilleur des cas.

Il doit y avoir une part de génétique dans cette malchance : mon père est lui-même exceptionnellement gaffeur, mon grand-père paternel est mort en s'étouffant avec un beignet, tandis que mon grand-oncle Octave a fait une allergie fatale aux choux de Bruxelles, alors même qu'il avait mis soixante-dix-huit ans à se décider à y goûter… En dehors de ça, ma mère est très pénible, mais cela n'a rien à voir avec le sujet.

Je m'y suis habituée : la chance tourne, mais assez rarement de mon côté.

Ma tendre maman, déjà, décida de ne pas me faire de cadeau le jour de ma naissance en choisissant mon prénom. Même si l'intention de rendre hommage à Olympe de Gouges, grande féministe et profonde humaniste qui finit décapitée, était plutôt louable, il semble que ma mère n'ait pas tenté l'association « prénom + nom propre » à voix haute. Bernard Posteur alla donc, il y a trente-huit ans de cela, assez gaiement et un tantinet éméché, faire enregistrer l'étonnante combinaison sur le grand registre de la mairie...

Voilà comment, et ce dès les petites classes, je me suis retrouvée l'objet de moqueries continuelles. Olympe Posteur, sacrée rigolote, mais véritable paratonnerre à embrouilles, entrait dans la légende.

Vingt-six ans plus tard, j'ai été ravie d'épouser le dénommé Bertrand McQueen, j'ai supplié de bien vouloir me laisser l'usage de son nom lors de notre divorce. Assez magnanime dans son genre, mon ex-mari accepta de bonne grâce...

Mais revenons à mes moutons, ou plus précisément à mes ennuis. Dans les bons jours, je ne suis pas excessivement patiente, donc, et c'était un très mauvais jour...

Déjà, je m'étais fait tirer du lit par Aglaé.

— Allez Maman ! Tu vas encore te faire engueuler si tu arrives en retard !

Cette enfant n'a que douze ans, mais j'ai si souvent l'impression que nos rôles sont inversés que c'en est gênant... Partant avec un handicap héréditaire si on faisait un rapide bilan de la famille Posteur et de l'ensemble des McQueen, elle réussit pourtant à combiner avec grâce le sérieux, la rigueur, l'humour et l'altruisme. Et tout cela avec un an d'avance scolaire. Sans compter qu'elle maîtrise aussi divinement les crêpes.

Aglaé me secoua pour tenter de me tirer des bras de Morphée (j'ai le sommeil profond et élégant), tout en m'annonçant qu'il était déjà plus de huit heures et qu'elle se mettait en route pour le collège. La bave aux lèvres et l'oreiller profondément incrusté dans la joue droite, je l'embrassai en lui souhaitant une bonne-journée-pourrais-tu-ramener-une-baguette-pas-trop-cuite-et-du-dissolvant-en-rentrant-du-collège-s'il-te-plaît. Je vous ai prévenus, je suis réellement une piètre maman.

Comme tous les matins, je me traînai jusqu'à la salle de bains en maudissant Paul-Henri Foulque. Paul-Henri est mon patron. Il dirige le studio photo Foulque, très en vue dans le milieu de la photographie culinaire, et a un ego à peu près aussi développé qu'une pastèque shootée aux hormones de croissance. Il explique à qui veut bien l'écouter, ou non d'ailleurs, qu'il saisit, je cite, l'instant photographique mieux que personne. Ajoutez à la tirade un geste de cadrage avec combinaison pouces-index bien senti et vous aurez une vague idée de son niveau d'autosatisfaction. Deux ans. Deux ans que j'obéissais au doigt et à l'œil à cet homme aussi imbu de sa personne qu'égocentrique, tout simplement parce que je n'avais pas le courage de chercher un meilleur emploi.

Avant mon mariage, j'avais énormément voyagé. Enchaînant les contrats à l'étranger, j'avais fini par me faire un nom dans le petit monde de la photo. C'est de cette façon que j'avais rencontré Bertrand sur l'une des îles Moustiques. Séduisant et brillant avocat, il y avait emmené sa coach sportive en vacances, qu'il avait laissée tomber pour me séduire. Flattée, j'étais tombée enceinte, l'avais épousé dans la foulée, et, cinq ans plus tard, selon les lois de l'attraction terrestre, à moins que ce ne soit une histoire de boucle à boucler ou de date de péremption, il m'avait quittée pour Kitty, vingt ans, australienne, et coach sportive, évidemment. On ne peut rien contre le Destin et les bombes anatomiques, dirait ma grand-mère…

Après une courte douche ainsi qu'un camouflage en règle des épouvantables cernes qui me barraient le visage, j'avalai un plein bol de thé et deux tartines, le tout préparé par Aglaé. Quand je vous dis que ma fille est un don du ciel. Il faudra que je pense à lui demander des conseils de méthodologie.

Pour une fois, le programme de la journée était intéressant. Je devais retrouver Paul-Henri Foulque directement au Plaza Athénée, le célèbre palace de l'avenue Montaigne. Sur place, il était convenu que nous prenions les clichés de la toute nouvelle carte ainsi qu'une série de photos destinées à illustrer un livre de recettes. Paul-Henri, aussi prétentieux soit-il, avait fait appel à moi pour les desserts. Avare en compliments, il assurait pourtant, guillemets avec les doigts à l'appui, que j'étais une « spécialiste en la matière », que personne dans l'équipe ne savait rendre comme moi le brillant d'un glaçage, l'exubérance feutrée d'un caramel ou encore cette légère condensation retenue par des framboises fraîchement déposées.

Le rendez-vous étant fixé à neuf heures trente, j'étais donc tout à fait dans les temps, et c'est donc relativement de bonne humeur que je claquai la porte de notre appartement. Particulièrement fière d'étrenner cette paire de ballerines d'un magnifique *rose poudré* achetées la veille une petite fortune, je décidai de me rendre à pied jusqu'à la célébrissime avenue. La pensée de croiser le grand chef Jérôme Durençon, crème de la crème des pâtissiers et la quarantaine plutôt sexy, ajoutait un brin de glamour à la perspective de cette journée.

De plus, l'homme était littéralement raide dingue de mes photos.

En certaines circonstances la pluie a du bon. Lorsque l'on se perd dans le désert complètement déshydraté, que l'on voue une passion pour le jardinage ou que l'on s'adonne à la chasse aux escargots, par exemple. Seulement, se retrouver subitement trempée avec des chaussures définitivement plus *rose poudré* du tout le long des quais de Seine relevait plus du cauchemar qu'autre chose.

Mon téléphone vibra sur ces funestes constatations et je me calai entre deux immeubles pour l'extirper de mon sac tout en restant à l'abri des gouttes qui se faisaient chaque seconde plus nombreuses et froides. Le SMS acheva de réduire à néant ma bonne humeur, ainsi que le peu de foi qu'il me restait en mes qualités maternelles :

> Prends un parapluie et ne mets pas tes ballerines. Averses prévues jusqu'à 14h. Bonne journée Mamounette. Aglaé

Pestant contre moi-même, je décidai de sortir de mon refuge pour affronter le déluge et me rendre au plus vite à mon rendez-vous. Je replaçai le portable dans mon sac, vérifiai l'heure, et hésitai un instant à me replier sur le bus ou le métro pour rejoindre l'avenue Montaigne avant de me rendre à l'évidence : j'allais arriver en retard au rendez-vous si je ne coupais pas à pied par les ponts.

Je perçus vaguement du mouvement derrière moi et me retournai vivement. Un clochard, visiblement réveillé du pied gauche par ma présence et mes vociférations, se leva en titubant avant de glisser sur les cartons qu'il avait pris soin d'étaler pour s'isoler du froid. Aussitôt, je m'en voulus d'être à ce point autocentrée. Le « pousse-toi, salope ! » qu'il m'adressa sans le moindre préambule, tout en me bousculant et en crachant à mes pieds, annihila toutes les traces de bienveillance qui venaient de germer en moi. Quittant l'endroit sans plus attendre, je me dirigeai jusqu'à un vendeur à la sauvette posté non loin afin de le soulager de l'un de ces parapluies à usage unique qu'il avait troqués contre ses tours Eiffel le temps de l'averse.

Mouillée jusqu'à la moelle, je me drapai dans ma dignité à défaut d'un trench, et hâtai le pas jusqu'au pont Alexandre III, visiblement fermé à la circulation pour la journée. Si tout se passait bien, il allait me rester une dizaine de minutes pour reprendre forme humaine dans les toilettes du palace, si toutefois je réussissais à persuader le portier de me laisser entrer avec des coulures de mascara façon panda sur les joues.

J'avais laissé le Quai d'Orsay derrière moi et tournai en direction du pont lorsque j'entrevis sa silhouette. Il était plutôt grand, assez bien bâti, les pieds nus et une veste en jean sur le dos.

On voit des films, on lit des livres, on regarde des vidéos terrible sur YouTube en se cachant les yeux à moitié, et en poussant des oh ! et puis des ah ! sans être jamais vraiment préparé à vivre le moment avec un grand M, celui où la Providence vous met sur le chemin d'un malheureux, celui où le Destin vous fait un clin d'œil tout en vous susurrant un « À toi de jouer ! » d'une voix complice et doucereuse.

Pour ma part, quand je l'ai aperçu sur le bord du parapet, j'ai débord pensé qu'il avait fait tomber quelque chose dans la Seine. Il regardait l'eau avec attention en se penchant dangereusement par-dessus la rambarde. L'homme, d'une trentaine d'années environ, se mit ensuite à tanguer de façon étonnante, et je réalisai que s'il y mettait un poil plus d'entrain, il risquait bel et bien de faire le saut de l'ange.

Sentant que cette histoire risquait de mal tourner, je regardai une nouvelle fois ma montre et scrutai les environs, espérant qu'une bonne âme se dévoue pour demander à ce drôle d'énergumène si tout allait bien, même si je connaissais déjà la réponse. Non, il n'allait pas bien, et non, personne ne prendrait cette peine. Les seules créatures dont je croisai le regard furent un chat miteux et un homme en costume cravate. Le premier me toisa d'un air suffisant comme seuls les chats savent le faire, et le second, qui avait pourtant tout saisi de la scène, s'empressa de fixer le bout de ses mocassins trempés et de passer son chemin en feignant une quinte de toux.

Pouvais-je décemment ignorer le pauvre homme alors que j'étais quasiment certaine qu'il avait décidé de prendre la température de l'eau ? En soupirant, je bifurquai pour me rapprocher de lui, souhaitant de tout mon cœur que l'homme au blouson de jean ait simplement fait tomber ses clés dans l'eau saumâtre de la Seine.

C'est pile le moment que choisit blouson en jean pour enjamber la rambarde et se pencher plus encore au-dessus de l'eau. Point d'histoire de clés et plus de doute possible : il allait sauter. Je me mis alors à courir dans sa direction, et, dans un éclair de lucidité que je ne m'explique encore pas, balançai mon sac à main sur le trottoir. À l'instant où il passait l'autre jambe et s'apprêtait à se laisser tomber, je l'empoignai par le col.

— Ne faites pas ça !

Blouson en jean – j'apprendrai quelque temps plus tard qu'il se nommait en réalité Francis Macron – blouson en jean, donc, tourna vers moi un visage de dément. Surpris, il planta des yeux noirs dans les miens, sans réagir pour autant.

— Ne faites pas ça !

— …

— Si je tombe sur vous, là, maintenant, c'est… que je dois vous sauver !

Franchement, je ne sais pas vous, mais je me suis toujours demandé de quelle manière je réagirais face à une situation d'urgence… Quelle phrase je sortirais et si tout se passerait au ralenti comme dans les films, mais sur le moment, je n'ai pas trouvé autre chose à dire que ces platitudes affligeantes.

Blouson en jean tenta une sorte de rictus, et, dans ma grande mansuétude, j'imaginai une ébauche de sourire : le brave homme allait fondre en larmes dans mes bras, j'allais l'aider à recouvrer son calme ainsi que la terre ferme, et, enfin, je pourrais aller photographier les saint-honoré et paris-brest revisités du Plaza Athénée, et, au passage, reluquer les fesses du chef Durançon.

Mais le moment M n'en avait visiblement pas fini avec moi. Le rictus, à défaut de sourire de reconnaissance, se mua en haine pure et simple, et c'est d'un ton qui me glaça les sangs que blouson en jean lança :

— De quoi tu te mêles, salope ?

J'attire votre attention sur un point qui me paraît important. En cinq ans, j'avais dû me faire traiter trois fois de salope. Deux fois dans la demi-heure précédente, la troisième remontant quant à elle à une relation avec un rugbyman très sexy. Sorti du contexte la chose peut sembler déplacée, je vous le concède, et sur le moment je ne m'en étais pas offusquée plus que cela. L'ensemble des forces de l'Univers avait donc – je ne vois qu'une seule explication – décidé de mon sort et, de fait, d'une matinée à thème.

Ma main resta solidement vissée à son col de veste, sous l'effet de la stupeur et de la pluie qui se muait en petits grêlons, comme si la scène n'avait déjà pas une tournure suffisamment dramatique. Malgré tout, je ne bougeai pas d'un cil.

— T'as pas compris ? Occupe-toi de tes oignons !

Pour être honnête, un court instant, que dis-je, une nano seconde, j'hésitai sincèrement à retourner m'en occuper, et à laisser le pauvre bougre à son triste sort. Cependant – je sais, ça paraît grotesque –, le générique d'une émission que je ne ratais pour rien au monde lorsque j'étais enfant, *La Nuit des héros*, retentit dans ma boîte crânienne aussi clairement que si elle avait été jouée par un Big Band posté sur le pont Alexandre III. Et puis, pour être tout à fait sincère, j'étais soufflée par la muflerie de cet homme.

— Fous-moi la paix !

— Jamais !

— Lâche-moi !

— Tu peux crever, lui répondis-je, choisissant, il est vrai très maladroitement mes mots.

Blouson en jean se retourna vivement et tenta de me mordre.

— Ça va pas, non ?

— Lâche-moi, j't'ai dit !

Je lui décochai une baffe maladroite de ma main libre, ce qui eut l'effet malencontreux de le déséquilibrer, et de me faire pencher avec lui. Instinctivement, je me mis à beugler avec la grâce d'un veau asthmatique et tentai de toutes mes forces de me redresser, mais, dans la précipitation, ma veste s'accrocha à une barre du pont, m'empêchant donc de reprendre ma position initiale.

— Mais tais-toi donc ! Tu vas attirer du monde !

— Au secours !

— Arrête !

— AU SECOURS !

Je ne sais pas si on peut réellement parler de chance – étant donné que je tiens à la vie, je vais considérer que oui –, mais une équipe de télévision sortit au même moment du quai d'Orsay et l'un des techniciens nous aperçut. Il eut la bonne idée de contacter illico les secours, qui informèrent à leur tour la brigade fluviale : deux minutes plus tard, nous étions cernés, sur terre par l'équipe TV qui ne ratait rien du fait divers qui s'offrait miraculeusement à eux, et sur fleuve, par trois navettes qui s'affairaient à prévenir une chute.

Étant donné que blouson en jean menaçait de sauter et de m'entraîner avec lui, personne n'osa s'approcher de nous, alors qu'on ne m'ôtera pas de l'idée qu'à deux ou trois et en libérant ma veste coincée, nous l'aurions sans peine hissé sur le pont et maîtrisé – mais comme on dit dans le milieu footballistique, on ne refait pas le match.

Blouson en jean avait l'air plus décidé que jamais, on ne peut lui enlever ça, et en temps normal j'apprécie les gens qui vont au bout de leurs projets. À chaque seconde qui passait, il me tirait un peu plus avec lui vers le vide.

— De toute façon, je vais sauter ! Lâche-moi !

— Hors de question !

En réalité, j'en mourais d'envie, mais avec le public qui se pressait désormais autour de nous, je ne pouvais décemment l'abandonner : c'était *mon* sauvé, *ma* nuit des héros, *mon* moment M.

Les types de la fluviale tendaient un dispositif de récupération quand, enfin, une équipe de policiers à pied apparut dans mon champ de vision.

— Tenez bon, on arrive ! lança l'un d'eux.

Je commençai sérieusement à avoir envie de pousser ce type avec son blouson en jean débile, sans oublier de lui coller une bonne paire de claques au moment de son envol.

Deux agents, tels des Dupont et Dupond de l'action, l'empoignèrent et le firent voler sur le sol en moins de temps qu'il n'en faut pour le dire. Ensuite, un troisième homme s'approcha de moi, me fit une petite tape amicale de celle qu'on adresse aux poneys qui ont fait une bonne promenade et me décrocha de l'élément métallique qui m'avait unie malgré moi à cet antipathique suicidaire.

Comme je suis quelqu'un de pragmatique, je consultai aussitôt l'heure : neuf heures quinze. En courant, je pouvais débarquer au Plaza avec seulement quelques minutes de retard. Mais c'était sans compter l'équipe TV qui était loin d'en avoir fini avec moi. Ils décidèrent de motiver les quelques passants qui restaient à applaudir pour immortaliser l'instant et surtout boucler leur quota de sensations pour la journée. Je fis la modeste, souriant faiblement, alignant trois mots pour former deux phrases sans queue ni tête et m'apprêtai à partir quand un quatrième policier s'approcha de moi :

— Olympe ?

— …

— Olympe Posteur.

Je frémis, comme chaque fois que cette combinaison malheureuse parvient à mes oreilles et me transporte bien malgré moi dans la cour du collège Jean-Rostand.

— C'est bien toi ?

— Oui ?

— Benjamin Rougier !

J'avais à peine remis le gentil, mais frêle et binoclard Benjamin Rougier du collège, visiblement transformé tel le vilain petit canard en magnifique cygne, et auquel l'uniforme seyait plus que de mesure, que blouson en jean, se libérant de l'entreprise des Dupond(t) fondit sur moi en hurlant :

— Salope ! Il a fallu que tu viennes tout foutre en l'air !

Et de quatre…

Tout se passa très vite et Benjamin n'eut pas le temps d'intervenir. La seconde d'après, je basculais du haut du pont Alexandre III, projetée par un Francis Macron qui m'offrit gracieusement, durant le quart de seconde qui précéda ladite chute, la vision du visage du parfait psychopathe.

2

Celle qui sentait la vase

Dans les locaux de la PJ Saint-Martin je grelottai sur une chaise, malgré les serviettes entassées en grand nombre sur mes épaules et mes genoux. Le café brûlant ne suffisait pas à me réchauffer et j'en étais encore à me demander comment j'avais fait pour me retrouver dans une pareille situation.

— Ça arrive souvent, vous savez.

— …

— Je veux dire par là qu'il ne faut pas le prendre personnellement.

L'agent Escoffier, qui venait de prendre ma déclaration, me débitait son laïus d'un air relativement blasé.

— Je ne prends rien personnellement, je me rendais simplement à un rendez-vous quand j'ai aperçu ce type prêt à sauter.

— Non, mais bien sûr… j'aurais fait pareil à votre place. Mais faut savoir que beaucoup de suicidaires vivent mal le fait qu'on les empêche d'atteindre leur but.

Je repris une gorgée de l'infâme boisson.

— Je saurai m'en souvenir, croyez-moi sur parole.

Il n'était pas né, le prochain que je tenterai de sauver, générique de *La Nuit des héros* ou non.

— Ce type-là, Francis Macron, je ne sais pas comment il se débrouille, il se rate à chaque fois, ajouta l'agent.

Je recrachai une petite partie du café par le nez, et me mis à tousser.

— Je vous demande pardon ?

— Je ne devrais pas vous dire ça, mais j'ai comme l'impression que vous prenez cette histoire très à cœur, alors…

Il tapota un dossier qui commençait à être épais.

— Il y a eu la tentative du métro il y a six mois. Un pauvre gars l'a tiré en arrière et s'est fait pousser en retour.

— Quoi !?

— Et puis, il y a deux mois, son gardien a appelé les secours en le découvrant inanimé chez lui. Il avait avalé deux boîtes d'antidépresseurs et une de laxatifs… Eh ben… pareil…

— Comment ça, pareil ?

— Il lui en a voulu à mort, si je puis dire. Lorsque Macron est sorti de l'hôpital et qu'il est rentré chez lui, ben il a poussé le gardien dans l'escalier. Je crois que le brave homme a eu plus de chance que celui de la station Saint-Placide, il s'en est sorti qu'avec une jambe cassée.

Je gardai pour moi l'envie naissante de proposer à Francis Macron mes services pour l'aider à disparaître définitivement de la surface de Terre et regardai ma montre. Il était dix heures trente et j'étais dans la panade. Heureusement pour moi, la brigade fluviale m'avait récupérée aussitôt après mon petit plongeon, mais je n'avais pu me soustraire au dépôt de plainte étant donné le nombre de témoins et la dangerosité de mon agresseur.

— Tenez, voilà votre sac. Le lieutenant Rougier l'a récupéré sur le pont. Veuillez vérifier qu'il ne manque rien.

Il ne me manquait rien, hormis ma fierté, et des habits propres, secs et dépourvus d'algues.

— Je peux y aller ?

— Bien sûr, signez là. On risque de vous recontacter.

— Pourquoi ça ?

— Vu le caractère récidiviste de l'autre énergumène, et compte tenu du sursis qu'il a accumulé, cette fois-ci, il est bon pour de la prison ferme. Votre témoignage sera sûrement précieux.

Je retins mes commentaires et dégageai les serviettes pour constater les dégâts : impossible de me rendre dans cette tenue au Plaza. Je n'avais pas encore prévenu Foulque de mon retard et il était certain qu'il allait être fou furieux.

Le lieutenant Benjamin Rougier, alias Ben la binocle, passa la tête par la porte du bureau.

— C'est terminé Escoffier ?

— Fini, oui, répondit l'agent en se levant.

— Parfait. Dis-moi, Olympe, j'ai cru comprendre que tu étais pressée… Tu veux prendre une douche ici ?

À travers la vitre, je scrutai le couloir du commissariat. Dans la salle de garde à vue s'entassaient plusieurs types au regard vitreux et deux prostituées aussi volumineuses que peu classieuses. J'avais mes limites.

— Je peux te prêter une chemise si tu veux.

— C'est très gentil, Ben, mais je sens bien trop la vase ! Je ne vais pas pouvoir me rendre au boulot, même avec une chemise propre. Pas le choix, je dois rentrer chez moi.

Benjamin haussa les épaules en souriant. Il se pencha vers moi en se pinçant les narines.

— Et je crois que c'est une sage décision.

— Fais gaffe ou je te fais un gros câlin en souvenir du bon vieux temps.

Je me levai et indiquai mon sac à main posé sur une chaise.

— Merci de l'avoir récupéré.

— Pas de quoi. Et puis… désolé, hein. Mais je n'ai rien vu venir.

Je levai une main en l'air pour signifier que je ne lui en voulais pas.

— Il faut absolument que j'appelle mon patron, il va être furieux.

La vision de l'écran de mon smartphone me refroidit un peu plus. Pas loin de dix appels en absence… J'en étais à souhaiter que ce soit le collège d'Aglaé m'annonçant que ma fille a une gastro carabinée, mais je dus me rendre à l'évidence : Paul-Henri Foulque m'avait laissé neuf messages.

J'adressai une grimace à Benjamin et lançai le rappel automatique, Foulque décrocha aussitôt. Je rentrai le cou dans les épaules, prête à recevoir ma soufflante.

— OLYMPE !!!

— Paul-Henri…

— Personne ne m'a jamais fait un coup pareil ! PERSONNE ! C'est un SCANDALE !

J'étais bien contente de ne pas avoir pris la peine de me déplacer jusqu'au Plaza pour me faire humilier en public.

— Je peux tout…

— Il n'y a rien à expliquer du tout ! Sais-tu le mal que je me suis donné pour décrocher ce contrat ?!

— Je le sais parfaitement… Je…

— Il suffit ! J'ai pris moi-même les photos des desserts, mais il y avait un vacherin complètement retord, super fourbe et même pire que ça... Bref, le chef Durançon était très contrarié !!!

— J'imagine...

— Mais tout ça ce n'est rien à côté de l'intensité de *ma* contrariété, Olympe !

— Je t'assure que tu vas comprendre, c'est même assez drôle si on prend le temps d'y réfléchir...

— Même en y réfléchissant deux heures, je suis bien certain de ne rien trouver de drôle à tout ça !!

— Attends de voir, je te fais un résumé rapide : j'ai sauvé un type de la noyade, il allait se suicider et puis finalement il m'a poussée dans la Seine. Ah ! Ah ! Ah ! Non ?

— Tu es vraiment prête à raconter n'importe quoi à ce que je vois. Tout ce que je constate, c'est que tu n'es décidément pas fiable !

— C'est difficile à croire, je sais, mais je suis encore au commissariat.

— Ça suffit !

— Une équipe de télé a tout filmé ! Je te jure !

J'eus un haut-le-cœur en digérant moi-même l'information.

— Même si tu m'en apportes la preuve en quadrichromie ou en trois dimensions, je m'en contrefous, tu m'entends Olympe ! Tu es virée !

— ...

— Tu passeras récupérer ton solde et tes affaires : je ne renouvelle pas ton contrat.

— Mais les desserts ! Tu sais bien que...

— Tant pis pour les desserts ! C'est vrai que tu savais exprimer mieux que personne le velouté des crèmes anglaises, mais nul en ce bas monde n'est irremplaçable, ma belle.

Et il raccrocha purement et simplement.

Je me tournai vers Benjamin qui avait à peu près saisi la teneur de la discussion.

— Je n'y crois pas ! Virée ! Il vient de me virer !

Le lieutenant eut une moue gênée, et pivota à son tour vers un collègue qui le hélait.

— Je vais devoir te laisser. Je suis sincèrement désolé...

— Bah...

— Je vais demander à ce qu'on te raccompagne, c'est à peu près tout ce que je peux faire pour toi...

Je souris faiblement et hochai la tête. Je n'avais aucune envie de rentrer à pied, et aucun taxi n'aurait accepté de me prendre. Quant au bus et au métro... J'avais déjà du mal à tolérer à ma propre odeur, alors l'imposer aux autres...

Il esquissa un geste vers moi qu'il retint au tout dernier moment, je ne pouvais l'en blâmer.

— C'était sympa de te revoir, Olympe.

— Oui...

Oui, c'était sympa de le revoir. Il avait toujours été adorable, et physiquement il était devenu bien plus attractif que la plupart des spécimens masculins de mon entourage. Seulement le moment était mal choisi... Dans la liste de mes hobbies, me faire pousser par un dégénéré dans la Seine sous les yeux d'un beau garçon venait juste après l'extraction d'une molaire sans anesthésie et à la tenaille.

Il s'attarda sur mon chemisier désormais transparent et quelque chose me dit qu'il me trouvait lui aussi assez intéressante. Pour preuve, il se retourna une dernière fois avant de disparaître :

— Tu n'as pas changé depuis le lycée, tu sais !

Et c'était à peu de chose près vrai. J'étais toujours brune, les cheveux mi-longs, toujours un mètre soixante-dix et, surtout, et je n'en étais pas peu fière, toujours soixante kilos malgré une grossesse, des concepts de nutrition hasardeux et une activité sportive somme toute épisodique. Mis à part quelques rides et une taille un peu plus épaisse, j'avais gardé une silhouette de jeune femme et faisais un peu plus jeune que mon âge.

Lorsque l'estafette se gara devant mon immeuble – les collègues de Benjamin n'ayant pas voulu pousser l'amabilité jusqu'à salir une de leurs voitures de fonction –, Monsieur Léon écarta le rideau de la fenêtre de sa loge. Il écarquilla les yeux en me voyant émerger du véhicule. Je remerciai mon conducteur et allai à sa rencontre. Le concierge restait figé sur le perron, l'air incrédule et les bras ballants.

— Eh bien… Mademoiselle Olympe.

Monsieur Léon m'avait toujours appelée Mademoiselle Olympe et je n'allais tout de même pas me priver de l'un de ces petits plaisirs que la vie décide de vous offrir.

— Pas d'inquiétude, Monsieur Léon.

— Rien de grave, j'espère ?

— Non… Non…

— Pour Aglaé non plus ?

Je racontai dans les grandes lignes mes mésaventures du matin, en forçant, il est vrai, un peu plus sur le côté héroïque de mon action que sur la chute de l'histoire.

— Alors c'était vous à la télé !

— …

— Sacré saut ! Mais pour rien au monde je n'irai me baigner dans la Seine, c'est immonde ! Vous allez certainement contracter des maladies.

Je réprimai un grognement et décidai de ne pas lui faire part de mon renvoi de *Foulque Créations* par souci de crédibilité et de solvabilité.

Une fois dans l'appartement, je fis un tas des vêtements souillés et fonçai sous la douche me débarrasser du fumet « essence d'égout » qui me collait à la peau. Je dus enchaîner trois savonnages et shampoinages pour venir à bout de l'odeur.

Lorsque j'attrapai ma serviette, mon téléphone bipa.

> Comment s'est passée la séance photo ? Je prends le pain, le dissolvant, et de quoi faire des œufs à la coque. Bisous. Aglaé.

J'hésitai entre mentir ou patienter avant d'expliquer à ma fille mon licenciement, mais me ravisai : pire qu'un cochon truffier, elle flairait dans la seconde toutes mes embrouilles… Je plaignais mes futurs petits-enfants.

Je décidai d'occuper intelligemment mon temps en attendant son retour et m'installai en peignoir de bain devant le téléviseur pour suivre un reportage animalier. Malheureusement je tombai sur @-TV, et par la même occasion sur le court reportage consacré à ma personne… Certainement poussée par un sentiment de régression ou une vague de sadomasochisme, je décidai d'appeler ma mère.

— Vous venez toujours samedi midi ? Je vous préparerai des lasagnes.

Ma mère savait pertinemment que, quel que soit notre programme, Aglaé et moi étions prêtes à tout envoyer balader pour ses lasagnes.

— Il y aura des crostinis ? demandai-je en geignant.

Brigitte Posteur, comme son nom ne l'indiquait pas, avait des origines italiennes auxquelles elle faisait honneur en cuisine.

— Pas le moral ? Va pour les crostinis.

— N'allume pas les chaînes d'infos.

— Bernard ! Mets @-TV !

— Maman…

Une fois l'épisode de la Seine expliqué en long, en large, en travers et en profondeur – trois mètres cinquante en l'occurrence – , j'en vins à la grossièreté de Foulque et au fait qu'il m'avait remerciée.

— Bah… À sa place j'aurais fait pareil…

— Maman !

— L'heure, c'est l'heure, ma chérie… Et, franchement, on ne peut pas dire que tu aies avalé un coucou suisse.

— Tu fais toujours preuve de tant de compassion… Je ne sais comment te remercier…, dis-je en adressant une grimace au combiné.

— Arrête de te lamenter. À samedi, et à l'heure. Tu sais comme ton père digère mal s'il se décale.

— Oui…

J'allai raccrocher lorsqu'elle ajouta :

— Pourquoi tu ne rappellerais pas Lorenzo ?

Je me mordis les joues avec force pour m'empêcher d'admettre qu'une fois de plus, ma mère avait une bonne idée.

Lorenzo était mon agent, du temps où je courais les cachets et voyageais à travers le monde pour shooter des mannequins sur des plages de sable blanc ou dans des villas de milliardaire louées à l'heure un prix à faire défriser un caniche.

— Mouais…

Lorenzo était alors celui qui me dénichait tous mes contrats de photo.

Lorenzo était un type bien. Macho, mais bien. Direct, mais bien. Têtu, mais bien.

Bon, Lorenzo m'avait mise en garde à propos de ma relation avec mon ex-mari et des risques que je prenais en envoyant balader ma carrière pour un coup de foudre, et nous nous étions quittés en assez mauvais termes. Après la naissance d'Aglaé, j'ai effectivement ramé pour retrouver du travail et il m'était douloureux de reconnaître qu'il avait eu raison sur toute la ligne. Cet emploi chez Foulque était très loin de mes rêves de jeunesse, seulement, pour une trentaine d'heures de shooting culinaire, je touchais dans les trois mille euros par mois, ce qui suffisait à apaiser ma soif de créativité.

Je décidai de battre le fer tant qu'il était chaud, et, après avoir fixé l'écran de mon téléphone dix bonnes minutes sans trouver de plan équivalent et avoir enchaîné treize parties de *Candy Crush*, je pressai l'icône Lorenzo.

— Je savais que ça arriverait tôt ou tard, me dit-il aussitôt.

— Très drôle…

— Écoute, chérie, tu sais que je t'adore…

C'est-à-dire à peu près comme il adorait la moitié de Paris, les trois quarts de Los Angeles et les huit dixièmes de New York.

— … seulement ce n'est plus aussi facile qu'avant, tout ça… Que voudrais-tu exactement, ma chérie ?

— Écoute, Lorenzo… euh… Lorenzo chéri, repris-je en levant les yeux au ciel, je suis une mère célibataire sans emploi, et qui n'a pas envie de rendre son appartement. Du boulot, du taf, un job, voilà ce que je veux.

Il laissa planer un silence, claqua plusieurs fois sa langue contre son palais avant de répondre :

— Voilà ce qu'on va faire. Là, je pars pour deux mois à Miami, je cogite, cogite, cogite, et je te rappelle en rentrant.

— Tu te moques de moi ?

— Pas du tout ! brailla-t-il d'une voix de diva scandalisée.

— Écoute, j'ai bossé avec toi et je t'ai vu suffisamment de fois envoyer promener des gens pour ne pas m'en rendre compte !

Il resta silencieux quelques secondes et soupira.

— Tu es plus maligne que je ne le pensais, darling !

Je massacrai un coussin qui avait eu le malheur de s'installer sur le canapé non loin de moi.

— Tu dois bien avoir un reportage pourri à faire pour un magazine sur le déclin, une star vieillissante qui traîne, ou même un catalogue pour sous-vêtements du troisième âge.

— Pour qui me prends-tu ?

— Donne-moi du boulot.

J'avais martelé ces quatre mots avec le plus de conviction possible. Lorenzo souffla bruyamment.

— Ok, ok, je vais voir ça très vite. Mais ce qui est sûr, c'est que ce n'est plus aussi facile de débarquer dans le milieu. Je te rappelle que je t'avais prévenue et surtout que je ne te dois rien !

— Tu es toujours avec Gianni ?

— Bien sûr, darling ! À la vie, à la mort !

— Dis-moi… Tu l'as emmené dans cette villa d'Ibiza ?

— …

— Si tu vois ce que je veux dire ?

— *Oh my gosh* ! Tu ne me ferais pas ça ?

— Je veux bosser Lorenzo. C'est tout.

— Ma chérie adorée, je vais me démener, crois-moi !

Je n'étais pas fière d'employer de pareilles méthodes, mais je le croyais désormais sur parole.

— En attendant, cherche quand même de ton côté, mais je vais voir ce que je peux faire.

Je raccrochai, excédée. Certes, Lorenzo avait eu raison sur toute la ligne : mon mariage avec Bertrand n'avait pas duré et l'homme s'était avéré à mille lieues du prince charmant, mais nous avions quand même eu le plus beau des cadeaux. Rien que pour Aglaé, tout cela avait valu la peine d'être vécu, et pour retrouver un emploi j'étais bien décidée à forcer la main à Lorenzo, avec ou sans recours au chantage.

Je rangeai les œufs et le jambon dans le réfrigérateur, et le pain de mie dans le placard.

— Pas poffi-ble !

Aglaé ingurgitait les dernières nouvelles me concernant en même temps qu'une deuxième brioche tartinée de pâte chocolatée.

— Et comment on va faire ?

— T'inquiète pas, ma puce : Maman a la situation bien en main.

— C'est bien ça qui m'inquiète…

— Oh ! Arrête un peu, veux-tu ! Et puis cesse de t'empiffrer, tu n'auras plus faim pour dîner.

— Maman, si je n'étais pas passée faire quelques courses, on aurait dû se contenter des plaques de verre du frigo… et à la rigueur de cette plaquette de beurre rance.

— Je plaide coupable. Il faut vraiment que j'aille au supermarché.

— Voyons le côté positif de la chose : tu auras du temps pour t'en charger !

Ma fille pratique le second degré depuis ses quatre ans, pour ma plus grande fierté…

— Je t'arrête tout de suite, ma bichette : je ne compte pas rester les bras croisés. Et j'ai d'ailleurs déjà quelques pistes très sérieuses.

— Mais je n'en attendais pas moins de toi…

Elle haussa un sourcil et fronça les narines. Ma fille pratique également le sarcasme depuis qu'elle sait parler, et quelquefois ~~toujours~~ c'est légèrement agaçant.

— Tu veux que j'en parle à Papa ? Il pourrait peut-être te faire une rallonge pendant quelques mois… Le temps… de se retourner ?

— Hors de question ! Il va encore me donner du « chaton » en veux-tu en voilà, et me regarder comme si j'étais sa pauvre petite chose.

Mes rapports avec mon ex-mari n'étaient pas ce qu'on qualifie de classiques. Il m'avait annoncé la fin de notre couple totalement effondré, s'était par la suite toujours démené pour nous rendre service, et se montrait carrément arrangeant pour les vacances et les week-ends… Un ex absolument parfait, et cela avait un côté vraiment horripilant… Sa nouvelle femme, Kitty, une jeune et très jolie Australienne donc, se trouvait être adorable en plus de formidablement sympathique. Totalement insupportable comme situation, admettez-le. C'est bien simple, je n'arrivais pas à en vouloir à Bertrand : à sa place je me serais larguée aussi.

Aglaé haussa les épaules, mit son assiette dans le lave-vaisselle et sortit des cahiers de son sac à dos. Mon téléphone, posé non loin d'elle, se mit à sonner.

— C'est Hugo ! annonça-t-elle en saisissant l'appareil.

Je grognai, attrapai l'engin et le mis sur vibreur.

— Tu ferais mieux de décrocher, tu sais bien qu'il ne te lâchera pas.

Hugo était mon meilleur ami. Ses parents habitaient en proche banlieue à trois maisons des miens. Nous avions grandi ensemble, et aussi loin que je puisse remonter, il faisait partie du moindre de mes souvenirs. Comme preuve de notre attachement, il était le parrain d'Aglaé tandis que j'étais la marraine de ses jumeaux de quatre ans, Siméon et Philémon.

— Pas ce soir…

— Je ne vois pas comment tu vas pouvoir te défiler.

Aglaé se pencha sur sa leçon d'anglais, tandis que j'observais les messages s'accumuler sur mon smartphone. Le fixe se mit à retentir à son tour.

— Maman, décroche… Tu sais bien comment ça va finir.

Je croisai les bras sur ma poitrine, fermement déterminée à ne pas céder.

— Non !

— Allez ! Tu m'empêches de bosser !

Argument imparable. La mort dans l'âme, je m'emparai du combiné.

Ces temps-ci, Hugo vivait un passage difficile avec sa femme Natacha. Celle-ci ne donnant sa confiance que très difficilement, ils avaient d'un commun accord – mais tout en se passant du mien – décidé que j'étais la seule et unique personne en mesure de garder leur progéniture. Flatteur, mais un peu handicapant à la longue.

— Quoi encore ?

— Quel accueil ! J'imagine que c'est parce que tu n'as pas fini de sécher ?

— Ah ! Ah ! Très drôle ! Déjà au courant à ce que je vois ?

— J'ai eu ma mère, qui a eu la tienne et ainsi de suite…

— Laisse tomber… Que me vaut ton appel ?

— J'ai absolument besoin de toi.

— Hugo… J'ai gardé les garçons trois fois en dix jours ! Tu sais que je les adore, mais aujourd'hui, ce n'est pas du tout le jour.

— Olympe, l'heure est *vraiment* grave, cette fois…

Je sentis la panique dans sa voix, chose pour le moins inhabituelle.

— Raconte ?

— J'ai complètement oublié notre anniversaire de rencontre : Natacha a déjà sorti les valises du placard.

Échec et mat. J'étais faite comme un rat.

— Bon…

— Je passe les déposer à dix-neuf heures ? implora-t-il.

— D'accord… Mais je n'ai rien d'autre que des œufs à la coque…

— Parfait !

— À tout à l'heure, Hugo.

— Au fait, je suis désolée pour ton boulot. Tu vas rebondir, je ne m'inquiète pas.

— Puisses-tu dire vrai…

— Au pire, je t'engage pour mes flagrants délits si ça peut te dépanner !

Il avait prononcé cette phrase en riant et sans en penser le moindre mot. Hugo avait monté une agence de détectives et était missionné par de grosses entreprises pour traquer les employés fraudeurs et tout un tas de choses horriblement barbantes. Je me souviens comme si c'était hier du jour où il m'avait fait part de son idée, fier comme Artaban. Il y avait alors encore peu d'agences de ce type dans le pays et Hugo y croyait dur comme fer. J'avais éclaté de rire et, avec ma sœur

Marie, nous l'avions taquiné des mois durant sur le glamour de son projet.

Mais ça, c'était avant. Désormais il avait une équipe de plusieurs personnes et une secrétaire personnelle…

Les quatre coquilles d'œufs brisées, nous trempions tous nos mouillettes dans le jaune en discutant avec animation du dernier dessin animé sorti au cinéma et de l'amoureuse de Siméon qui avait apparemment un sérieux penchant pour ses propres sécrétions nasales.

Le repas terminé, les deux blondinets insistèrent pour qu'Aglaé leur raconte une soixantaine d'histoires pendant que je préparais leurs matelas gonflables.

— Quand est-ce que vos parents vont se décider à embaucher une baby-sitter comme tout le monde ?

— Tu sais bien qu'on pleure et qu'on n'écoute rien quand c'est pas toi, tata Olympe !

— Et elle nous forcerait à manger des légumes, alors que chez toi, c'est toujours des coquillettes ou du riz.

— Pas faux.

J'achevai de les coucher quand je découvris un SMS de leur père :

> Peux-tu déposer directement les garçons à leur école demain matin ? Ça m'éviterait un détour. Merci d'avance. Bises. Hugo

S'il me fallait une raison de plus pour retravailler au plus vite, elle était toute trouvée.

Une fois les garçons confiés à Morphée et son staff, Aglaé vint me rejoindre dans la cuisine. Elle me trouva la tête entre les mains, le nez au-dessus d'une infusion « nuit tranquille ».

— Tu ne dors pas ma belle ? demandai-je d'un ton un peu trop enjoué pour être honnête.

— Je n'aime pas te voir comme ça.

— Ne t'inquiète pas. C'était une mauvaise journée, voilà tout.

Elle hocha la tête, visiblement à la recherche de quelques paroles de réconfort.

— Vois le bon côté des choses : ton patron n'était même pas sympa et il avait mauvaise haleine.

— C'est le moins qu'on puisse dire.

Je me vis en pensée étouffer Paul-Henri Foulque avec une montagne de forêt-noire.

— Ça va aller ? J'ai l'impression que tu es complètement démoralisée.

Je farcis mentalement Paul-Henri Foulque d'un peu plus de crème pâtissière, assurai ma fille du contraire, et l'envoyai se coucher, non mais. Je l'imitai en me promettant de passer une deuxième couche de chantage à Lorenzo au plus vite. J'allais inciter mon destin à prendre le bon chemin par la force mentale.

3

Celle qui retrouvait du travail

Le lendemain matin, juste après avoir déposé les jumeaux à l'école, ma force mentale prit deux claques monumentales.

Pour commencer, Lorenzo tint à ce que je sois la première informée de sa rupture : Gianni venait de le quitter avec pertes et fracas, ce qui impliquait que je pouvais me coller mon chantage à base de gogo dancers, de tenues de souris géantes et d'Ibiza, en même temps que mes espoirs de contrats, dans un endroit dont je préfère taire le nom.

Pour achever ce que j'avais de motivation, je reçus un coup de fil de mon ex.

— Hello, chaton !

— Je ne suis pas ton *chaton*.

— Tu seras toujours mon chaton. Attends, ne quitte pas. Quoi ? Kitty t'embrasse, chaton.

— Tu es au courant que les gens sensés n'appellent pas leurs ex *chaton*, ce n'est pas sain.

— Bon, je ne t'appelle pas pour parler du bien-fondé des mots que j'emploie… J'ai reçu des messages d'Aglaé : il paraît que tu as perdu ton job ?

— Hum… oui…

Je réservai les pires souffrances à ma fille pour le soir même.

— Elle a l'air inquiète pour toi, tu sais… Et nul besoin d'avoir fait un Master de psychologie pour savoir qu'un enfant ne doit pas s'inquiéter pour ses parents.

— Épargne-moi tes leçons de morale, veux-tu ! Tu es avocat et non psychiatre, à ce que je sache ?

— Je vais peut-être te paraître dur, chaton, mais…

Je serrai si fort les dents qu'un petit éclat d'émail se désolidarisa de l'une de mes canines mandibulaires.

— Je n'ai pas besoin d'une rallonge ! dis-je en frottant ma dent.

— Ce n'est pas ce que j'allais te proposer.

— …

— Veux-tu qu'Aglaé vienne vivre chez nous ?

Je dus m'asseoir sur le banc judicieusement installé devant l'école maternelle.

— Tu blagues, c'est ça ?

— Pas du tout.

— Mais enfin, il n'en a jamais été question !

— Je trouve, enfin Kitty et moi trouvons, et cela malgré tout l'amour que nous te portons et tu sais à quel point nous t'apprécions, chaton, que tu te reposes un peu trop sur Aglaé.

— C'est absolument faux !

Quelques souvenirs jaillirent dans mon esprit. Des cahiers de liaison non signés, des placards constamment vides et des salles de bains loin d'être irréprochables.

— Ne le prends pas comme une menace, chaton…

— Tu es avocat, et le moindre mot qui sort de ta bouche est longuement soupesé, *chaton*…

— … mais disons que je souhaiterais vivement que tu ne restes pas sans emploi, sinon…

Je me mordis la lèvre, sachant que j'allais regretter mes prochaines paroles.

— Ah ! Ah ! Ah ! C'est donc ça qui t'inquiétait !

— Quoi ?

— Mais enfin, Bertrand, j'ai déjà retrouvé du boulot ! Ce que tu m'as fait peur…

— Ah bon ?

— Mais oui !

— Et… je peux savoir quel genre de boulot ?

— Je t'en dis plus très vite ! J'ai justement rendez-vous pour signer le contrat. Mais sache que je vais gagner plus qu'avant ! Tiens, je vais même pouvoir me payer quelques heures de ménage.

— Tu m'en vois soulagé… Et à vrai dire, et sans vouloir te vexer, ce ne sera pas du luxe.

J'avalai la couleuvre supplémentaire et le congédiai au plus vite.

Je me sentis instantanément soulagée. Affaire réglée ! Hors de question qu'ils me prennent mon Aglaé, je ne m'imaginais pas vivre sans elle… Et puis, je ne savais même pas régler les thermostats des radiateurs et l'hiver approchait à grands pas.

Assise sur le banc, je pris le temps de savourer l'instant : Bertrand avait eu l'air convaincu par mes salades. Oui, je pouvais être fière de moi, j'avais géré la discussion d'une main de maître.

Une seule ombre venait saccager le tableau abstrait de mon plan absurde : il me fallait trouver un emploi, et le plus rapidement possible.

Je garai ma voiture, une Clio d'un âge avancé, dans l'allée de mes parents. Ils habitaient le même pavillon depuis quarante ans, ce qui correspondait à peu de chose près à l'année de naissance de ma sœur. Depuis, les rosiers, les arbres et arbustes décoratifs avaient bien grandi, en partie aussi grâce à mon père et ses talents de jardinier.

À l'intérieur de la maison, par contre, pas l'ombre d'une plante verte, uniquement des compositions florales synthétiques et des pots pourris aux couleurs douteuses.

— C'est que je fais crever les plantes rien qu'en les regardant, s'amusait à répéter ma mère.

Tout ça, je le soupçonnais, pour faire enrager ma grand-mère paternelle qui s'échinait à lui en offrir régulièrement pour lui prouver qu'un taux de décès végétal aussi élevé dans une même maison était impossible, à moins d'y mettre beaucoup de mauvaise volonté.

À peine avais-je coupé le contact que mon père se pressa sur le pas de la porte.

— Tiens donc !

Je l'embrassai tendrement sur la joue.

— J'avais du temps… alors…

De nature peu loquace, il me laissa entrer dans la maison sans rajouter quoi que ce soit.

— À la bonne heure ! Laure Manaudou nous fait l'honneur d'une visite ! siffla ma mère de la cuisine.

— Maman… Si tu commences comme ça, je m'en vais tout de suite !

— Oh ! Ne sois pas si premier degré !

Je la trouvais en train d'éplucher des carottes. Je me penchai et lui déposai un baiser sur le front.

— Tu déjeunes avec nous ? Mais je te préviens, reprit-elle en désignant un plat, rien d'extraordinaire : les lasagnes sont pour demain.

Le pas grand-chose se résumait à une salade composée, un bœuf mijoté aux olives et aux carottes et une charlotte aux poires.

Je fis un rapide topo « Lorenzo » à mes parents, et leur listai mes chances de retrouver rapidement un emploi. Chances qui allaient bien devoir se présenter à moi, étant donné le bobard servi un peu plus tôt à Bertrand et que j'avouai à mes parents.

— Il a appelé tout à l'heure. Il m'en a parlé.

— Bertrand ?

— Oui, il appelle de temps en temps.

— …

— Il m'a même fait livrer des roses blanches pour ma fête, charmant, non ?

— …

— Si seulement vous aviez pu rester ensemble…

— Je te rappelle que c'est lui qui m'a laissée tomber pour une autre !

— Cette Kitty est définitivement adorable ! Nous avons chatté ensemble l'autre soir, elle a décidément beaucoup d'humour.

— Tu… *chattes* avec Kitty ?

— Bien sûr ! Par Facebook.

— Parce que… tu as Facebook ?

— Mais pour qui me prends-tu, ma pauvre Olympe ?

— Mais enfin... Tu ne m'as même pas demandée en amie !

— J'ai lu que ça ne se faisait pas, que les enfants n'aimaient pas être dans les contacts de leurs parents.

— Les enfants qui sont au collège ou au lycée ! Pas ceux qui ont trente-huit ans et plus rien à cacher !

Elle haussa les épaules et lança les dernières carottes dans la cocotte en fonte.

— Et je peux savoir ce que voulait Bertrand ? repris-je en secouant la tête.

— Il veut louer une villa dans le Luberon l'été prochain, organiser des vacances en famille. Il va te le proposer aussi. Il y aura ses parents et ceux de Kitty. Que c'est appréciable de côtoyer des personnes aussi larges d'esprit, dit-elle en soupirant et en fusillant mon père du regard.

Je me laissai tomber sur ma chaise.

— Je ne sais pas quel est son problème. Franchement, il est barge.

Mon père plissa les lèvres et haussa les sourcils en silence pour me montrer son assentiment.

— Ma fille, vis un peu avec ton temps ! Il est tellement surmené par son travail qu'il souhaite vivre sereinement le reste du temps. Tu ne peux pas lui en vouloir !

Je ne pris pas la peine de lui répondre que c'était là des mœurs pour le moins étranges, et disposai les trois assiettes ainsi que les couverts.

— Et comment penses-tu dénicher du boulot pour finir ?

J'expliquai que j'allais me rendre dès que possible dans des agences d'intérims spécialisées ainsi qu'à Pôle Emploi, et que cette perspective me remplissait de joie.

— Ou alors, je supplie Foulque de me reprendre.

Mon père tapa du poing sur la table, faisant trembler le saladier que ma mère venait de poser près de lui.

— Pas question ! Un Posteur ne rampe pas !

J'étais surprise de sa réaction et appris par la même occasion la devise de notre famille. Bernard Posteur était plein de soupirs et de mimiques quand sa femme partait bille en tête dans des élucubrations incohérentes – donc environ tous les quarts d'heure –, mais il ne s'emportait que très rarement. Je ne l'interrogeai pas sur ce curieux sursaut d'orgueil, mais me promis de creuser le sujet.

— Tu as sûrement raison. Et puis, c'est peine perdue, de toute façon…

— Peut-être devrais-tu profiter de cette histoire de plongeon ?

— Maman…

— Les médias, tout ça…

Ma mère enfourna une grosse bouchée de salade et récupéra du bout de la langue un petit morceau de laitue au coin de sa bouche.

— Les temps sont durs, quand même. Si je travaillais encore à la parfumerie, je t'aurais au moins fait embaucher pour les extras du week-end, mais maintenant… Et puis, ce n'est pas ton père qui va pouvoir t'aider. Tu penses bien qu'un professeur de géographie n'a pour ainsi dire pas de réseau. Ah… Si on comptait sur lui pour se faire des amis… Enfin, il t'a dit qu'il s'était mis au bridge ?

Elle parlait de lui comme s'il n'était pas dans la pièce et remplit à nouveau mon assiette sans me demander mon avis.

— Au backgammon, corrigea mon père un peu gêné.

— C'est… super, Papa…

— Oui, enfin, je disais les temps sont durs, l'aîné des Retaillaud s'est fait licencier pour diffusion d'informations, une histoire de logiciel qui devait être dévoilée en avant-première, bref...

— C'est moche.

— Kitty est bien d'accord avec moi... D'ailleurs, il paraît que le milieu des coachs sportifs est un vrai panier de crabes.

Sur ces propos, elle flatta son chien, un épagneul arthritique répondant au doux nom de Franck-Elvis, mes parents n'ayant pas réussi à se mettre d'accord sur le choix de son nom. Sinatra et le King devaient se retourner dans leur tombe deux à trois fois par jour...

À la fin du déjeuner, mon père s'absenta pour aller consulter l'ordinateur installé dans son bureau. Je ne me souvenais pas avoir jamais vu mes parents très branchés nouvelles technologies et m'approchai de lui lorsqu'il éteignit précipitamment la machine.

— Maman prépare du café, tu en veux ?

— Non merci, je me suis mis au thé.

— Tout va bien, Papa ?

Il tourna vers moi un visage malicieux et m'adressa un clin d'œil.

— Extrêmement bien, ma chérie !

Un peu plus tard, je quittai la maison familiale en promettant à ma mère de tout faire pour être à l'heure pour le déjeuner du lendemain. Je sentais qu'il se tramait quelque chose d'inhabituel chez mes parents et c'est légèrement perplexe que je me mis au volant de ma voiture. Cela dit, comme toujours, et cette fois sans le vouloir, ma mère avait été de bon conseil.

Je n'attendis pas d'être arrivée chez moi et me garai cinq cents mètres plus loin pour composer le numéro d'Hugo.

Au bout d'une sonnerie, le fourbe fit basculer mon appel sur son répondeur. Je laissai un message parlant de stress, de maîtresse, de poux, de jumeaux et de gastro, ce qui eut pour effet de le faire rappeler encore plus rapidement que je ne l'espérais.

— Qu'est-ce qui se passe ? Je n'ai rien compris ! Ça concerne Siméon ou Philémon ?

— Aucun des deux.

— Quoi ?

— Tu ne rappelles que quand ça t'arrange !

— Lamentable ! Olympe, tu verras quand tu auras des enfants !

— Je te rappelle que j'en ai une.

— Eh bien justement ! Prends exemple sur elle ! Aglaé ne ferait jamais ce genre de chose.

Je n'allais tout de même pas abonder dans le sens d'Hugo, mais, effectivement, Aglaé n'aurait jamais utilisé pareille méthode. Une vaguelette de honte mourut à mes pieds, mais je l'esquivai : j'agissais avant tout dans l'intérêt de ma fille.

— Il faut que tu me trouves du boulot.

— Pardon ?

Il eut l'air aussi surpris que si je lui avais demandé de prendre des parts dans une entreprise de filage de laine de lama à San Francisco.

— Je ne vois pas ce que ça a de si étonnant.

— …

— Et puis, tu me l'as proposé hier, je te rappelle.

— De quoi tu parles ?

— Si, si, je m'en souviens très bien.

Il marqua une pause, et ses paroles durent lui revenir en mémoire, car il reprit ensuite sur un tout autre ton.

— Non, mais attends, Olympe, je bla-guai.

Il articula son dernier mot comme s'il s'adressait à un demeuré profond et lobotomisé.

— Eh bien, pas moi mon petit bouchon !

— Tu sais bien que j'ai déjà une secrétaire...

— Je ne te parle pas de secrétariat, et qui plus est, excuse-moi de te faire remarquer que c'est hyper sexiste comme remarque.

— Je ne comprends pas où tu veux en venir, Olympe.

— Je veux en venir que je sais mieux que personne prendre des photos.

— Tu ne penses pas réellement ce que tu dis ?

— Oh que si...

— Oh que non !!!

— Je suis tout à fait capable de rester dans une voiture pour photographier de pauvres péquins qui ont l'imbécillité de simuler une fracture.

— Je vais passer sur le fait que tu décrédibilises ma profession, car c'est bien plus que ce que tu imagines, mais, en plus, je crois que tu ne réalises pas qu'il y a un minimum de connaissances et de techniques à maîtriser.

Il pouvait plier, je le sentais.

— Mais je peux apprendre ! Et ce sera juste le temps de trouver un vrai job !

— Je t'en prie, Olympe, n'insiste pas...

— Oh ! Ça va ! Ne joue pas les vierges effarouchées ! Allez... Hugo...

— ...

Il allait plier, oui, et il était temps pour moi de lui donner le coup de grâce.

— Ça m'embêterait vraiment de ne plus garder tes deux adorables monstres.

— Non… Olympe…

— Ils sont tellement mignons, et en même temps… si remuants…

— Ce que tu fais s'appelle du chantage !

— Aucune baby-sitter ne tiendra plus de deux soirs, et tu le sais.

— …

— Sans compter que les gens sont si peu fiables de nos jours… Qui sait si elle ne laisserait pas le gaz allumé, ou encore si elle ne transformerait pas votre coquet duplex en salle de shoot ?

— …

— À ton avis, quel serait l'avis de Natacha sur la question ?

— Olympe, tu es machiavélique…

— Tu vois que je suis capable de tout ! Je traquerai tes hors-la-loi comme une dingue.

— …

— Hugo ?

— Va pour un mois. Et uniquement pour des planques passives.

— Va pour ce que tu veux, mais j'ai dit à Bertrand que j'avais déjà retrouvé du boulot et mieux payé qu'avant, je préfère te le dire tout de suite.

Il manqua de s'étouffer au bout du fil.

— Tu sais combien de baby-sitters je pourrais payer avec un mois de ce salaire ?

— Eh bien, qu'à cela ne tienne ! Embauche une armada de baby-sitters !

— …

— Je passe te voir tout à l'heure. Rapport aux modalités du contrat, au matériel, aux formalités et tout le reste. Bisous !

Hugo raccrocha en grognant et je levai un poing en l'air tandis que la musique de Rocky résonnait dans ma tête.

Au moment où j'allais redémarrer, je vis passer la voiture de mon père. Il portait des lunettes noires et un chapeau que je ne lui connaissais pas.

4

Celle qui faisait les courses

Je poussai la porte de P&F, comprendre *Pistages et Filatures*, environ une heure plus tard. Les bureaux de P&F étaient situés dans le onzième arrondissement, au deuxième étage d'un immeuble somme toute assez classique, et dans le plus pur style haussmannien.

J'étais déjà venue rendre visite deux ou trois fois à Hugo et, à chacun de mes passages, j'avais littéralement bloqué sur l'incroyable porte d'entrée sur laquelle était vissée la petite plaque de laiton gravée aux initiales de sa société. Mélange de porte andalouse, d'inscriptions mauresques et d'ornements orientaux, ce chef-d'œuvre d'un artiste local interné depuis en hôpital psychiatrique et commandé par le précédent propriétaire ne manquait pas d'étonner et de donner lieu à débat. J'avais pour ma part, et ce à diverses reprises, conseillé à Hugo de la faire remplacer par une plus sobre pour gagner en sérieux. Natacha, son épouse, se contentait de lui assener régulièrement et avec moins de tact : « Vire-moi cette horreur ! »

Hugo avait tenu bon et conservé la lourde porte, non moins en mémoire de l'ancien marabout qui recevait autrefois ses pseudo-patients en ces lieux que par conviction : les clients potentiels trouvaient là un motif de discussion et, selon lui, la glace se brisait bien plus rapidement. De plus, d'après lui, on sous-estimait grandement le nombre d'amateurs d'artistes locaux internés en hôpitaux psychiatriques.

Je pressai la sonnette puis poussai le lourd vantail. Antoinette, la secrétaire-réceptionniste, se redressa et rougit en me voyant, preuve qu'elle voulait faire bonne impression à l'amie du patron que j'étais. Elle avait l'habitude de m'avoir au téléphone et force était de constater que je devais l'impressionner.

Antoinette était complètement investie et adorait Hugo. La cinquantaine bien tassée, elle avait consacré la première partie de sa vie à sa mère et à une entreprise de fenêtres. Au décès de la première et à la liquidation de la seconde, la blonde peroxydée tout droit sortie d'un soap américain s'était retrouvée totalement désœuvrée. Sa route avait croisé celle d'Hugo, qui lui avait accordé sa confiance et lui avait permis de remonter la pente. Elle lui vouait depuis un culte assez incroyable.

— Bonjour, Mademoiselle McQueen. M. Hugo m'a informée que vous deviez passer !

Cette nouvelle me ravit. Mon ami avait certainement tempéré son jugement depuis notre communication.

Le visage qu'Hugo passa par l'entrebâillement de la porte me confirma qu'il n'en était rien. Il me fit entrer dans son vaste bureau décoré avec goût par Natacha et me désigna un fauteuil du menton.

— Allez, ne fais pas cette tête…

— Je ne fais pas la tête, Olympe. Pas du tout.

Il esquissa un petit sourire avant de reprendre :

— Seulement, ce boulot n'est pas fait pour toi, et tu ne t'en rends pas encore compte.

— C'est seulement pour quelques mois, je te rappelle…

Il se mit à rire franchement.

— Tiens donc ! C'est l'inflation ! Tu m'as parlé d'un mois tout à l'heure !

— Honnêtement, tu te doutes bien que j'aspire à autre chose que de faire des filatures en imperméable…

Il leva une main pour m'arrêter.

— Je te préviens tout de suite que je ne vais pas te mettre sur des affaires compliquées. Tout d'abord pour ne pas faire capoter mes dossiers, mais également pour ne pas te mettre dans des situations difficiles.

J'éclatai de rire.

— On croirait que tu gères une organisation gouvernementale !

En prononçant ces mots, je me rendis compte que je n'avais jamais réellement cerné l'activité de P&F, et je lus dans le regard de mon ami un soupçon d'agacement.

— Olympe, peux-tu me dire ce que tu penses que je fais.

— Dans la vie ?

— Oui… dans la vie.

Je tordis ma bouche dans tous les sens en cherchant un semblant d'inspiration. Hors de question de m'avouer vaincue si vite.

— Tu… pistes pas mal de maris volages, de faux malades…

— …

— Je sais ! Tu recherches des héritages !

Le cocktail un tiers consternation, deux tiers embarras avec beaucoup de glace pilée avait jeté un froid dans le bureau chic de mon ami.

— Bon, je ne vais pas me vexer…

— Et tu ne le dois surtout pas…

— … et passer sur le fait que, moi, je suis en mesure d'expliquer ton travail dans les moindres détails, jusqu'aux réglages de ton réflex.

— … et j'en suis admirative et flattée. Tu sais que je t'adore ?

— … alors je vais t'expliquer de quoi P&F s'occupe et ce que, toi, tu vas devoir faire durant le temps où tu vas travailler avec nous.

Cette dernière information me fit légèrement tiquer. J'espérai en secret qu'il avait déjà quelqu'un pour récurer les toilettes et vider les poubelles.

Il ouvrit une pochette en carton et fit glisser devant moi une publicité imprimée sur un magnifique et luxueux papier glacé.

Agence de détectives privés à Paris depuis 2005, P&F vous apportera, au travers de ses investigations, les preuves et informations dont vous avez besoin.

Entreprises et particuliers font régulièrement appel à P&F pour toutes investigations. Grâce à son savoir-faire, son matériel à la pointe de la technologie et à ses nombreux partenaires (avocats, experts, huissiers…), vos questions ne resteront plus sans réponse.

- *Votre société a été victime d'un préjudice ?*
- *Vous avez des soupçons sur vos salariés actuels ou futurs ?*
- *L'adultère est désormais pour vous une réalité ?*
- *Une preuve vous manque dans un litige conjugal ?*
- *Vous vous posez des questions sur l'un de vos proches ?*

• *Vous recherchez une personne disparue (disparition d'enfant, d'adulte, fugue, héritier, paternité...)*

P&F s'engage à vous aider et vous conseiller grâce à son savoir-faire et à ses méthodes (contrôle d'activité, filature, photos, constat d'adultère, audition...).

Je lus le document attentivement, toussotai et repris de la façon la plus détachée possible :

— Non, mais, je savais tout ça, hein.

— Bien entendu...

— Et je t'avoue que ça a l'air palpitant.

En réalité ça l'était, et Hugo m'apparut beaucoup plus courageux que dans les lointains souvenirs de cache-cache nocturnes, au cours desquels il se sauvait au moindre craquement de branche.

— Et toi... tu vas sur le terrain ?

— Olympe ! Mais enfin, tu n'écoutes vraiment rien quand je te parle du boulot ? Quand je pense que je suis toujours là pour écouter tes histoires !

Il n'était pas loin du compte. J'avais décrété depuis longtemps que le travail d'Hugo était ennuyeux.

— Bon... Excuse-moi...

— Ah ! Eh bien tout de même !

— Je pensais que ton job se résumait à planquer dans une voiture en prenant des photos d'employés fraudeurs.

— Banco !

— Quoi ?

— C'est exactement là que tu entres en scène !

— ...

— Rapport à tes qualités de photographe, tout ça...

— Parfait.

J'étais un brin déçue, mais toutefois reconnaissante. Mon ami me tirait une belle épine du pied.

— Par contre...

— Oui ?

— Je ne suis pas responsable de la soupe que tu as servie à Bertrand.

Je savais très bien où il voulait en venir, mais feignis l'innocence.

— Je te paie le salaire minimum.

— Hugo...

— Je ne sais pas ce que tu imagines ! Je ne suis pas Rockefeller. Et vis-à-vis du reste de l'équipe, je ne peux me permettre de t'octroyer un traitement de faveur.

— Logique, répondis-je en pensant au montant de mon loyer, au cours du baril de pétrole et dans une plus grande mesure au capitalisme et à ses diverses conséquences perverses.

— Par contre...

— Oui ?

— ... si tu es un bon petit soldat attentif...

— Oui !

— ... et si tu mènes à bien tes planques...

— Oui ! Oui ! Oui !

— Tu auras une commission pour chaque affaire résolue !

Je poussai un grand soupir de soulagement. Nul doute que j'allais faire une surveillante hors pair.

— Ne crois pas que ce soit si facile, Olympe.

Je sautai au cou de mon ami et lui collai d'énormes bises baveuses – il détestait ça – sur les joues.

— Je vais tout faire pour ne pas te décevoir.

— Cinq cents euros par affaire classée.

À raison d'une dizaine de cas clôturés – j'avais une très haute opinion de mes pouvoirs d'enquêtrice et exagérément foi en ma bonne étoile –, j'allais me faire… un sacré paquet de fric !

— Si tu résous deux affaires par mois, ce sera beau pour commencer, mais ça pourrait faire grimper ton salaire à deux mille cent cinq euros.

J'allais prendre congé lorsque Hugo me tendit une mallette.

— Voilà ton matériel : appareil photo avec téléobjectif – je ne te montre pas comment l'utiliser –, bloc-notes, stylos, bombe lacrymogène, taser – même si tu n'en auras pas besoin pour les cas que je vais te confier.

— Parfait !

— Et voici ton dossier : consulte-le dans les moindres détails, ok ? Tu commences demain après-midi. Il faudra attendre à cette adresse, tu prendras la relève de Novak pour le week-end.

Je soupirai.

— C'est pour me punir que tu me colles le week-end ?

— Tu ne pensais pas avoir uniquement les avantages ! Pense aux collègues, Olympe, vous devez être sur le même pied d'égalité. Et en plus Franco est en arrêt maladie. Une angine blanche, quarante de fièvre.

Je retins un gloussement.

— Un comble, tu veux que j'aille vérifier ?

Hugo me fusilla du regard.

— C'est déjà fait, qu'est-ce que tu crois. Mais les gars ne s'amuseraient pas à ça, et tiens-le toi pour dit…

— Les gars ?

Il se tortilla sur sa chaise.

— P&F n'est pas un exemple en matière de parité… Mis à part Antoinette et Stella à l'agence, nos effectifs sur le terrain sont cent pour cent masculins.

— Hum… Bonne vieille testostérone… Il était grand temps que j'arrive, quoi…

— Un mois, Olympe, un mois…

Je levai volontairement les yeux vers les fissures du plafond et tournai les talons. Sous ses airs de gros dur, Hugo m'avait une fois de plus sauvé la mise. J'avais beau râler, garder ses rejetons ne me déplaisait pas tant que ça et c'était bien la moindre des choses vu le nombre de fois où il avait volé à mon secours.

Sur le retour, je décidai de fêter dignement la nouvelle, et donc de remplir notre réfrigérateur pour l'occasion et de trouver un petit cadeau pour Aglaé. J'optai pour une trilogie de romans qu'elle convoitait depuis quelques semaines ainsi qu'un carnet fantaisie et pris soin d'emballer le tout dans du joli papier.

Les placards pleins pour tenir au moins deux sièges, je goûtai à la satisfaction du devoir accompli et poussai la perfection jusqu'à préparer à ma fille un chocolat chaud.

— Tu vas m'annoncer une catastrophe ? demanda Aglaé en posant son sac à dos dans l'entrée débarrassée pour une fois de toutes nos chaussures.

— Qu'est-ce que tu vas imaginer…

— Vous allez divorcer ? À non, c'est déjà fait…

— Très drôle.

Elle vint se planter devant moi et examina longuement mon visage, en tordant la bouche et plissant les yeux comme si elle traquait le moindre aveu.

— Alors ? J'attends…

Je soufflai en m'attablant devant mon propre chocolat, et y fis tomber délicatement des mini guimauves.

— Je voulais simplement te remercier d'être si… enfin, tellement…

— Laisse tomber, Maman.

Aglaé, la mystérieuse. Elle ne tenait pas sa modestie de moi, et encore moins de son père.

— Et surtout… Je voulais que nous célébrions mon nouvel emploi !

Je levai les mains en l'air tandis qu'Aglaé sautait de joie. Elle fit le tour de la table pour venir me serrer dans ses bras.

— Et ça consiste en quoi ?

— Je vais travailler quelque temps pour Hugo, l'aider un peu dans son boulot…

— Génial, Maman !

Son sourire se fana en une petite moue.

— Tu sais que j'ai un peu flippé en fait ?

Je le savais, mais n'osai insister.

— Allez ! Bois ! Ça va être froid.

Elle regarda son mug avec gourmandise.

— Et attends de voir ce que j'ai prévu pour le repas.

Son sourire disparut soudainement.

— La boulette, murmura-t-elle.

— Quoi ?

— Je suis désolée. J'ai complètement oublié de te demander si je pouvais dormir chez Sido.

Sidonie, la meilleure amie d'Aglaé, vivait dans un duplex high-tech et ses parents m'étaient légèrement insupportables. Je m'étais toujours bien gardée de faire part de mon sentiment à ma fille, mais sa copine était aussi snob que ses parents, et ce depuis ses trois ans.

— Ça craint… Je vais appeler Sido pour annuler, elle comprendra.

Pour lui dire que tu préfères fêter son job alimentaire avec ta pauvre mère célibataire ??

— Hors de question, ma belle ! Je vais en profiter pour…

Je réfléchis rapidement à la multitude de choix qui s'offrait à moi : trier des années de papiers, cirer les chaussures, shampouiner la moquette, lustrer l'argenterie, démêler les guirlandes lumineuses…

— Prendre un verre avec les filles.

Je lus le soulagement sur le visage d'Aglaé. Elle termina son chocolat, m'embrassa à nouveau et partit dans sa chambre pour rassembler quelques affaires. Cinq minutes plus tard, elle passait la tête par la porte de sa chambre.

— Au fait, t'inquiète pas : je n'oublie pas qu'on doit aller déjeuner chez Papi et Mamie demain !

Satisfaite de son effet, elle disparut à nouveau.

Moi par contre, j'avais oublié un détail : je ne savais que faire d'Aglaé pour le week-end étant donné mon nouvel emploi du temps… Car mon programme était bel et bien établi : j'allais le passer dans une voiture banalisée à fixer une porte cochère.

5

Celle qui buvait des mojitos

Aglaé déposée chez Sidonie, je pris le chemin du restaurant réservé par mon amie Rachel, laquelle était bien trop heureuse d'avoir refilé ses trois enfants à sa mère pour la soirée.

Lorsque je passai le seuil, je les aperçus de suite accoudées au bar.

La jolie rousse se lamentait :

— Marc est parti pour trois semaines à Dubaï, je vais finir folle. Les enfants sont horriblement intelligents, ils tiennent de moi, ça devrait me faire plaisir, mais ils abusent clairement de la situation !

Je hochai la tête, compatissant tout à fait. Cela dit, je ne m'estimais pas en mesure de juger les principes éducatifs de mon amie qui réussissait l'exploit d'élever trois enfants d'âges rapprochés, mais il était clair que le mot « non » n'avait droit de cité dans sa maison.

— C'est bien simple, je n'ai plus accès ni à la télé ni à l'iPad… Une copine de Chloé habite chez nous depuis dix jours et tout ça sans compter qu'ils me réclament des pâtes à tous les repas ! Oui, même au petit déjeuner ! Enfin, cette soirée m'a donné un alibi rêvé : j'ai déposé les enfants chez mes parents pour le week-end !

Daphné, procureure de son état, se contenta de sourire avec un air de *je vous l'avais bien dit*. La jolie blonde musclée estimait qu'elle n'avait pas encore l'âge de se faire passer la corde au cou, et encore moins de se lester d'un de ces boulets plus communément appelé enfant. Elle filait le parfait amour depuis peu avec Aymerick, un avocat très séduisant.

— Ma foi, vous savez ce que j'en pense.

Alix ne réagit pas et je dus lui donner un coup de coude pour m'assurer qu'elle ne dormait pas.

— Ça va ?

— Je n'ai rien suivi, j'en peux plus. Achevez-moi à coup de verre à cocktail.

Alix avait accouché deux mois plus tôt et accusait le coup. Adepte des méthodes naturelles, des techniques de maternage et autres concepts plus formidables les uns que les autres sur le papier, elle réalisait à ses dépens que la pratique était légèrement différente… La chute n'en était que plus difficile.

Elle fondit en larmes, puis se tamponna les yeux en hoquetant.

— Je vois que je ne suis pas la plus à plaindre, reprit Rachel. Et pourtant, je ne sais pas ce qu'ont mes patients ces temps-ci, ils sont d'un pénible ! Pour couronner le tout, c'est mycose en veux-tu en voilà, à croire qu'ils se sont tous passé le mot !

La dermatologue tapota le bras de notre amie, laquelle achevait d'enlever les traces de maquillage sur ses joues.

— Tu rigoles ? C'est de joie que je pleure ! Ma première soirée en deux mois, Baptiste va bien galérer. Ah ! Ah ! Ah ! Bien fait pour sa poire !

Elle descendit une piña colada cul sec.

— Et ton allaitement ? risquai-je.

— Terminé ! Ça ne fonctionne pas comme je voudrais. Léo est collé à moi jours et nuits, nuits et jours, et plus encore… Je suis trop fatiguée, j'ai jeté l'éponge la semaine dernière. Et sans ça, Baptiste a l'argument imparable : je suis trop fusionnelle !

Elle héla le serveur et d'un signe de l'index lui demanda de renouveler la commande.

— Mais rira bien qui rira le dernier ! En tout cas, ce soir, je dors chez l'une d'entre vous : j'ai trop besoin d'une nuit de sommeil !!!

J'écarquillai les yeux et jetai un regard à la dérobée à Rachel et Daphné. J'étais prête à prendre les paris : Alix sombrerait sur la table dans la prochaine demi-heure.

J'avais convoqué mes amies pour plusieurs raisons. Tout d'abord pour le plaisir de les voir, pour prendre de leurs nouvelles, et évidemment pour leur raconter mes derniers déboires et leur annoncer la teneur de mon nouveau job. Avec elles, j'étais assurée de faire le plein de joie de vivre pour la semaine. Elles auraient trouvé du positif en toutes situations et relativisèrent effectivement grandement mon passage télévisé.

— Tu prends sacrément bien la lumière, je t'assure !

— On ne se rend pas assez compte de la hauteur de ces ponts.

— Mais comment tu as fait pour te fourrer dans un truc pareil ? hoqueta Alix déjà saoule, et donc un poil moins efficace niveau optimisme.

Concernant mon nouveau job, j'étais certaine de faire mon petit effet. Je savais qu'elles seraient à la hauteur de mon projet, quel qu'il soit – une vocation tardive de gardienne de prison, la décision soudaine de monter une filière de crack parisienne, ou encore un élevage de dauphins en Sologne.

— Je vais bosser pour Hugo ! Détective privé !

— Tellement excitant !!!

— Bien mieux que la photo culinaire, beaucoup plus glamour !

— J'aurais préféré les dauphins en Sologne, hic ! Il n'y a que moi qui aie envie de vomir ? demanda Alix avant d'aller visiter les toilettes.

J'expliquai comment j'en étais arrivée là, la pression exercée par Bertrand et Kitty et les inquiétudes justifiées d'Aglaé.

— Cette Kitty est franchement adorable, reprit Alix en s'essuyant les lèvres avec un mouchoir, elle s'est inscrite à mon cours de Pilates pour pouvoir gagner en souplesse.

Je soufflai par le nez :

— Oui, Kitty est vraiment absolument parfaite, on est tous d'accord là-dessus, passons à autre chose.

— La vraie question, ma biche, c'est ce que tu comptes faire *après* ?

Je me tortillai sur mon tabouret de bar.

— Je n'en sais rien. J'ai bien tenté de rappeler Lorenzo, mais, comment dire, ça n'a pas été très concluant.

De lointaines images d'un Lorenzo vêtu en tout et pour tout d'ailes de fée et dansant avec une souris géante me revinrent en mémoire et je terminai mon verre d'un trait pour chasser cette pensée aussi loin que possible.

— Je dois aller m'inscrire au registre des photographes dans les agences d'intérim spécialisées.

— D'ici là, tu auras peut-être pris goût au risque, gémit Alix en repartant vers les toilettes.

Difficile de croire que notre amie était l'attachée de presse d'une grande maison de prêt-à-porter, en temps normal toujours tirée à quatre épingles.

— Daphné, je te préviens tout de suite, j'ai également grand besoin de sommeil, je ne prends pas Alix chez moi, aboya Rachel. Et puis, j'imagine que pour toi c'est pareil, Olympe ? Tu commences demain, c'est bien ça ?

J'omis de préciser que je prenais le relais du dénommé Vincent Novak seulement à quatorze heures et m'en sortis avec un petit hochement de tête qui voulait à peu près dire tout et son contraire.

J'annonçai aux filles que j'avais revu une de nos vieilles connaissances.

— J'ai croisé Benjamin au fait !

— Benjamin ?

— Rougier. Du collège !

— Ben la binocle ! beugla Alix dans un hoquet.

— Sans rire !

J'expliquai dans quelles conditions je l'avais retrouvé et la honte que j'avais éprouvée.

— Il faut dire qu'il n'a plus du tout… la même allure…

— Raconte !

— Plus de lunettes, mais ce n'est pas le changement le plus radical.

— Ils font beaucoup de muscu dans la police, certifia Daphné.

— Ça me rappelle que j'ai très bien connu un agent du GIGN…, reprit Alix avant de s'affaler sur la table en renversant son verre.

À une heure du matin, je m'écroulai sur mon lit. La soirée avait été certes assez arrosée, mais porter Alix dans l'appartement de Daphné, un cinquième sans ascenseur absolument délicieux, m'avait achevée.

La sonnerie du téléphone me réveilla dix heures plus tard. Je paniquai en voyant le numéro d'Aglaé s'inscrire.

— Un problème ?

— Disons que ne te voyant pas venir à dix heures comme prévu, la maman de Sidonie a proposé de me raccompagner.

— Crotte !

— Et comme tu n'entends pas la sonnette et que tu as laissé la clé dans la serrure…

— Tu es à la porte ? J'arrive !

Je traversai l'appartement en combo tee-shirt/culotte, et au pas de course, s'il vous plaît, quand je réalisai qu'il y avait de grandes chances pour que la maman de Sidonie l'ait accompagnée jusque-là. Vicieuse, snob et prévenante qu'elle était.

Je marquais un temps d'arrêt, allai jusqu'à la salle de bains pour passer un peignoir et m'enrouler les cheveux dans une serviette.

J'ouvris la porte avec prudence et appréhension, cousins éloignés de la mauvaise conscience, et adressai un regard interrogateur à Aglaé. Elle me rendit un sourire éclatant en guise de punition, mais sans me donner la moindre indication.

— Maman !

Baissant la garde, j'ouvris la porte en grand pour découvrir Constance Le Bonnec et sa fille Sidonie, habillées comme pour se rendre à un baptême.

— Oh là là ! Je suis confuse…

— Bonjour Olympe.

— J'étais dans mon bain, et puis je ne sais pas…

Constance Le Bonnec me fit son sourire spécial-sans-les-yeux, celui où le cœur n'y est pas, mais alors pas du tout, et où seule la bouche se meut en une grimace qui se veut chaleureuse. De son côté, Aglaé visiblement exaspérée, me jeta son regard te-casse-pas-on-a-compris.

Je ne pus m'empêcher de détailler la mère et la fille de pieds en cap, avant de leur proposer de rentrer comme le veulent les conventions de Nadine de Rothschild, Bern, 1974.

— Non, c'est adorable, Olympe, mais nous devons filer.

Je ne pus retenir la phrase qui me brûlait les lèvres.

— Vous allez à une cérémonie ?

Constance éclata d'un rire cristallin et fit onduler des cheveux aussi blonds que soyeux.

— Nan ! Un simple brunch mère-fille !

Vlan. Prends ça dans les dents. En même temps je l'avais bien cherché. Aglaé et moi-même les remerciâmes et je refermai enfin la porte derrière moi.

Aglaé se retourna, ses yeux étaient emplis de déception. J'aurais préféré la colère, mère de la mauvaise foi.

— Tu abuses, Maman !

Je n'avais pas d'excuse. J'avais simplement dormi comme une souche.

— Je suis désolée. Un chocolat chaud ? Avec des petites guimauves ?

— On déjeune dans une heure, tu crois que c'est raisonnable ?

Elle laissa tomber son sac à dos et partit s'enfermer dans sa chambre. J'étais mal, très mal. Aux grands maux les grands remèdes, j'allai gratter à sa porte. Elle finit par ouvrir en soupirant.

— Franchement, faut que tu arrêtes de faire ça… Les parents ne grattent pas aux portes.

— Alors, arrête de me faire la tête.

— Je ne fais pas la tête, dit-elle en faisant la tête, j'en ai quelquefois marre que tu sois aussi… fofolle.

— Moi ? Fofolle ?

Je fis mine d'avoir définitivement perdu la raison et Aglaé se mit enfin à rire. Tous les espoirs étaient encore permis.

— Je me suis couchée tard, et très sincèrement je n'ai rien entendu du tout. Tu sais quoi, penche plutôt pour le sonotone que l'asile.

Elle haussa les sourcils, ma rédemption était en bonne voix. Je profitai du moment pour annoncer la nouvelle :

— Mon travail débute cet après-midi… Je vais devoir te laisser le week-end chez Papi et Mamie.

Son visage s'éclaira.

— Dis-moi qu'il y aura aussi Mamie Jeanne, s'il te plaît ! Dis-le-moi !

J'éclatai de rire.

— Ça, ça peut tout à fait s'arranger !

— Alors vendu !

6

Celle qui avait Barbara Cartland pour grand-mère

La rue de mes parents est on ne peut plus calme. De jeunes couples ont acquis ces terrains dans les années soixante-dix pour y construire des pavillons tous semblables, y vivre, puis certainement y mourir. Des tonnes de cartons appartenant aux enfants ayant déménagé sont entreposées dans les garages, les allées font office de parking, et désormais les portiques servent aux petits-enfants de passage.

Mes parents ne font pas exception à la règle. Jeunes retraités, ils se rendent toujours disponibles quand il est question de garder Aglaé, ainsi que les enfants de Marie, ma sœur aînée. Léonard, le troisième de la fratrie, ne s'est pas encore reproduit, et Juliette, quatrième et dernière-née, poursuit des études en Angleterre. Ma mère est impatiente de pouvoir rejouer à la poupée avec les prochains nouveau-nés.

Mamie Jeanne, la mère de mon père, vit à quelques rues de là. Étant donné son fort caractère, qui n'a rien à envier à celui de ma mère, leurs rencontres font toujours des étincelles. Mon père se contente de hausser les épaules et de soupirer, mais je suis intimement persuadée que la situation l'amuse autant qu'elle amuse Aglaé qui assiste à ces scènes comme elle irait voir une comédie de boulevard.

D'aussi loin que je me souvienne, ma mère a toujours surnommé Mamie Jeanne « Barbara Cartland ». Quand elle n'est pas dans les parages, bien entendu. Cela dit, plus ça va et plus elle prend des risques, et je suis à peu près certaine que l'audition de Mamie Jeanne est bien meilleure qu'elle ne le prétend.

Ma grand-mère est d'allure excentrique, elle porte des tenues vaporeuses pastel, ou rose bonbon, au choix, et arbore une coiffure aussi artificielle que très élaborée, ainsi qu'un maquillage presque outrancier. Elle se pare, quelle que soit la situation, de nombreux bijoux – du toc pour la plupart –, et ne se déplace jamais sans son pékinois Régis, qui ne peut pas souffrir Franck-Elvis, évidemment, et que l'on installe dans le garage pour que cela ne dégénère pas.

Cette grand-mère fantasque fait partie intégrante de ma vie et, enfant, je trouvais assez naturel de la voir ainsi accoutrée à la grille de l'école, plaignant même mes copines aux fades mamies. Pour couronner le tout, Mamie Jeanne est incollable en télé shopping et feuilletons américains tels que *Les Feux de l'amour* et assimilés. Elle a récemment découvert les Télénovelas et s'est abonnée de fait au câble, pour s'ouvrir au monde mon petit poussin, fin de citation.

En voyant Mamie Jeanne débarquer pour le repas, ma mère allait me tuer. J'en prenais le risque : rien n'était trop beau pour Aglaé. J'avais donc passé un coup de fil à l'octogénaire, l'air de rien, tout en prenant soin de mentionner que nous passions déjeuner chez son fils. Elle conclut aussi sec la conversation en faisant remarquer que ma mère n'avait encore jamais fait crever de bonsaï et qu'il fallait absolument remédier à cette situation. Le tour était joué.

Je décidai d'arriver un brin en retard pour laisser à Mamie Jeanne le temps d'aller chez le fleuriste et d'arriver. Ainsi, ma mère n'aurait pas le loisir de m'occire de suite, elle aurait déjà suffisamment à faire avec ma grand-mère. Je devais me préparer psychologiquement aux représailles, et ne pas sous-estimer mon adversaire : la présence de Mamie Jeanne allait réveiller le sniper qui sommeillait au fond de ma mère.

— Olympe, tu comptes donc rester célibataire toute ta vie ? lança cette dernière en saisissant la salière.

— …

— C'est vrai ça, tu vas commencer à faner, ma jolie, reprit-elle sans me laisser le temps de reprendre mon souffle.

— Ah ! Pour ce que vous y connaissez en fleurs, railla Mamie Jeanne.

Je manquai de m'étouffer avec ma bouchée.

— N'empêche qu'elle a déjà connu un échec… Les divorcées, il y a mieux pour attirer les hommes.

— Mais Maman !

— Ça peut aussi tout à fait les attirer, Brigitte. Les secondes mains, ce n'est quelquefois pas si mal ! Vous en savez quelque chose !

— Mamie !

— Oh moi, ce que j'en dis… rien de tel que l'expérience ! déclama la vieille dame.

Ma mère réprima un sourire. Si en plus Mamie Jeanne jetait de l'huile sur le feu… Mon père se concentrait sur la viande hachée mêlée à la béchamel, et Aglaé dévorait, ne perdant pas une miette du contenu de son assiette ni de la conversation.

— Et toi Aglaé, tu en dis quoi ?

— …

— Tu aimerais que ta maman ait un nouveau fiancé ?

Aglaé avala de travers et je dus lui tapoter le dos pour éviter la fausse route. C'était officiel : ma mère m'en voulait à mort et je ne pouvais pas réellement l'en blâmer. Qui sème le vent…

— Moi, je dis ça, c'est pour toi, ma chérie. Quand je vois comme ta sœur est heureuse en ménage…

Allons bon… Le credo de Sainte Marie. Je sautai tout de même sur l'occasion en tentant de faire diversion.

— Ils ne devaient pas venir déjeuner ?

— Ils ont un concours de tango cet après-midi. À Reims, il me semble. J'espère qu'ils auront plus de chance qu'à Amiens où les juges ont été influencés par la robe transparente d'une autre compétitrice. Complètement injuste…

— Maman, tu n'y étais pas.

— Ta sœur m'a raconté, je sais tout à fait de quoi je parle.

— Ta sœur a pris du poids, on ne parle plus de culotte de cheval à ce niveau, ajouta Mamie Jeanne pensivement.

— Mamie ! Marie est terriblement stressée en ce moment.

Dire que ma mère s'emportait lorsqu'on lui disait que Marie était de loin sa préférée… Mon père pouffa et m'adressa un clin d'œil avant de replonger le nez dans son assiette.

— Oh, moi, ce que j'en dis de la graisse, du cholestérol et de l'hypertension… C'est pour rendre service !

— Eh bien, abstenez-vous de temps à autre, ça soulagera du monde.

Mamie Jeanne avait gardé une ligne de jeune fille, et mettait un point d'honneur à marcher une heure par jour pour s'entretenir.

— Je ne vous ai pas dit, Brigitte, le bonsaï, c'est un arrosage par semaine, pas plus.

Ma mère roulait des yeux de démente, mais se retint de commenter.

Ma sœur Marie et son mari, Patrick, formaient il est vrai un couple idéal. Elle était secrétaire médicale, tandis qu'il était médecin, ils avaient un garçon et une fille adorables, et ne pouvaient se passer les uns des autres, pour preuve cette passion pour la danse de salon de compétition.

— Camille et Émile leur ont préparé des banderoles formidables pour les encourager.

Je voyais le tableau d'ici, et il était écœurant.

— Tu devrais t'y mettre aussi, tu rencontrerais du monde.

— Moi ! La danse de salon ?

Aglaé éclata de rire en postillonnant aux alentours.

— Olympe est beaucoup plus rock'n'roll que ça ! Tu devrais aller à des raves. Il paraît qu'il y a une de ces ambiances dans ces trucs-là.

Je ne demandais pas à Mamie Jeanne où elle avait pris connaissance des raves party.

— Fernand Ravier a voulu m'emmener à un thé dansant, mais je sais bien qu'il avait autre chose en tête, l'animal !

— Mamie !

— Il faut dire qu'il bouge encore pas mal pour son âge. Il a du succès, je devrais me sentir flattée. Ceci dit, j'ai un faible pour les beaux mollets, et il n'a pas ça en stock.

— Je vous rappelle qu'il y a de petites oreilles à cette table !

— Dites donc, Brigitte, ce n'est pas vous qui demandiez à Olympe si elle avait trouvé à se caser il y a deux minutes ?

Un à zéro. Service Brigitte.

— Ma petite-fille n'a pas envie de connaître quoi que ce soit des envies de son arrière-grand-mère.

— Je n'ai rien à cacher !

— Pauvres de nous !

Au moment du café, je m'éclipsai non sans avoir embrassé tout le monde pour me rendre à mon rendez-vous.

Aglaé leva le pouce à mon intention : l'ambiance allait être assurée jusqu'à ce que Mamie Jeanne se décide à rentrer chez elle, à moins que ma mère ne la descende ou la fiche à la porte avant.

Je me garai par chance assez facilement près de la rue Lakanal. J'avais, par miracle étant donné la circulation, presque une demi-heure d'avance, ce qui n'allait pas être du luxe pour compulser le dossier confié par Hugo. Bien entendu, j'avais promis de l'étudier au préalable en long en large et en travers, mais avec le contretemps du réveil tardif, je n'en avais absolument rien fait.

Cible : Félicie Lamondier, cinquante-trois ans.

Une photo était jointe aux feuillets, plein pied plutôt flou, et une deuxième, en gros plan, le genre de cliché que l'on fournit avec son curriculum. Elle était soupçonnée par son employeur, en l'occurrence un organisme bancaire, de simuler un problème aux cervicales.

Elle était arrêtée depuis six mois, à raison de cinq périodes de renouvellement, et le médecin du travail n'avait pu se prononcer avec certitude. Oui, Félicie avait souffert il y a quelque temps de calcifications ayant pour siège les vertèbres

C3 et C4 ; non, cela ne devait pas l'empêcher d'effectuer son travail de standardiste, spécialement aménagé pour elle, à grand renfort de siège moelleux à roulettes et de casque à micro pour gérer les communications téléphoniques. La BNB avait donc décidé d'en avoir le cœur net et je devais me montrer à l'affût.

Avec dix minutes d'avance je reposai le dossier sur le siège voisin, je n'avais plus qu'à attendre que ledit Vincent vienne me trouver et m'emmène jusqu'au sous-marin, autrement dit le véhicule banalisé qu'il avait garé à distance appréciable de l'appartement de Félicie.

Je sortis de la Clio pour me rendre à la rue Lakanal en sifflotant. Dans l'imaginaire collectif, ou en tout cas dans le mien, un individu qui sifflote passe le plus souvent inaperçu… En réalité, deux vieilles dames s'étaient déjà retournées sur mon passage et l'une d'elles colla son sac à main contre son flanc lorsque je passai près d'elle.

J'arrêtai de siffler et optai pour l'option rasage de murs.

— Vous êtes repérable comme le nez au milieu de la figure.

Une main s'abattit sur mon avant-bras et je ne réussis pas à étouffer un cri. Un grand brun élancé se tenait à côté de moi. Il avait la peau mate qui trahissait des origines plutôt hispaniques, et un sourcil barré par une petite cicatrice.

— Ça va pas, non ?

— Du calme, je suis Vincent Novak.

— Bon sang ! Vous allez nous faire repérer, si ce n'est pas déjà fait !

Je lançai des regards à la dérobée dans toutes les directions.

— Venez jusqu'au sous-marin, reprit-il sans se formaliser de mes remarques.

Il me prit la main et, sans doute à cause de mon air hébété, se sentit obligé d'expliquer :

— Un couple passe plus inaperçu, ayez l'air naturelle.

Je me laissai conduire jusqu'à un véhicule semblable à ceux que conduisent les plombiers, électriciens et tous les agents de compagnies d'entretien. J'avais du mal à regarder à travers les vitres, et pour cause, elles étaient légèrement teintées. Novak appuya sur la télécommande située dans sa poche et les portes se déverrouillèrent, il lâcha brusquement ma main, ouvrit la portière côté passager et s'engouffra dans la voiture. Je marquai un temps d'arrêt. D'un geste, il m'indiqua le côté conducteur et je m'installai à ma place.

— Il va falloir agir plus rapidement. Quand je serai parti, vous passerez à l'arrière, comme ça, vous ne serez quasiment plus visible de la rue. Avec le téléobjectif, vous pourrez sans problème atteindre la cible.

— Ok.

Je me retournai. Dans la partie utilitaire, un petit sas était aménagé, avec une banquette, une petite table et une glacière.

— Où est votre matos ?

La mallette… Restée dans ma Clio.

— J'ai bien peur…

Novak secoua la tête, et ferma un instant les yeux, exsudant l'irritation par tous les pores de sa peau hâlée.

— Je vous laisse mon appareil photo, je ne suis pas d'astreinte. Vous n'allez pas refaire un aller-retour, trop repérable.

Il leva à nouveau les yeux vers moi, tandis que j'étais encore en train de digérer qu'il allait en plus falloir se cogner des astreintes.

— Vous avez pris soin d'aller aux… commodités ?

— Quoi ?

Le temps que l'information monte à mon cortex, je piquai un fard.

— Euh… oui, bien sûr.

Novak préféra ne pas insister, le contraire était évident. Je n'avais pas pensé une seule seconde à passer aux toilettes avant de partir de chez mes parents, et pour tout dire ma vessie menaçait déjà d'exploser. L'après-midi s'annonçait donc pour le mieux…

— Au cas où, vous avez un seau.

Je penchai pour une blague et me ravisai à la vue d'un conteneur jaune placé dans un coin et relié à la paroi de l'habitacle par un tendeur. L'espace d'une seconde, je repensai au glamour du métier dont étaient persuadées mes amies.

— Ça ira, assurai-je fermement.

Il soupira, puis regarda autour de lui comme pour faire le point.

— L'appareil photo, vous savez gérer ?

— Aucun problème, je suis photographe, me sentis-je obligée de préciser.

Il ne prit pas la peine de relever l'information, et sortit un calepin de sa poche.

— Prenez le maximum de notes. Quelques affaires sont longues à mener, mieux vaut savoir à qui on a affaire et quelles sont les habitudes de la cible. Je vous laisse ce que j'ai noté et il faudra le passer à celui qui prendra le relais.

Il sous-entendait donc que je n'allais pas réussir mon coup.

— Vous êtes là depuis longtemps ?

Il sembla un peu étonné par la question :

— Six heures ce matin. J'ai dépanné Hugo, car Franco est malade. Et notre cher patron avait des scrupules à vous faire venir tôt pour votre premier jour de boulot.

J'avais manqué une occasion de me taire. Il reprit avant que je ne bafouille quoi que ce soit.

— D'habitude je ne suis pas sur ce genre d'affaires.

Je me demandai s'il voulait me rabaisser ou bien frimer, en tout cas le résultat fut le même : j'avais très envie de le voir partir loin de la camionnette.

— Des questions ?

— Non, c'est parfait, mentis-je en serrant fort mes cuisses l'une contre l'autre comme si cela allait me faire passer l'envie de faire pipi.

— Cette femme doit être bien plus maligne qu'elle n'y paraît. Restez sur vos gardes.

Il sortit de la voiture sans ajouter quoi que ce soit, ni même se retourner, et je me glissai aussitôt à l'arrière. J'allai ouvrir la glacière lorsque je me rappelai pourquoi j'étais là : il allait me falloir être attentive en permanence. L'idéal aurait été que Félicie sorte sans sa minerve, mais cette éventualité était fort peu probable, j'allai donc devoir prendre en photo des postures un peu suspectes ou des activités étranges.

J'étais seulement en planque depuis trente minutes lorsque mon téléphone se mit à sonner.

— Salut Olympe ! C'est Benjamin.

— Ben la binocle !

— …

Apparemment plus personne ne l'appelait ainsi.

— Comment vas-tu ?

— Pas mal… Je me suis permis de relever ton numéro sur le procès-verbal, ça ne te dérange pas ?

— Aucun problème !

— Je ne voudrais pas paraître déplacé. Je ne suis pas un pervers, je te rassure…

— Non, je t'assure, ça me fait plaisir !

— Je suis de repos ce soir, alors je me disais, enfin, c'était sympa de te revoir l'autre jour, pas de tomber dans la Seine, hein ! Mais avant et… après…

— Très sympa, je confirme.

— Ça te dirait de prendre un pot ?

Je fixai la lourde porte en bois en lui répondant tristement.

— Arf… Impossible. Je suis désolée mais je bosse ce soir.

— Ton patron ne t'a finalement pas virée ?

Je me sentais un peu honteuse à l'idée de lui avouer ma nouvelle activité. Tout le monde connaît les rapports tendus entre la police et mon présent corps de métier.

— Non, j'ai trouvé momentanément autre chose. Et demain soir ?

— Désolé, je vais être de nuit pendant une semaine… Pas de chance, je te rappelle ?

Je raccrochai un peu déçue. Revoir Ben la binocle – pardon, Benjamin – avait ravivé plein de souvenirs agréables, et le fait qu'il soit devenu une vraie bombe sexuelle – et sensible à mon charme d'ordinaire si peu reconnu à sa juste valeur – ne gâchait rien.

Curieusement, c'est lorsqu'une femme ressemblant à Félicie Lamondier apparut à la porte cochère l'instant d'après que la question qu'il aurait fallu poser à Novak me vint à l'esprit… À savoir, quelle était la marche à suivre si la cible surgissait dans la rue et qu'elle sortait de chez elle ? En gros, devais-je la suivre ou bien rester tranquillement planquée dans le sous-marin ?

J'hésitai quelques nanosecondes, puis ouvris la portière et choisis de lui emboîter le pas. Dans l'espoir de bien faire, mais également de trouver au plus vite un café pour utiliser ses toilettes.

Je composai le numéro d'Hugo tout en prenant garde à rester à environ trente mètres derrière Félicie. Il décrocha aussitôt, ce qui me conforta dans l'idée qu'il me répondait vraiment quand cela lui chantait.

— Olympe ? Un problème avec la rue ?

— Rien à voir : la cible est sortie de chez elle, je répète, la cible est sortie de chez elle.

— Et alors ?

— Je la suis ?

— Non !!!

— Trop tard.

— Je te l'ai répété dix fois. Couverture maximum. Aucune prise de risque. Comment tu veux passer inaperçue avec un téléobjectif en filature ?

— Crotte.

— Quoi crotte ?

Je me mordis l'intérieur des joues.

— Tu l'as laissé dans la voiture ?

— Ça se peut… mais j'ai mon smartphone. Tu savais que certains photographes professionnels se servent uniquement de leur téléphone ?

— Bon sang, Olympe !

Félicie tourna à droite. Elle avançait d'un pas rapide, cela dit, j'imagine qu'il est tout à fait probable d'avoir des douleurs cervicales mais de bonnes jambes.

— T'inquiète Hugo, je vais gérer.

— Tu vas surtout retourner fissa à la voiture ! Je ne peux me permettre de me faire griller. Tu sais combien les entreprises lâchent pour ce genre de service ?

— Ben non, justement, et ça me donnerait une idée de la marge que tu te fais sur le dos de tes pauvres petits employés.

— Olympe !

— C'est bon… J'y retourne.

Je m'apprêtai à couper la communication, je peux le jurer sur la tête de mon Aglaé adorée… Je veux dire, je m'apprêtai *vraiment* à rebrousser chemin et à me terrer à nouveau dans le sous-marin quand l'incident se produisit.

Tout occupée que j'étais à prendre un air décontracté et innocent, je me pris les pieds dans une plaque d'égout qui dépassait de cinq centimètres de sa position réglementaire – je le sais, je me suis renseignée depuis au bureau de la voirie.

Ce qui devait arriver arriva. Je volai littéralement sur le trottoir, envoyant valser le contenu de mon sac à main sur le sol. Je me félicitai de ne pas avoir emporté le téléobjectif avec moi… L'effet inattendu de la chose fut que la cible, Félicie Lamondier, cinquante-trois ans et visiblement un très bon fond, se figea en entendant ma chute, il est vrai agrémentée d'une brochette d'insanités bien senties, et courut à ma rescousse.

— Vous allez bien ?

— Je ne sais pas, dis-je, aussi sonnée par la chute que par l'intervention de l'ennemi public numéro.

— Ah ! Mais je vois ! Vous avez buté là dessus, reprit-elle en tapant la plaque de fonte de la pointe de sa chaussure.

— Sans doute.

Elle présenta une main devant moi :

— Combien de doigts vous voyez ?

— Euh… trois ?

— Bien ! De quelle couleur sont mes cheveux ?

— Blonds ?

J'évitai de lui révéler que je savais aussi son âge, son numéro de sécurité sociale, son parfum de glace favori et la marque de son papier toilette préféré – douceur moelleuse quatre épaisseurs avec une préférence pour le mauve –, pour qu'elle ne prenne pas ses jambes à son cou, censé être douloureux, soit dit en passant.

— Ça a l'air d'aller... Mais à votre place, je ferais venir un huissier.

— Comment ?

— Un huissier, pour constater que la plaque a mal été remise. C'est hyper dangereux, et si vous vous débrouillez bien, vous pourrez peut-être en tirer quelque chose.

— Ah oui...

Elle me fit un clin d'œil complice, puis consulta l'heure à sa montre.

— Oh là là ! Je suis désolée, mais je ne suis pas en avance.

Elle regroupa le maximum de mes affaires et les fourra dans mon sac à main.

— Vous allez vous en sortir ?

Je me levai avec son aide et regardai ma main écorchée. En dehors de cette plaie et d'un accro à mon jean, j'étais en pleine forme. Félicie observa ma main, puis son regard glissa jusqu'à mon pantalon.

— Je suis certaine que vous pourriez faire passer une tenue sur le dos de la mairie, et puis, en ce qui concerne la blessure à la main...

Elle hésita à en dire plus, mais se ravisa.

— Je dois y aller, mais vous faites une drôle de tête... Vous êtes certaine que ça ne tourne pas ?

— Non, merci beaucoup... Vous en avez déjà fait assez. Combien de personnes se seraient arrêtées ?

Elle sourit une fois encore.

— C'est tout naturel. Bon je file, je vais rater mon cours de danse du ventre.

La grande blonde à la minerve m'adressa un dernier signe de la main et reprit sa route. Je débutais dans la profession, mais je sentais qu'il fallait me fier à mon instinct, et surtout saisir ma chance.

— Attendez !

Félicie se retourna, un peu surprise.

— Vous avez dit danse du ventre ?

— Oui ! Je suis accro, deux ans que j'en fais maintenant.

Je piétinai, prenant l'air tout excité.

— Vous savez que je n'arrive pas à trouver un cours digne de ce nom !

— Fantasia est formidable – c'est un nom de scène, évidemment – ; le meilleur cours de tout Paris. J'imagine que vous êtes allée chez *Orient'or* ?

Je grimaçai.

— Une horreur, que des mateurs, et un coût exorbitant.

J'attendis qu'elle me le propose :

— Suivez-moi ! C'est à deux rues !

— Bon, eh bien, j'imagine que c'est la Providence qui m'a conduite jusqu'à vous, allons-y !

Et telle l'allégorie de la Fourberie dominant la Gentillesse, j'emboîtai le pas de Félicie et pris assez de clichés d'elle, se dandinant sans minerve et le ventre à l'air, pour qu'Hugo et la BNB soient aux anges… J'en profitai également pour utiliser les toilettes du cours de danse.

À moi la première commission, le clapet rabattu à Novak et trois points de karma en moins.

7

Celle dont le père jouait au backgammon

— La chance du débutant…

— Quel rabat-joie ! Tu ne pourrais pas me dire bravo, tout simplement.

Hugo riait à l'autre bout du fil.

— L'épouvantable vacarme que j'ai entendu tout à l'heure, c'était donc ta chute !

— Mon incroyable coup de poker, tu veux dire !

— Comme si tu avais tout programmé ! Olympe, reine du bluff !

Je n'étais pas peu fière du machiavélique piège tendu à Félicie Lamondier.

— C'est un peu écœurant, en réalité. Elle est très sympa.

— Si ça peut alléger ta conscience, ça fait six mois qu'elle arnaque la Sécu et son employeur.

Je chassai de mon esprit l'image de Félicie ondulant aux rythmes des tam-tams. À la fin du cours auquel j'avais assisté officiellement pour me faire une idée du sérieux de la prof, elle m'avait demandé mon portable pour que nous puissions prendre un verre un prochain jour. Autant dire que je n'étais pas près de repasser par la rue Lakanal.

— Rendez-vous lundi matin au bureau, je te donnerai ta prochaine mission.

— Bien Chef !

— Tu as gagné la tranquillité pour le reste du week-end, on dirait.

— On dirait bien, en effet, mais ne t'avise pas de me demander de garder Tic et Tac ! Aglaé est chez mes parents et je compte profiter de ma soirée.

— Tiens ! Tiens ! On peut savoir comment tu comptes l'occuper ?

— Absolument pas !

Je n'avais pas spécialement envie de parler de Ben la binocle à Hugo. Sans compter qu'il aurait peut-être vu d'un sale œil mon contact policier. Je récupérai l'appareil photo dans le sous-marin, ainsi que le dossier et le bloc-notes de Novak et je regagnai ma Clio : direction mon appartement.

Il était dix-huit heures quand je composai le numéro de Benjamin. Il eut l'air sincèrement heureux d'apprendre que mes plans avaient changé et le rendez-vous fut fixé dans un pub situé non loin de chez moi.

Dire que ma vie amoureuse ressemblait au désert de Gobi depuis mon divorce aurait été un tantinet exagéré. Il y avait eu quelques jolies relations, de beaux moments, des épisodes exotiques et, oui je le concède, un certain nombre de rencontres glauques. Des hauts et puis des bas, voilà tout. Comme tout le monde, j'imagine. Bon… beaucoup de bas, ok, et quelques hauts quand même, mais brefs les hauts, hein, très très brefs.

En somme, et n'allez rien répéter de tout cela à ma mère, je n'aurais pas été contre le fait de rencontrer un jeune homme, disons un trentenaire ou un quarantenaire à peu près sain d'esprit, et non ce genre de types complètement focalisés sur les bleus de travail (si, si, ça existe) ou encore adeptes des cinquante nuances de Grey version pic à brochettes (si, si, ça existe) qui se pressaient à mon portillon.

Ce rendez-vous avec Benjamin tombait donc à point. Je n'avais pas vu d'alliance à son annulaire – je les repérais à soixante-deux mètres cinquante environ – et il avait l'air bien sous tout rapport. Peut-être même pourrait-il m'apprendre quelques techniques qui pourraient s'avérer utiles au cours de mes prochaines affaires et filatures. Car je ne comptais pas en rester là, la réussite de mon premier cas m'avait donné des ailes. J'étais faite pour le terrain, je le sentais, et j'allais le faire comprendre à Hugo. Et surtout... Antoinette m'avait informée que les commissions pour les cas de filatures montaient à sept cents euros...

Je poussai la lourde porte du Saint-James à vingt heures tapante et avisai Benjamin. Il était en tête à tête avec une pinte de bière et sourit en me voyant approcher.

— Tu es très... jolie ce soir.

— Tu veux dire plus à mon avantage dépourvue de vase dans les cheveux et sans la chemise trempée d'un fabuleux mélange déjection de truites phosphorescentes-hydrocarbures ?

— C'est exactement ce que je voulais dire !

J'éclatai de rire.

— Tu sais parler aux femmes, toi !

Je m'assis en face de lui et commandai un mojito. La première heure passa rapidement, le temps de refaire nos parcours respectifs et un court bilan de nos vies. Benjamin s'était marié à trente ans, mais sa chère et tendre lui avait préféré un prof de maths, avec les horaires plus souples et vacances qui allaient dans le package.

— Moche... Mais j'imagine que ce type est un crétin, dis-je pour le réconforter.

— Tout comme cette Kitty...

— Oh ! Détrompe-toi, Kitty est un ange, mais passons...

Benjamin se retint de relever l'incongruité de ma réponse.

— Mais, au fait, tu ne m'as pas parlé de ton nouveau boulot ! Que devais-tu faire ce soir ?

— ...

Il se pinça les lèvres.

— J'ai gaffé. Tu t'es fait virer entre-temps, c'est ça ?

J'hésitai puis me lançai.

— Non... Je bosse pour Hugo. Momentanément, hein.

— ...

— Tu te souviens d'Hugo ?

Benjamin se souvenait fort bien d'Hugo, et pour cause : c'est lui qui avait lancé le surnom de Ben la binocle durant notre année de quatrième. Devinant ses pensées, j'enchaînai :

— On a tous changé, on était des gamins.

— Il était absolument insupportable...

Oui, c'est vrai que le Hugo adolescent était du genre pénible, mais tellement drôle que je l'avais de suite adopté comme meilleur ami. Il avait été depuis irréprochable en amitié et incroyablement digne de confiance. Cela dit, je n'avais aucune envie de m'aventurer sur un terrain apparemment houleux.

— Laisse tomber. Je bosse pour lui, voilà. Le temps de retrouver un job de photographe à plein-temps.

— Et dans quel domaine ?

— P&F, tu connais ?

Une partie de sa bière lui ressortit par le nez, ce qui parut être assez douloureux. Il grimaça puis se tamponna avec une serviette en papier siglée aux initiales du pub.

— Tu plaisantes ? P&F, c'est Hugo ?

— Oui, murmurai-je.

— Et tu es censée faire quoi là-bas ?

Beaucoup moins sûre de moi que quelques heures plus tôt, je choisis de minimiser mon rôle et mes aspirations.

— Oh… Tu sais… rester en planque dans une voiture et prendre quelques photos, rien de bien passionnant.

Il haussa les sourcils.

— Remarque, il n'y a pas de mal à ça. Il faut bien travailler. Et du moment que tu ne te lances pas dans des choses qui te dépassent.

Je ris exagérément.

— Ah ! Ah ! Bien sûr que non ! Qu'est-ce que tu vas chercher ! Jamais de la vie !

— Certains de ces pseudo-détectives se prennent pour des shérifs. D'ailleurs la plupart du temps, ce sont des flics qui ont mal tourné.

— …

— J'espère que tu sauras te contenter de prendre des photos.

— Évidemment, dis-je en faisant tourner le petit parasol dans mon cocktail.

Et prendre des cours de danse du ventre à l'occasion.

J'évitai de revenir sur le sujet tout le reste de la soirée et passai un agréable moment.

À l'heure de se dire au revoir, Benjamin parut désireux de renouveler l'expérience.

— C'était vraiment sympa, Olympe.

— Très.

— Je te laisse me rappeler ?

J'acquiesçai tandis qu'il m'étreignait gauchement. Difficile de passer le cap des souvenirs du collège.

Je passai un dimanche agréable, bien que fort pluvieux, et récupérai une Aglaé complètement euphorique.

— Qu'est-ce qu'on s'est marrés avec Papi ! Il a la pêche en ce moment !

— Ah bon ?

— Et puis Mamie Jeanne est restée super tard, samedi. Mamie Brigitte ne savait plus quoi faire pour se débarrasser d'elle ! Elle a même trucidé le bonsaï l'air de rien pour la rendre dingue, en l'arrosant avec l'eau de la bouilloire, mais il n'y a eu rien à faire : elle ne s'est décidée à rentrer chez elle qu'à dix-neuf heures !

Ma mère glissa sans un bruit jusque derrière moi.

— Dis donc toi ! Qu'est-ce qui t'as pris de me faire ce coup-là !

Je penchai pour l'innocence feinte, j'allai tout nier en bloc.

— Je ne vois pas de quoi tu parles.

— Arrête donc ! Barbara Cartland a craché le morceau !

Aglaé leva les paumes de main en l'air et s'éloigna, me laissant à mon triste sort.

— Ok, je plaide coupable, il faut bien qu'Aglaé la voie de temps en temps.

— Elle a une maison, je te le rappelle.

— Maman… Ça fait du bien à Mamie de bouger un peu…

— Oh ! Je ne m'inquiète pas pour ça ! Et qu'elle bouge autant qu'elle veut du moment que c'est en dehors d'un certain périmètre de sécurité.

Mon père, installé dans un fauteuil, gardait le silence, mais plus la discussion avançait, plus son journal remontait et plus il vibrait de concert de façon curieuse.

— Je rêverais de la faire empailler, et de lui coller tout un tas de plantes vertes crevées autour en guise d'autel.

Mon père éclata de rire, maintenant carrément secoué de spasmes. Il en fit tomber son journal et ma mère se contenta de soupirer.

— Quant à celui-là… Ma foi, depuis qu'il s'est mis au bridge, il n'a plus toute sa tête… Et vu ses gènes…

— Au backgammon, corrigea-t-il entre deux hoquets. Au back-ga-mmon ! Ah ! Ah ! Ah !

Aglaé revint vers moi et coula un drôle à regard à son grand-père.

— Tu vois bien ! Hystérique Papi Bernard !

Je quittai la maison de mes parents amusée, bien qu'un brin songeuse.

Comment pouvait-on me demander d'être un tantinet équilibrée avec une famille pareille ?

8

Celle qui préparait ses affaires d'école

Une fois n'étant pas coutume, j'ouvris les yeux une bonne heure avant que le réveil ne sonne. J'en profitai, une fois n'étant pas coutume non plus, pour préparer à Aglaé un petit déjeuner sain et protéiné comme elle les aimait, avec bacon, œuf à la coque et mouillettes, ainsi qu'une carafe de jus d'orange fraîchement pressé.

En attendant que ma fille se lève à son tour, je vérifiai le contenu de ma mallette. Je l'avais oubliée dans ma voiture pour ma première mission, cette fois j'allais penser à l'emporter et, surtout, j'allai faire un point sur tous les éléments qu'elle contenait.

Je tournai et retournai entre mes mains une petite bombe noire où l'inscription « gaz OC » se détachait en lettres dorées. J'étais déjà en train de pester contre Hugo qui ne m'avait pas fait l'article des différents objets mis à ma disposition quand je trouvai accroché contre le couvercle de la petite valise un cahier des charges.

Spray d'autodéfense composé de capsaïcine (composé chimique actif du piment ou du poivre) et d'agents inflammatoires. Son exposition provoque une cécité passagère et des difficultés respiratoires. Une quinte de toux incontrôlable est alors un symptôme fréquent. C'est sans doute l'une des armes les plus efficaces pour stopper un assaillant.

Je reposai en déglutissant et avec précaution la chose à son emplacement. Était-il possible que j'aie besoin de me servir de ce dispositif en restant sagement en planque ? Gaffeuse comme j'étais, je ne doutais pas un instant être capable de me vider l'intégralité du contenu du flacon sur le visage... Un appareil photo se trouvait également là, muni d'un téléobjectif semblable à celui de Novak. Hugo devait certainement avoir des prix de gros. Une paire de jumelles, un caméscope miniaturisé, un taser que je m'abstins de manipuler, et plusieurs blocs-notes et autres crayons : j'avais fait le tour de la question.

Aglaé émergea lorsque je refermai les crochets de la mallette.

— C'est quoi ça ?

Je ne m'étais jusque-là pas étendue sur la nature de mon emploi chez Hugo, et, aussi vexant que cela puisse paraître, mes parents comme Aglaé en avaient conclu que j'allais m'occuper de classement de dossiers ou bien de secrétariat.

— Une valise que je dois ramener à Hugo ce matin.

Ce n'était pas tout à fait vrai, ni tout à fait faux. Aglaé dévora en trente secondes ce que j'avais mis trente minutes à préparer, puis se massa le ventre.

— Je vais dormir en anglais moi, avec tout ça !

Bonne maman que j'étais, je ne lui infligeais donc pas ce régime tous les jours uniquement pour son bien-être. Une biscotte nature trempouillée dans du thé froid, voilà qui vous tenait éveillé en cours.

Je la déposai au collège avant de me rendre chez P&F. Une fois de plus, Antoinette se redressa en me voyant passer la porte rococo. Il allait falloir que j'éclaircisse ce point avec Hugo, elle paraissait réellement me craindre.

— Bonjour Antoinette !

— Bonjour Madame McQueen… Enfin mademoiselle Posteur…

— McQueen, mais appelez-moi Olympe !

Elle se contenta d'une petite grimace qui se voulait sans doute un sourire.

— Hugo est dans son bureau ?

— Oui, mais…

J'entrai sans attendre tout en toquant, pour qu'on ne puisse pas me reprocher de ne pas l'avoir fait.

— Salut Gogo.

Je m'approchai de lui et lui fis une grosse bise sur la joue. Hugo rougit jusqu'à la pointe de ses cheveux.

— Ça ne va pas ! On peut t'entendre !

Le toussotement provenant du secrétariat le confirma.

— Ben quoi Gogo ? repris-je doucement.

Il me fit les gros yeux.

— Bon, je garderai les surnoms pour l'intimité. Au fait, merci pour samedi.

— À quel sujet ?

— Novak m'a dit que tu m'avais épargné le service du matin, c'est très sympa de ta part.

Il sourit en fermant la porte de son bureau.

— Je ne peux pas me permettre de te faire de faveurs, mais je ne suis pas le vilain patron que tu as l'air de sous-entendre.

— Eh bien, mon cher patron : j'ai bien bossé, regardé tout le matériel et je suis fin prête pour ma nouvelle cible !

Il revint à son bureau, éparpilla plusieurs dossiers avant d'hésiter entre deux, puis me tendit une pochette vert clair.

— Delporte Suzanne. Tout nouveau dossier : suspicion de manquements aux horaires de sortie.

Je parcourrai les quelques feuillets en diagonale.

Suzanne Delporte avait eu un premier arrêt maladie d'un mois pour lombalgie, elle avait ensuite été prolongée à deux reprises et il apparaissait qu'elle ne respectait pas les créneaux de sortie autorisés. Jusque-là, la boîte de comptabilité qui l'employait s'était cassé le nez à chaque tentative de vérification. Suzanne était apparemment une experte du transfert d'appel.

— Tu restes en poste dans le sous-marin en dehors des créneaux de sortie et tu attends. Tu relèves tous ses va-et-vient.

Passionnant.

— Un truc me chiffonne.

— Quoi donc ?

— Peut-être que cette pauvre femme a réellement une lombalgie. Bon, je sais que Félicie Lamondier simulait, mais comment être sûr que tous ces gens sont des fraudeurs ?

— C'est bien pour ça que ces entreprises nous payent ! Dans la très grande majorité des cas, leurs soupçons sont fondés. Généralement, l'employé qui est dans la ligne de mire a déjà un petit passif avec sa boîte…

Je n'étais pas tout à fait convaincue par son exposé, ma mauvaise conscience ne se laissait pas amadouer aussi facilement.

— Et puis, c'est sans compter les délations.

— Hein ?

— Quatre-vingts pour cent des cas démarrent sur dénonciation.

— Sympa, les collègues…

— Oh, pas uniquement, détrompe-toi ! Collègues, mais surtout des ex revanchards, des frères et sœurs jaloux, des belles-mères rancunières, et souvent des voisins pointilleux. Nous leur devons beaucoup, ajouta Hugo en riant.

Il me considéra un moment, sentant que je n'étais pas tout à fait certaine de bien faire.

— Moi, je pars du principe qu'ici, je mets le Hugo de tous les jours de côté. Et puis, si on ne le fait pas, quelqu'un d'autre le fera à notre place.

— Mouais…

— En bref, pense aux commissions et mets un maximum de distance entre toi et tes cibles.

— Si tu le dis…

— C'est toi qui as voulu ce poste, non ? Je ne sais pas moi… Crée-toi un personnage !

Je hochai la tête, et claquai l'élastique de la pochette en l'emportant.

— Au fait, il faut que tu passes régulariser ton contrat dans le bureau de Stella.

— Stella ?

— Elle s'occupe de tout ce qui est comptabilité, c'est la cousine d'Antoinette.

— Je vois le genre…

Hugo réprima un sourire.

— Je n'en suis pas si sûr justement… Enfin je te laisse te faire ta propre idée. Cette femme est assez incroyable. Elle abat une masse de travail considérable.

— Ok. J'y vais de ce pas.

— Et, surtout, Olympe, appelle-moi si tu as besoin de quoi que ce soit, hein ?

— Promis Gogo, répondis-je en levant les yeux au ciel tandis qu'il recommençait à grogner.

Aussitôt sortie du bureau de mon nouveau patron, je demandai à Antoinette l'emplacement de celui de Stella. En gardant les yeux rivés sur son clavier, elle murmura :

— Au fond du couloir à droite… mais n'oubliez pas de frapper.

J'évitai de lui faire remarquer que j'étais quelqu'un de civilisé. Je la terrorisais visiblement suffisamment comme ça.

L'instant d'après, je me trouvai devant la porte indiquée, et me demandais ce qu'Hugo avait bien pu vouloir sous-entendre au sujet de la cousine de sa secrétaire. Je toquai et attendis sagement. Cinq secondes plus tard, une voix de stentor m'intima d'entrer.

Stella ne devait avoir en commun avec sa cousine que le fait d'être en possession de deux yeux, un nez et une bouche, si toutefois il était envisageable d'appeler bouche des lèvres siliconées au risque de crever l'épiderme.

La femme qui se tenait derrière son bureau était du genre massif et impressionnant. Son accoutrement ressemblait, d'un point de vue discrétion, aux tenues de scène favorites de Lady Gaga un soir où elle aurait estimé que sa robe « parure de viande » était trop fade.

Moulée dans une robe fuchsia à fleurs et extrêmement bariolée, maquillée en aveugle à la machine à crépir, Stella me regarda sans dire quoi que ce soit, enchantée de son effet et ravie de me voir ainsi patauger dans la semoule.

— C'est… enfin… Je…

— Alors quoi ? dit-elle en usant de son organe surréaliste.

— Je, Hugo… Contrats…

— Olympe McQueen, c'est bien ça ? demanda-t-elle en se penchant, et sans savoir pourquoi, j'eus envie de me protéger la tête avec mes avant-bras.

Elle se mit alors à glousser.

— Allons, ma belle, relax ! Je te fais marcher. Stella n'a jamais mangé personne !

Stella était également cousine avec Alain Delon à en croire l'usage de la troisième personne du singulier. Puis, avec un gros clin d'œil, au cours duquel je me demandai si elle utilisait un tube de mascara à chaque séance de maquillage, elle ajouta en braillant :

— Enfin, pas encore !

Nerveusement, je me mis à ricaner, ce qui semblait être une bonne réaction. Elle se leva, contourna le bureau et m'entoura de ses bras.

— Bienvenue au club, ma jolie !

— …

— Tu verras ! Ici, on a l'esprit de famille.

Elle devait faire un bon mètre quatre-vingts pour cent vingt kilos, et était juchée sur des talons d'au moins sept centimètres. Dans la famille P&F, Stella devait être l'oncle canadien qui va couper du bois et qui étrangle les ours à mains nues, tout en tenant un bar à entraîneuses.

— Merci de votre accueil, marmonnai-je.

— Pas de ça avec moi ! Je veux du « tu » ! Et quand Stella veut du « tu », elle a du « tu » !

Comme il ne m'apparaissait pas sain de contredire Stella, je souris, ce qui valait acceptation. J'étais d'ailleurs prête à ce moment à accepter tout ce que Stella voulait, si tant est qu'elle consente à ne pas me dévorer.

Elle retourna s'asseoir sur son fauteuil, qui craqua de désespoir, et désigna un tabouret.

— Pose tes petites miches là-dessus, et signe-moi ça.

J'obtempérai en m'appliquant. Nul doute que si je me trompai et qu'il faille réimprimer le document, Stella me réduirait en poussières d'un claquement de doigts.

— T'en mets un temps !

Je sursautai, évitant une rature de justesse, et percevant des gouttes de sueur filant le long de ma colonne vertébrale.

— Voilà ! Allez, maintenant au boulot ! Faut bien que vous autres bossiez un peu pour payer nos salaires ! Ah ! Ah ! Ah !

Elle se remit à rire comme si elle était habitée par une troupe de clowns tout entière. Je la saluai du mieux que je pus, et pris congé au plus vite en marchant à reculons vers la porte.

Non, Hugo s'était forcément moqué de moi… Il était hautement improbable qu'Antoinette et Stella aient une once de patrimoine génétique en commun.

9

Celle qui n'avait plus de crédits à Candy Crush

Je quittai la rue Condorcet dans laquelle se situait P&F au volant d'un autre sous-marin, une fourgonnette beige Renault banalisée, un peu plus grande que celle utilisée le samedi.

Comme je démarrais l'enquête, il m'appartenait de faire en sorte de me garer convenablement, c'est-à-dire ni trop près de l'immeuble de Suzanne Delporte, ni trop loin, le but étant, je le rappelle pour les deux du fond qui ne suivent pas, de prendre des clichés d'assez bonne qualité de la cible en train de fauter.

Je me sentais un peu anxieuse à l'idée de ne pas trouver de place adéquate, mais par chance, découvris qu'une petite rue débouchait pile sur le bâtiment dans lequel se situait l'appartement de la présumée coupable. Ma joie fut de courte durée : le stationnement dans la rue susnommée étant unilatéral, il n'y avait que peu de places et elles étaient déjà toutes occupées.

Vérifiant au préalable la jauge d'essence, j'entrepris de faire le tour du pâté de maisons en variant les combinaisons de rues. Trente-deux circuits plus tard, je grillai clairement la priorité à une vieille dame pour me garer à la place que libérait une 806 en poussant un ouf de soulagement.

La salariée bénéficiait d'un arrêt de travail mais était tenue d'être présente à son domicile de neuf à onze heures et de quatorze à seize heures. J'avais déjà raté les trente premières minutes du créneau du matin à tourner et retourner avec la fourgonnette…

Assez confortablement installée sur la banquette du petit coin aménagé à l'arrière, je sortis l'essentiel de mon matériel pour le disposer à portée de main. Un bloc-notes sur les genoux, un stylo coincé derrière l'oreille et l'appareil photo posé devant moi, je débutai l'attente en soupirant. Il me restait presque une heure trente avant de lever le camp et mon ventre gargouillait déjà.

Trois demi-heures. Quatre-vingt-dix minutes. Beaucoup trop de secondes…

À neuf heures trente-sept, j'en avais déjà carrément plein le dos. D'un œil distrait, je surveillai la porte cochère et de l'autre je jouai sur mon téléphone. Hugo était à la ramasse, il manquait clairement un carnet de sudoku dans la mallette réglementaire…

À neuf heures quarante, un livreur se gara sur le trottoir devant l'immeuble. Je notai scrupuleusement cette information, à peu près aussi primordiale que la couleur de mon soutien-gorge, sur le bloc-notes. Au moins, j'aurais noté quelque chose.

À neuf heures cinquante-deux, le facteur se présenta à son tour. Un individu extrêmement frisé sortit dans la rue après quelques instants pour réceptionner un volumineux colis. Et hop, deuxième info sans le moindre intérêt sur le bloc-notes.

À neuf heures cinquante-neuf, j'avais épuisé mon quota de vies sur *Candy Crush*. Comme je n'étais pas encore assez désespérée pour dépenser mes maigres économies en crédit-jeu, j'allais devoir attendre deux heures avant de pouvoir retenter le niveau trente-neuf, particulièrement ardu, soit dit au passage.

À dix heures deux, je recommençais à me ronger les ongles après trois ans d'abstinence.

À dix heures sept, n'ayant plus d'ongles à ronger, j'avais envoyé des SMS à tous mes contacts, y compris Mamie Jeanne qui avait acquis un portable quelques mois plus tôt, uniquement pour faire jeune et stylé, je cite.

À dix heures douze, je constatais que mon entourage avait le mauvais goût d'occuper des emplois prenants et dignes de ce nom, comprendre : qui ne leur permettaient ni de répondre aux SMS, ni de jouer à *Candy Crush*.

À dix heures treize, je réceptionnais un SMS de ma mère :

> Hugo ne te paie pas pour jouer avec ton smartphone. Tâche de ranger les dossiers convenablement.

À dix heures quatorze, je recevais un message de Mamie Jeanne :

> Tu ne pensais pas que j'allais répondre, hein ! Tu ne devrais pas être en train de travailler pour ton ami Hugo ? LOL ! BK !

Je répondis aussitôt, en jetant toujours par intermittence un regard vers la porte cochère.

> BK ?

La réponse ne se fit pas attendre :

> Big Kiss ! Tu n'es pas douée ma chérie ! Je file chez Marthe Kaufman pour le déjeuner. Paraît que Thérèse Fraudin s'est fait lifter et que ça a lâché d'un côté ! Marthe a pris des photos avec son iPhone ! MDR !

Ma grand-mère avait une vie plus trépidante que la mienne… J'aurais tout donné en cet instant pour avoir son existence. Le monde ne tournait décidément plus rond : ma mère chattait avec Kitty, ma grand-mère « lolait » comme une petite folle, et moi, j'étais coincée dans un utilitaire beige aux vitres teintées.

À dix heures vingt-neuf, je me faisais violence pour ne pas donner mes numéros de carte bancaire au monsieur assez insistant de *Candy Crush*.

À dix heures quarante, je pensais au suicide par ingestion de feuilles de bloc-notes.

À dix heures quarante-quatre, j'étais à deux doigts de supplier Paul-Henri Foulque de m'employer pour cirer ses chaussures à dix centimes de l'heure.

À dix heures cinquante-huit, n'y tenant plus, je pliai boutique, bien décidée à aller boire un verre de vin blanc au café du coin. Il allait falloir que je questionne Hugo : beaucoup de ses agents finissaient-ils alcooliques ?

À dix heures cinquante-neuf, laissant en place le sous-marin comme le veut le protocole, je passai devant la porte de Suzanne Delporte et retins un cri. La cible, aussi blonde que sur la photo du dossier, sortait en tenue de jogging. Je contrôlai l'heure à ma montre : limite, mais hors créneau quand même. Vite, je fouillai dans mon sac à la recherche de mon smartphone. En vain, il était resté sur la banquette de la fourgonnette. Je décidais finalement de rentrer chez moi, et de sauter la case je-me-saoule-au-blanc-sec-dans-un-bistro-pour-tromper-l'ennui.

J'avais trois heures à tuer, considérées comme des heures de travail, ce qui en soi était assez réjouissant. Et puis, c'était bien fait pour moi, j'avais voulu écourter ma matinée et j'en étais quitte pour m'ennuyer encore de longues heures dans la voiture cet après-midi.

Dans les transports en commun, j'en profitai pour joindre Hugo, et réalisai que, vu l'usage que je faisais désormais de mon smartphone, il allait me falloir une batterie de secours.

— Quel est le problème ?

— Non, mais je rêve ! Pourquoi j'aurais forcément des problèmes !

— Parce que je te connais mieux que si je t'avais fait, Olympe. Du nouveau ?

— Rien, super calme ce matin.

Sauf que je suis partie avec deux minutes d'avance et que cette saleté de Suzanne en a profité pour me prendre en traître.

— Bon… Eh bien, bon courage pour ton après-midi.

— Dis-moi, Hugo, ce genre de dossier…

— Oui…

— En moyenne, on peut planquer combien de temps ?

Je l'entendis sourire à l'autre bout du fil. Il connaissait mon impatience.

— Tu en as déjà marre !
— Absolument pas ! Je demande ça juste… pour info !
— Une à deux semaines.
— Quoi !
— Et encore, tu as de la chance, dans le cas présent, les horaires sont fixes !

Je me mordis la langue pour ne pas dire quoi que ce soit de vexant à mon ami. Plutôt que de rentrer paresser chez moi entre deux planques, j'avais tout intérêt à aller pointer dans les agences d'intérim…

À quatorze heures, j'étais remontée à bloc, et même surexcitée, la faute aux cinq cafés ingérés d'affilée pour me maintenir éveillée.

En mangeant un croque-monsieur surgelé insipide réchauffé au micro-ondes, j'avais travaillé la pensée positive et la force mentale après avoir visionné différentes vidéos d'amis sur Facebook.

En réalité, je soupçonnais ces petits films de contenir des messages subliminaux d'endoctrinement pour une cause quelconque : j'étais plus proche de l'état d'esprit guerrier qu'autre chose, bien décidée à « bouffer de la Suzanne Delporte » en reprenant mon poste.

Durant la première demi-heure, je restai droite comme un I, et laissai mon smartphone le plus éloigné possible pour ne pas être tentée. Ensuite, j'entrepris la communication télépathique pour forcer Suzanne Delporte à sortir de chez elle en dehors des clous.

Vers quinze heures, toujours absolument irréprochable, je fis signe à une pervenche qui tentait de noter le numéro de ma plaque d'immatriculation pour dresser une contravention.

Elle me rendit un bonjour en sursautant, étonnée de trouver quelqu'un à l'arrière de ce véhicule.

À quinze heures quarante-cinq, j'étais légèrement déçue. Cependant, la leçon du matin ayant porté ses fruits, je restais toujours aussi attentive qu'un photographe animalier à l'affût des Big Five au Kenya.

À quinze heures quarante-sept, Suzanne Delporte, ultra décontractée, sortit de son immeuble, et, comble de chance, se dirigea tout droit vers ma voiture. J'attrapai le réflex et commençai à mitrailler. Je paniquai lorsqu'elle entreprit de faire machine arrière, mais respirai en constatant que ce n'était que pour ramasser un paquet de mouchoirs tombé de sa poche, l'incident me permettant même d'obtenir un nombre de clichés phénoménal.

Je suis casanière. J'aime le quotidien, les habitudes, qu'elles soient bonnes ou bien très mauvaises. J'aime les repas à heures régulières, le confort de mon matelas défoncé, la télécommande de la télévision qui ne répond qu'à moi, et le vinaigre dans les lentilles parce que c'est comme ça qu'on les mange dans ma famille. Je n'aime pas : les nouvelles coupes de cheveux, les essais d'épilation du maillot fantasques, la cuisine futuriste, et les nouvelles voitures. Vous allez voir où je veux en venir.

Dans ma Clio, mon fidèle destrier, le volant a une forme de volant, et les clignotants, une allure de clignotants. Dans cet utilitaire Renault à la mords-moi-le-nœud, les manettes ont le mauvais goût de ne pas se trouver à un emplacement classique selon des critères qui me sont tout personnels. Dans un sursaut de bonne volonté – qui est la cousine germaine de l'excès et de la démesure –, je décidai de passer momentanément sur le siège conducteur pour obtenir des photos bénéficiant d'un bien meilleur cadrage. Que voulez-vous, on est professionnel ou on ne l'est pas... Ce faisant, et alors que j'avais enjambé le siège d'un geste aussi sûr qu'élégant, j'accrochai la lanière de l'appareil au klaxon. Je vous laisse imaginer la suite... Il est vrai que j'ai manqué par la suite de sang-froid dans la gestion de ce contretemps... Suzanne Delporte, qui paraissait détendue et réjouie sur les premières photos, se mue très visiblement en harpie sur les derniers clichés.

Je n'ai pas eu le temps d'épiloguer ; à force de lui taper dessus, le klaxon s'était coincé. Fuir ou rester, il fallut choisir rapidement, et j'abandonnai le navire en détalant par l'arrière de la fourgonnette, sous le feu nourri d'insultes de la cible, qui avait apparemment saisi le manège.

Mal cachée derrière un poteau électrique, je me sentis tout d'abord soulagée. La mission était terminée, l'appareil photo solidement maintenu entre mes mains, les preuves seraient très bientôt transmises à Hugo et à l'entreprise qui l'avait mandaté... Il me restait simplement à attendre que Suzanne Delporte se décide à quitter le périmètre... Mais c'était sans compter sur ses talents créatifs...

La fluette quinquagénaire, visiblement très remontée, ne chercha pas à me rattraper mais agita durant quelques secondes son poing rageur dans ma direction, en alternance, il faut le dire, avec ses majeurs. Puis, la pseudo-lombalgique sortit de son sac un objet, que je devinai contondant, et entreprit avec une formidable dextérité de crever les quatre pneus de la fourgonnette.

De ma cachette, je frémis, mais le cri d'épouvante montant dans ma gorge s'y éteint quand j'assistai impuissante au ruinage en règle de la peinture de la Renault. Extrémiste du vandalisme, Suzanne tenta, tout d'abord à coups de poings puis de sac à main, d'en casser les vitres, mais surestimant un tantinet ses forces, elle finit par abdiquer en m'adressant, en guise de baroud d'honneur, un dernier geste combinant ses deux avant-bras.

Un peu sonnée, je restai durant plusieurs minutes planquée au coin de la rue avant de me décider à me rapprocher du sous-marin. Évidemment la rue était déserte, et si d'aventure quelqu'un avait assisté à la scène de sa fenêtre, je me voyais mal aller recueillir son témoignage…

— Allô Houston ?

— Agence P&F, Antoinette, comment puis-je aider ?

Je remarquai que le téléphone modifiait la voix d'Antoinette, et qu'elle avait un organe qui lui permettrait en cas de besoin de se recycler dans les numéros dits spéciaux.

— Antoinette ? J'appelai Hugo ?

— Olympe ?

Je l'entendis rougir.

— Hugo a eu un problème sur une enquête, il est parti en catastrophe et a fait transférer son portable sur le standard.

Cette nouvelle n'augurait rien de bon. J'avais envisagé qu'il prenne excellemment bien le fait que l'un de ses véhicules soit totalement hors circuit ; maintenant, avec le problème dont parlait Antoinette, c'était probablement raté.

— Je suis… dans l'embarras, Antoinette.

— …

— Vraiment…

— Gros embarras ou petite tuile ?

— Grosse grosse mouise, en réalité… Mais, j'ai cependant une bonne nouvelle : j'ai résolu l'affaire, ajoutai-je en tentant de paraître plus sûre de moi.

— Ah…

— Seulement, je crois que la Renault va devoir aller un temps au garage.

Elle souffla à l'autre bout du fil.

— Accrochage ?

— En quelque sorte.

— Vous pouvez la ramener jusqu'au parking de l'agence ?

Je fis semblant de réfléchir quelques secondes en admirant les pneus plats de la voiture.

— Nan… Ça me paraît… difficile.

Je l'entendis pianoter sur son clavier.

— Je vois… Le mieux, c'est encore que je vous envoie Vincent, il est dans le secteur. Il saura quoi faire, il s'y connaît en mécanique.

— Novak ?

Il ne manquait plus que lui.

— Vous êtes toujours dans la rue de la cible ?

Un « oui » sortit de ma bouche sans que je ne l'ai décidé. Je remerciai Antoinette de son aide et raccrochai en me sentant toujours comme ce photographe animalier au Kenya, mais cette fois en passe de se faire dévorer par l'un des Big Five.

10

Celle qui n'était pas assurée contre le vandalisme

Une heure. Novak mit une bonne heure à arriver.

Entre-temps, j'avais eu tout le loisir d'observer les passants scandalisés à la vue de mon épave échouée dans leur si respectable quartier. N'osant rester près de la voiture, j'avais tenté quelques photos au téléobjectif et découvert un formidable « SALOPE » gravé sur la portière avant, ce qui m'amena à la conclusion que le sort à thème s'acharnait encore sur moi.

Une moto passa tout près de moi, ralentit, fit demi-tour, puis se gara à quelques mètres. Sous le casque se trouvait la tête de Novak, qui ne me calcula pas avant d'avoir terminé ses manœuvres. Il s'approcha enfin, le casque coincé sur l'avant-bras.

— C'est quoi le souci ?

— Bonjour.

Il leva enfin les yeux sur moi, surpris par mes salutations. Difficile de dire s'il frimait ou s'il était réellement désagréable.

— Bonjour.

— J'ai eu un petit problème… avec le sous-marin.

— J'ai cru comprendre. On va voir ça.

Il me fit un geste du menton, pour m'inciter à lui montrer les dégâts. Je m'avançai donc pour la première fois vers le véhicule depuis que je l'avais lâchement abandonné. J'observai Novak à la dérobée qui n'avait, semblait-il, pas encore pris la mesure des dégâts. Il balayait la rue du regard de façon désinvolte lorsque je vis ses traits se contracter violemment. Sa réaction était plutôt comique – comme s'il s'était pincé les doigts ou autre chose dans un étau.

— Mer… del !!!

Curieux mélange de sentiments, j'imagine.

— Mais qu'est… Mais enf… Bon sang !!!

Il s'arrêta net et se tourna vers moi, tout à fait incrédule. Je me contentai de hausser les épaules et de mimer l'étonnement.

Il courut jusqu'au sous-marin, en fit le tour, et passa la main sur les rayures. Puis il constata d'un doigt tremblant les coups sur les vitres et le pare-brise. Je trouvai sa réaction un tantinet exagérée, il ne s'agissait pas non plus d'une voiture de collection et elle ne lui appartenait même pas…

— Et toi, ça va ?

Cet élan inattendu de commisération me fit un bien fou.

— Oh… Eh bien, oui…

Il me regardait comme s'il me voyait pour la première fois. Je me sentis obligée d'en rajouter.

— Je suis un peu… choquée… mais ça va aller, hein !

— Choquée ? Mais bon sang qu'est-il arrivé à cette voiture ? Je n'ai jamais vu ça en planque.

Je m'estimai soudain heureuse qu'il soit arrivé après que le klaxon eut définitivement rendu l'âme. Le vaillant avertisseur avait tout de même tenu une petite dizaine de minutes.

— Mais j'ai résolu l'affaire, dis-je en tapotant le reflex qui pendait à mon cou.

— Génial. Je suis sûr qu'Hugo sera ravi de l'apprendre, railla-t-il.

Je frémis en imaginant la colère de mon ami. Il était clair qu'il y en avait pour plusieurs milliers d'euros de réparation, et j'espérai fortement que l'ass…

— L'assurance ne prendra rien en charge.

— Ah ?

— Enfin ! De quelle planète tu débarques ?

Je gardai pour moi Melmac – la planète d'Alf, l'extraterrestre friand de chats – et tentai un classique :

— Tout est allé si vite.

C'est vrai ça, tout va toujours trop vite. Le thé refroidit trop vite, le lait bout trop vite, le feu passe trop vite au rouge, le niveau du verre de mojito descend trop vite, et la cible folle furieuse fond bien, mais alors bien trop vite, sur la détective inexpérimentée.

Novak secoua la tête et se balança de droite à gauche comme s'il venait d'entrer dans une zone de turbulences.

— Incroyable…

— Et qu'est ce qu'on fait maintenant ?

Je trouvais judicieux d'employer le « on » à ce moment donné de notre échange.

— …

— Parce que je ne sais pas quelle est la marche à suivre dans ces cas-là…

— Dans ces cas-là ! Tu crois qu'il y a un protocole d'urgence pour les voitures de service bousillées ?

Visiblement la réponse était non, et c'était fort dommage. Je me promis de soumettre l'idée à Hugo au moment opportun.

Novak se frotta le menton en quête d'inspiration – et c'était bien connu : lorsque l'on recherchait l'inspiration, le frottement du menton faisait des miracles.

— J'ai un cousin qui bosse dans un garage.

— Génial ! m'exclamai-je, ce qui était apparemment de mauvais goût.

Mon collègue leva un sourcil et se retint de répondre quoi que ce soit.

— Je ne vois pas d'autre solution. Il faut faire venir une dépanneuse. Quand je pense qu'Antoinette m'a parlé d'un souci mécanique…

— Je ne l'ai eu que quelques minutes… Je n'ai pas développé…

Vincent Novak s'éloigna pour passer un coup de fil et j'en profitai pour faire moi aussi le tour de la voiture sans oser regarder l'immeuble duquel Suzanne Delporte nous observait peut-être.

La Renault était salement amochée, des coups de clés en veux-tu en voilà, des rayures à gogo, les quatre pneus lardés à plusieurs reprises, même le capot était cabossé. Sans parler des impacts sur les vitres…

— Il sera là dans une heure.

— Quoi ?

Novak inspira profondément comme pour choisir avec soin les mots qu'il allait utiliser.

— Il va passer après sa journée de boulot. Sur son temps libre.

— Ah… C'est sympa de sa part.

— Je lui ai dit que je laissais la voiture ouverte à l'arrière et les clés sous la banquette. Ça nous évite de l'attendre, et puis… la voiture est reconnaissable. Et ce qui est sûr, c'est que personne ne viendra la voler entre-temps. Bon… Je te laisse annoncer la nouvelle à Hugo.

Il me tourna le dos et partit retrouver sa moto.

— Attends !

Je lui emboîtai le pas, tandis qu'il farfouillait dans sa poche, à la recherche de ses clés.

— Tu fais quoi, là ?

Il extirpa le trousseau, remit son casque et enfourcha le deux-roues.

— Je rentre chez moi.

Le message était on ne peut plus clair : il avait fait sa part et je devais me débrouiller pour le reste. Je bafouillai un vague merci pour le déplacement et le cousin, tandis qu'il démarrait sans plus se soucier de moi.

J'arrivai en toute fin d'après-midi chez P&F. Un « incident fatal » avait eu lieu sur la ligne de métro, et j'espérai de tout cœur, et fort peu charitablement il est vrai, que Francis Macron, alias blouson en jean timbré, en soit la victime.

Antoinette s'apprêtait à partir lorsque je pénétrai dans les locaux. Elle se tenait dans le hall, la clé à la main.

— Oh… Olympe…

Difficile de dire si Antoinette était au courant des réels dégâts de la voiture. Elle faisait une tête d'enterrement, mais comme à peu près sept jours par semaine.

— Je dois partir. Il reste encore Stella, et Hugo vient de revenir.

J'entendis un bruit sourd, suivi d'une succession de sons plus feutrés. Au loin, dans son bureau, Hugo pesta et je rentrai instinctivement les épaules. J'allais couronner sa journée en beauté. Antoinette grimaça et en profita pour s'éclipser en m'adressant un petit signe.

Stella choisit le moment où j'allais toquer à la porte d'Hugo pour débouler dans le couloir. Comme la veille, elle était habillée de façon flamboyante. Trop parfumée, elle cultivait son goût de l'excessif avec une jupe trop courte, un décolleté trop profond et une coiffure trop volumineuse. Son maquillage, quant à lui, révélait une passion certaine pour la peinture impressionniste.

— Hey ! Mais qui voilà ! hurla-t-elle.

Si j'avais voulu me sauver discrètement, c'était fichu.

— Stella…

— Ça te dirait de prendre un pot avec Stella ? Elle en a ras le pompon des dossiers et des impayés. Tu le crois, ça ? De si grosses entreprises, qui brassent des millions et des millions, rechignent à payer les factures d'une pauvre petite boîte de détectives privés qui leur rend pourtant d'honnêtes services…

Je ne répondis rien alors qu'elle semblait attendre quelque chose de ma part. Après un silence englué de gêne, je me décidai.

— Ce n'est pas très… classe.

— Ouais, ma bichette ! T'as tout compris : c'est pas classe du tout comme attitude !

Elle se mit à rire en pointant un doigt vers moi, puis agita la tête dans tous les sens.

— Mais je vais te dire, moi, Olympe…

Silence pesant.

— Oui, dis-moi ?

— Je vais te dire… Il est pas né celui qui aura des dettes envers Stella.

Et je la croyais sur parole.

Hugo avait eu le nez creux en la recrutant. Il avait comme qui dirait fait coup double. Stella gérait la comptabilité, les contrats et les impayés. Plus besoin d'huissiers, les créanciers devaient cracher au bassinet dès que la pointe de l'un de ses escarpins franchissait le seuil de leur entreprise.

— Bon, je prends le courrier à poster et on y va ?

Silence de cathédrale.

— Hein ? Où ça ?

— Ben… S'en jeter un petit !

Rire de loutre éviscérée.

— Tu sais que tu me plais, toi ! reprit-elle.

— …

— T'es bizarre, mais tu me plais ! Et comme Stella a horreur des idées reçues, Stella t'emmène prendre un pot pour faire plus ample connaissance !

Sur le moment, il me fut difficile de dire si c'était une bonne ou une mauvaise chose de plaire à Stella. Étant donné qu'elle gérait les salaires et les commissions, je penchai pour le bon et décidai de l'accompagner au bar situé au bout de la rue.

Je mis un mouchoir sur ma culpabilité, évitai de regarder la porte d'Hugo et suivis Stella.

— Olympe ? Stella ?

— Salut chef ! Stella a bien bossé aujourd'hui, elle va prendre du bon temps maintenant !

— Hey ! Salut Hugo ! À demain.

Il plissa les yeux, preuve qu'il sentait que je lui cachai quelque chose. J'hésitai à me soulager de mon fardeau.

— Olympe, tu voulais me voir ?

Il se frottait le pied en même temps qu'il parlait.

— Je viens de me recevoir un rayonnage de livres sur l'orteil, comme si la journée n'avait pas déjà été assez mauvaise.

J'analysai la situation à la hâte, et la réponse qui sortit de mon tableau à triple entrée fut : « piña colada avec Stella ».

Je tapotai le bras de mon ami avant de prendre ma collègue par le bras.

— Rentre chez toi, Hugo. Demain est un autre jour.

Il sourit timidement, puis son regard passa successivement de l'une à l'autre.

— J'imagine. En tout cas il le faut bien… Passez une bonne soirée les filles.

À jeun et deux verres plus tard, Stella paraissait bien moins effrayante.

— Tu vois, moi, j'aurais aimé être black, mais la vie en a décidé autrement… En fait, j'aurais aimé être choriste dans les années disco.

— Mais carrément !

— Regarde-moi ! Je sais que ça va te paraître étrange, mais quelquefois j'ai l'impression que je suis trop originale pour le monde actuel.

— Toi ? Non…

— J't'assure.

Elle se claqua les cuisses et rit à gorge déployée.

— Tu vas sans doute pas me croire, mais je fais parfois peur aux hommes !

— Non ?

— J'te jure ! Il y a trop de charisme pour ce corps ! ajouta-t-elle en se palpant. Oh ! qu'est-ce que j'aurais assuré sur scène… C'est que j'ai un sacré brin de voix ! Faudra que je t'emmène au karaoké un de ces soirs.

Je n'avais cependant pas encore ingurgité assez de réconfort vieilli en fût de chêne pour lui promettre quoi que ce soit.

— Je suis sûre que tu aurais été parfaite.

— Tu sais que je fais régulièrement des concours de sosies ?

Sous l'effet de la surprise, je ne pus empêcher un filet de cocktail de s'échapper de ma bouche.

— Sosie ?

— Allez, devine ! C'est facile !

Je dessaoulai d'un coup. Si je ne trouvais pas, Stella allait m'écraser comme une vulgaire mouche.

— D'ailleurs, Stella, c'est pas mon vrai nom. Je m'appelle Geneviève.

— Je suis vraiment nulle en devinettes, je t'assure…

— T'es pas drôle !

— Désolée, je donne ma langue au chat.

Et quel chat.

— Stella est le sosie officiel… de… roulements de tambour : Gloria Gaynor !

— …

— Catégorie blanche, évidemment. Je peux pas rivaliser avec les blacks.

Évidemment. Je ne saurai dire ce qui m'apparut comme le plus curieux. Que Stella participe à des concours de sosie, qu'il existe des catégories « couleur de peau » ou qu'elle les gagne.

— Mais… c'est génial !

— Je t'emmènerai un de ces jours. Et faudra qu'on prenne le temps de voir à qui tu ressembles, je sens quelque chose mais je peux pas le dire.

King Kong dans la catégorie humains, Tom Cruise dans la catégorie femmes ?

Je piochai quelques cacahuètes dans la coupelle que le serveur avait littéralement jetée devant nous.

— Dis-moi Stella, tu es réellement cousine avec Antoinette ?

— Pour sûr que Stella est la cousine germaine d'Antoinette. Nos mères sont sœurs !

— Incroyable !

— Je sais ce que tu te dis…

J'espérais bien que non.

— Antoinette, c'est le modèle réduit de la famille. Elle a pas profité, annonça-t-elle en pinçant les lèvres d'un air dépité.

— Ah bon ?

— Nous autres, on est tous bien bâtis, tu verrais mes frères ! Faudra que je te les présente à l'occasion.

Depuis le début de la soirée, mon planning s'était considérablement chargé.

— Elle est rabougrie mais pas méchante pour deux sous, Antoinette. C'est même elle qui m'a dégoté mon boulot. Elle mange comme elle respire, du bout des poumons. Elle picore, qu'est-ce que tu veux que ça donne ?

Une cinquantenaire de quarante-cinq kilos, soit presque trois fois moins que sa cousine.

Je profitai de ce moment d'intimité pour me renseigner sur le reste de l'équipe, mais Stella tiqua :

— Dis donc, toi ! Je sais que t'es une bonne copine du boss… Tu serais quand même pas un indic ?

— …

Elle roula des yeux et fronça ensuite les sourcils, puis soudain éclata de rire.

— Oh oui, tu me plais, toi ! C'est définitif ! Tu marches pas, tu cours !

Elle se mit enfin à table. Hugo employait quatre détectives à temps plein et d'autres en extra.

— Certains bossent sur plusieurs agences, ils sont rémunérés à l'affaire.

— Je comprends.

— Et toi, tu as déjà bien gazé pour une bleue : deux affaires en deux jours ! Stella dit chapeau !

J'eus le triomphe modeste, déjà par égard pour le sous-marin qui gisait désormais dans quelque obscur garage de banlieue.

— Franco devrait revenir demain, c'est un personnage.

Dans sa bouche, je n'osai même pas imaginer ce que cela pouvait signifier.

— Vincent est un gentil garçon, un peu ours, mais gentil. Et puis, il y a Laurent et Hubert qui bossent presque toujours en tandem.

Je quittai Stella une heure et un cocktail plus tard. La comptable à tout faire de P&F était aussi étonnante qu'incroyablement attachante. Aglaé avait prévu de dormir chez Sidonie pour terminer un exposé sur la transformation des déchets et je n'étais donc nullement pressée.

Sur le chemin du retour, je reçus un SMS :

Hugo prévenu ?

Il était vingt-deux heures et le numéro m'était inconnu. Je me doutai qu'il devait s'agir de Novak, mais ne pris pas la peine de répondre. Le ton de son message était sec et j'avais passé l'âge de rendre des comptes.

Mon silence dut l'énerver, car cinq minutes plus tard mon smartphone vibra à nouveau :

Huit mille euros de réparation environ. VN

Je tressaillis. Hugo allait forcément être furieux en apprenant la nouvelle et me demander de travailler à crédit ! Je partais avec un handicap de… seize affaires à résoudre ! Il me fallait un coupable et il était tout trouvé.

Merci VN de me pourrir définitivement la soirée.

J'appuyai sur la touche envoi d'un index rageur.

Une fine pluie se mit à tomber alors que je n'étais plus qu'à cinq cents mètres de l'appartement. Je les parcourus en courant, bien décidée à ne pas me faire tremper. En rentrant chez moi, je cherchai la meilleure solution pour annoncer les dégâts à Hugo… Coup de fil tardif ? Message anonyme ? Peut-être le déni total devant la facture ou bien la fuite au Nouveau Mexique… Lorsqu'un nouvel SMS arriva :

Si pas encore prévenu, je peux peut-être arranger le coup.

Je restai interdite. Comment Novak pouvait-il penser corriger le tir ?

Je comptais lui annoncer demain matin, mais ???

De longues minutes s'écoulèrent pendant lesquelles je n'osai pas quitter l'appareil des yeux.

Ne dis rien pour le moment.

Plus rien de la soirée, malgré mes trois relances bourrées de smileys, d'émoticons et de ponctuation de toutes sortes.

Je me couchai songeuse et un peu plus inquiète encore, étonnée de la sollicitude soudaine de Novak.

11

Celle qui décidait de ne plus manger de concombre

— C'est pas vrai ! Olympe !!!

À peine avais-je ouvert la porte un tiers hindou, deux tiers grotesque de l'agence que la voix excédée d'Hugo me parvint aux oreilles.

La messe était dite et, quelles qu'aient été les intentions de Novak, elles n'avaient désormais plus lieu d'être.

Antoinette inclina la tête de côté en guise de bonjour gêné, et baissa aussitôt les yeux.

Je posai mon sac dans l'entrée et poussai la porte du bureau entrouverte.

— Salut, murmurai-je.

Il me regarda tout étonné, comme s'il m'avait déjà oubliée, occupé à raccrocher au mur le tableau qui tombait une à deux fois par jour.

— Salut. Ce que ce truc peut m'énerver…

— …

— Qu'est-ce que c'est que cette histoire, Olympe ? reprit-il en me dévisageant.

— Ah… Je peux tout t'expliquer…

— Mais pourquoi tu ne m'as pas prévenu hier soir ?

Pour une raison que je ne m'expliquais pas, Hugo semblait plus en vouloir au tableau qui avait à nouveau dégringolé qu'à moi-même.

— J'ai dû oublier… J'avais essayé de t'appeler dans l'après-midi, dès que j'ai eu le… pépin.

Il soupira, puis s'assit dans son fauteuil.

— Antoinette m'a dit que tu avais essayé de me joindre, seulement j'ai dû reprendre moi-même une affaire de Franco qui a mal tourné. Pour rien au final, j'ai perdu un gros client.

— Oh… Crotte.

— Mais cela ne m'explique pas pourquoi c'est Novak qui m'a prévenu ce matin pour cette histoire de batterie.

— De batterie ?

Il me fixa alors d'une drôle manière, mais quelqu'un toqua à la porte, l'interrompant dans l'examen de mon visage.

Un Vincent Novak tout rouge entra précipitamment.

— Hugo… La voiture…

— Quoi, la voiture ?

— La dépendance dans laquelle la Renault était entreposée a pris feu cette nuit.

— …

— Un bidon de préparation qui s'est enflammé apparemment. Mon cousin vient de m'appeler.

Hugo se leva comme un diable sorti de sa boîte.

— Et ?

— Plus rien, une carcasse.

Il se laissa retomber sans un mot. Ne comprenant rien à la situation, je décidai que le silence était de loin la meilleure option qui s'offrait à moi, et adoptai un air mi-décontracté mi-consterné en attendant la suite des événements.

Stella entra sans prévenir à son tour, en envoyant la porte dans le mur avec fracas.

— Pas de soucis, les chéris, pas de soucis : Stella s'occupe de tout. L'assurance couvre les incendies.

Hugo, à peu près aussi hébété que moi, ne réagit pas. Stella s'approcha de lui et lui parla plus fort, comme si cela pouvait aider à la compréhension.

— Pas de problème, boss ! Stella a joint l'assurance, ils envoient un expert pour la forme, mais comme le sous-marin était assez récent, le patron va être intégralement remboursé.

Les cinq mille pièces du puzzle « le chaton et sa pelote de laine » commençaient à s'imbriquer dans mon cerveau, et je cherchai Novak du regard. Celui-ci s'appliquait à fuir mes yeux de façon magistrale, et force était de constater qu'il était plutôt doué dans cette discipline.

Hugo rassembla ses esprits et nous considéra tous les trois.

— Bon… Eh bien, j'imagine que ce n'est pas si grave, si ce n'est qu'il nous manque pour l'instant un véhicule.

— Celui de remplacement sera disponible à la concession dans dix jours, annonça Stella.

— Je vois que tout est réglé.

— Cette boîte tournerait sans le boss, ah ah ah ! ajouta la comptable-prestidigitatrice en prenant la direction du couloir.

— Je peux peut-être venir travailler avec ma Clio ? Elle est grise, très discrète…

Hugo accueillit la proposition avec un franc sourire.

— Tu en es sûre ? Parce que c'est vrai que ça m'arrangerait... Natacha se sert de la nôtre, Vincent circule en moto...

— Et Stella a ses petites gambettes ! explosa la comptable en se tapant les cuisses.

— Non, pas du tout... Je t'assure... Et puis, je me sens un peu coupable...

Vincent Novak fut pris d'une quinte de toux aussi violente qu'inattendue.

— Tu n'y es pour rien, mais j'apprécie le geste, et franchement avec la tuile d'hier et ce contrat en moins, on va devoir se serrer la ceinture quelque temps.

Vincent, Stella et moi-même nous dirigions vers la sortie quand Hugo ajouta :

— Au fait, Olympe, il paraît que le dossier Suzanne Delporte est classé ? Bon boulot ! Tu m'apporteras ton rapport ainsi que les clichés.

Je sursautai sans oser me retourner de peur de me trahir, puis tournai sept fois ma langue dans ma bouche avant de bafouiller :

— Je fais ça dans la journée. J'ai un peu de tri à faire dans les clichés.

Une fois dans le couloir, Stella se tourna vers moi en m'adressant un clin d'œil bien trop chargé de mascara turquoise, puis prit la direction de sa grotte. Novak, quant à lui, me tourna le dos et s'éloigna vers la pièce aménagée en salle de réunion où se trouvait la machine à café. Je lui emboîtai le pas.

— Je suppose que je dois te dire merci ?

Il ne prit pas la peine de répondre, attrapa la cafetière et remplit un plein gobelet d'un liquide d'un marron douteux.

— C'est comme ça que tu élimines les soucis ? ajoutai-je en commençant à trembler.

— …

— Et d'ailleurs, de quel droit tu règles mes problèmes sans me consulter ?

Ce qui était un peu vache et débile, car cet incendie inopiné m'ôtait une belle épine du pied.

Ma remarque atteint son but et Novak se retourna aussitôt. Il était tout rouge et fulminait.

— Tu es gonflée dans ton genre !

— Je ne t'ai jamais demandé de m'aider !

Il hésita quelques secondes.

— Dis-toi bien que ça n'a rien à voir avec toi ! Je voulais sauver mon job, ok ? Comme tu ne sembles pas l'avoir compris, les affaires de la boîte sont loin d'être florissantes !

Je restai bouche bée. À aucun moment je n'avais imaginé une raison de ce genre.

— Huit mille euros ! Et encore, sans les pneus ! Et rien de couvert par l'assurance. Ah ça ! le cas Suzanne Delporte résolu, mais à quel prix !

— Bon, ça va…, murmurai-je.

Il resta silencieux quelques secondes, puis se décida.

— Je n'ai rien contre toi, mais je joue perso. Hugo fait bonne figure, il t'a embauchée pour te dépanner, mais derrière il faut bien que l'argent rentre, et je ne peux vraiment pas me permettre de perdre mon boulot.

— Disons que…

Il me défia du regard :

— Vas-y !

— …

— Tu ne trouves pas que c'est un comble d'arnaquer une assurance ?

Extrêmement mal à l'aise, je regrettais déjà mes paroles.

— C'était juste une remarque en passant, hein, repris-je.

Sa bouche se tordit.

— Il faut savoir faire une entorse au règlement de temps à autre. Une fois n'est pas coutume bien entendu…

— …

— Et disons qu'à circonstances exceptionnelles, mesures exceptionnelles. J'espère que tu sauras t'en souvenir la prochaine fois qu'il te prendra l'envie de résoudre une affaire de façon aussi spectaculaire…

Il arborait un air réellement mystérieux qui me fit me demander s'il avait déjà enfreint beaucoup de règles par le passé. Soudain gêné, il but son café d'un trait. Il grimaça en réalisant qu'il était bien trop chaud tout en se raidissant pour laisser transparaître le moins possible la douleur de la brûlure. Novak, curieux collègue sous contrôle vingt-quatre heures sur vingt-quatre.

Je passai le reste de la journée à finaliser les dossiers que j'avais réussi à boucler, tâche absolument assommante, pour ne pas dire mortellement ennuyeuse… Antoinette m'avait sorti quelques vieux documents qui devaient me servir de modèles afin que j'apprenne à remplir correctement les rapports : la moindre erreur pouvait invalider les formalités et rendre caduques les preuves recueillies.

Je m'appliquai tout d'abord à rédiger un résumé pour le dossier Félicie Lamondier, et choisis avec soin les photos transférées depuis mon smartphone. Le cas Suzanne Delporte fut plus facilement complété, et c'est un brin mal à l'aise que j'effaçai de la carte mémoire du réflex les clichés de cette dernière, où, furibarde, on comprenait qu'elle avait saisi mon manège.

En début d'après-midi, je cherchai Hugo dans les locaux, autant pour le rassurer sur le bon déroulement des formalités administratives que pour prendre de ses nouvelles. Pour être parfaitement honnête, je souhaitais également quémander au passage une petite avance sur salaire.

Antoinette m'apprit qu'il était parti sur le terrain.

— Vous ne savez pas s'il y a une autre cible pour moi ?

La blonde au brushing parfait secoua doucement la tête de droite à gauche. Elle n'en savait rien et ne pouvait se permettre de me proposer elle-même de démarrer une affaire.

Je tournai en rond un moment, furetai dans les tiroirs d'Hugo à la recherche de bonbons, mais sans succès. Je posai les dossiers complétés sur la borne d'accueil et m'apprêtai à partir quand une voix que je commençai à bien connaître résonna au fin fond du couloir.

— Hé ! Ma mignonne ! Ne t'avise pas de partir sans dire au revoir à Stella !

Je réfléchis en me dirigeant jusqu'à son bureau. Personne ne m'avait appelée ma mignonne depuis 1985. Cela dit, et venant de la part du sosie officiel de Gloria Gaynor, catégorie blanche, cela sonnait plutôt bien.

Stella me fit entrer dans son bureau puis referma la porte. Elle m'intima de m'asseoir sur le tabouret et retourna s'échouer sur son fauteuil défoncé.

— Alors ?

Elle chuchotait, chose tout à fait inhabituelle et qui ne me disait rien qui vaille.

— Quoi ? répondis-je sur le même ton par mimétisme, ou par peur, à moins que ce ne soit un mélange des deux.

— Qu'est-ce que c'est que cette histoire avec le beau Vince ?

— …

— Stella veut bien couvrir, et même protéger quand elle aime bien. Mais faut pas la prendre pour une poire…

Elle se pencha au-dessus de son bureau, collant son opulente poitrine sous mon nez.

— Ça va, ça va !

— Stella se réveille, petit-déjeune, se maquille, et au moment où elle crêpe et laque ses cheveux : coup de téléphone !

— …

— Vincent Novak, qui demande à Stella si l'un des sous-marins est bien assuré tous risques ! Bizarre, non ? Alors…

J'hésitai un quart de seconde à prétendre que j'ignorais tout de l'affaire, puis, glacée par son regard noir, je choisis de libérer ma conscience. Les pneus crevés, la gravure sur porte, le garage du cousin de Vincent et tout le reste…

L'immense brune fit la moue, puis se décida à sourire, jugeant que, sur son échelle de valeur fantaisie, la situation était acceptable.

— Ma foi… Stella est d'habitude très à cheval sur les principes… mais le beau Vince doit avoir ses raisons !

Incroyable. Tout le monde paraissait trouver cette histoire d'incendie normale. Soudain, Stella me colla en ricanant une violente bourrade dans l'épaule.

— Toi… T'as dû taper dans l'œil de Novak.

Je rougis en m'en défendant fermement.

— Non, il m'a dit que les dégâts se montaient vraiment à plusieurs milliers d'euros, et comme l'assurance n'aurait jamais fonctionné… Bref, il avait peur pour les finances de P&F.

Stella se redressa, puis se mit à pianoter sur son bureau.

— Moi, ce que j'en dis… Mais quoi qu'il arrive, compte sur Stella : motus et bouche cousue.

Elle passa un index aussi boudiné que manucuré sur ses lèvres ultra siliconées, et un frisson me parcourut.

Ce soir-là, nous avions rendez-vous, Aglaé et moi, chez Kitty et Bertrand. Ce dernier avait décrété suite à la lecture de nombreux ouvrages aux titres aussi évocateurs que *Comment réussir et apprécier son divorce ou encore Divorcer ? Après c'est le pied*, qu'il était absolument nécessaire que nous ayons un temps de discussion tous les quatre, et ce, de façon régulière.

Consciente que je ne pourrais y échapper, j'avais suggéré que ces petites sauteries aient lieu chez eux. Aussi, un soir par mois, nous revisitions façon 2015 sous acide un épisode de *La Petite Maison dans la prairie* pour le côté mièvrerie et cucul la praline. Tout cela ne rimait à rien, mais au moins je n'avais qu'à mettre les pieds sous la table.

Aglaé s'amusait de ces dîners, Bertrand les prenait très au sérieux, et Kitty avait quant à elle décidé que nous changerions de *dress code* à chacune des soirées. Je n'en voyais pas l'intérêt mais Kitty est tellement adorable… impossible de lui refuser quoi que ce soit, tout le monde est bien d'accord sur ce point.

Ignorant mes protestations tout comme le fait que j'avais eu beaucoup de mal à trouver un vêtement jaune décent le mois précédent, Kitty, inspirée, voulait désormais aller plus loin…

— Allez, Olympe, insista-t-elle en me servant un verre de vin. Disney ? Fables de La Fontaine ? Geisha ? Non ! Je sais ! Mythologie !

— Kitty, peux-tu m'expliquer pourquoi il faudrait se déguiser pour parler ?

— Mais c'est follement amusant !

Je soupirai en m'enfonçant dans leur fabuleux canapé en cuir blanc.

J'observai une fois de plus ce salon que je connaissais si bien. Bertrand avait conservé l'appartement que nous louions lorsque nous étions mariés, tandis que j'avais, d'un commun accord avec mes finances, préféré repartir de zéro dans un endroit dépourvu de souvenirs. Aglaé riait aux pitreries de son père, Kitty gloussait en traduisant quelques grossièretés en australien et je les regardai tous les trois en me demandant s'il était normal de se sentir aussi bien en présence de son ex, de sa femme et de notre fille.

Bertrand vint s'asseoir à côté de moi et fixa les filles à son tour.

— Tu sais ce qui m'inquiète, chaton ?

— Bon sang, Bertrand ! Une fois pour toutes, arrête de m'appeler comme ça !

— Je trouve que tu as l'air triste ces temps-ci.

— …

— C'est vrai ! Tu ne positives pas assez.

Il avait peut-être raison. De quoi je me plaignais ? J'avais un beau mari footballeur plein aux as, quatre merveilleux enfants et un job qui me passionnait. Ah ! Non, ça, c'était Victoria Beckham. Moi, j'avais une fille que je faisais stresser, un ex-mari aux mœurs bizarres et un travail temporaire où j'étais mêlée à des incendies criminels.

Bien résolue à argumenter, je me tournai vers lui mais me dégonflai en croisant son regard bienveillant.

— T'as raison bichon, dis-je en trinquant.

Au cours du dîner, Kitty exigea un tour de table. Bertrand demanda à chacune d'entre nous de lister dix choses qui avaient embelli notre semaine…

Lorsque Kitty eut terminé d'énumérer les siennes – entre autres, voir un arc-en-ciel, caresser un lapin nain, boire une infusion à la camomille, marcher pieds nus dans la rosée et décider de ne plus manger de concombre (cela lui irritait le côlon) –, j'implorai Bertrand d'ouvrir une troisième bouteille de vin.

12

Celle qui sortait le bourbon pour les coups durs

— Maman ! Réveille-toi !

Je bougonnai en plaquant la couette sur ma tête.

Aglaé la retira tout à fait du lit d'un geste aguerri. Elle s'approcha de la fenêtre de ma chambre et ouvrit les rideaux en grand.

— Au boulot !

— Mais euh…

— Tu as gagné : Papa a dit que désormais l'alcool serait proscrit de nos dîners « unité familiale ».

— J'ai tellement mal aux cheveux…

— Maman…

— Non, mais franchement, le coup des lapins arc-en-ciel… C'était au-dessus de mes forces.

Aglaé ne put garder son sérieux plus longtemps :

— C'était un peu extrême, j'avoue.

— Un peu ?

Elle s'assit près de moi et longea mon bras de son index.

— Fais un petit effort, s'il te plaît… Ça leur fait tellement plaisir !

— D'accord, soupirai-je.

— Tu sais, quand je vois les relations qu'entretiennent les parents divorcés de mes amies, je m'estime heureuse que ça se déroule aussi bien pour nous.

— Même si tu dois écouter sans broncher les méfaits du concombre sur le transit de ta belle-mère ?

— Même si je dois écouter sans broncher les méfaits du concombre sur le transit de ma belle-mère !

Je lui attrapai la main et la fis basculer sur le lit.

— Maman ! Tu m'épuises ! On va vraiment finir par être en retard !

Une heure plus tard, je mangeai un croissant chez P&F. Stella en avait rapporté un plein sac et je ne me fis pas prier pour en attraper un second et le trempai dans mon thé.

Je rencontrai ce matin-là une partie de l'équipe, à savoir Laurent et Hubert. D'après Stella, ils travaillaient exclusivement en duo, et étaient spécialisés dans tout ce qui touchait de près ou de loin aux adultères et aux héritages. Si Laurent avait également l'air expert en blagues et calembours – il m'en servit douze en cinq minutes –, Hubert ne desserra les mâchoires que pour se plaindre. Des impôts, du temps, du vent, de ses chaussures neuves et de son slip visiblement trop serré, la faute de Laurent qui apportait trop souvent des paquets de gâteaux lors de leurs planques.

Laurent s'éclipsa pour prendre un appel et je restai en tête à tête avec Hubert. L'expérience dura peu de temps, mais suffisamment longtemps pour que je prenne conscience que cela ne deviendrait jamais l'un de mes hobbies favoris.

Hubert était le genre d'homme à sacrifier sa famille pour son travail. Heureusement pour sa famille, Hubert n'en avait pas. Pointilleux, tatillon, je l'imaginai sans peine faire partie des détectives du genre classique : pas l'ombre d'une carbonisation de sous-marin sauvage à son actif, j'en étais à peu près certaine.

Lorsque Stella réapparut munie d'une pleine cafetière, je réprimai un soupir de soulagement. Comment diable Hugo recrutait-il son personnel ? Leur faisait-il passer un psychotest, « Ferais-tu un bon tueur en série ? » J'avais plus l'impression d'avoir intégré la Cour des Miracles qu'une entreprise digne de ce nom, puis me rappelai curieusement les circonstances de mon embauche quelques jours plus tôt… Hugo avait simplement bon cœur, et si je me fiais aux profils atypiques d'Antoinette et Stella, mes autres collègues devaient également avoir des histoires personnelles assez… particulières… Je mis mentalement un billet sur la possibilité qu'Hubert ait été équarrisseur de licornes au Pérou dans une première vie avant de prendre sur moi pour lui proposer un croissant.

— Mais c'est pas croyable ! Vous avez tous décidé de vous liguer contre moi ? dit-il en desserrant sa ceinture d'un cran.

Je tirai vers moi le panier dans lequel Stella avait déposé les viennoiseries et enfonçai mon nez dans ma tasse. Stella paraissait bien silencieuse en cette matinée. Aucune allusion salace, pas une seule blague d'un goût douteux, et, plus étonnant encore, pas le moindre éclat de rire tonitruant. Je me refusai toutefois à prendre de ses nouvelles : j'avais déjà suffisamment à faire avec mes propres problèmes pour ne pas me préoccuper de ceux des autres.

Laurent terminait sa communication lorsque Hugo déboula dans la salle de repos. Notre patron balaya la petite pièce du regard :

— Eh bien, si vous êtes tous là, je vais faire le briefing ici plutôt que dans mon bureau.

Il s'arrêta brusquement :

— Où est Novak ?

Stella haussa les épaules avant de tourner les talons. Hugo fronça les sourcils, semblant remarquer à son tour le manque d'entrain de sa comptable. Notre chef poussa un profond soupir et consulta sa montre : Novak avait dix bonnes minutes de retard.

— Tant pis, dit-il en tirant une chaise et s'asseyant à la table ronde, il prendra le train en marche.

Hugo saisit un croissant qu'il se mit à couper machinalement en tout petits bouts.

— Laurent, où en est le dossier Leduc ?

Celui-ci hocha la tête tout en terminant sa tasse de café.

— Bouclé, répondit Hubert d'un air blasé. On passe à autre chose.

Hugo perçut la tension vaguement cachée dans la phrase de son salarié.

— Un problème ?

Ses yeux passèrent ensuite de Laurent à Hubert plusieurs fois sans qu'aucun des deux ne se décide à s'expliquer. Pour finir, Laurent fusilla Hubert du regard et entreprit de remplir sa tasse à nouveau.

— Alors quoi ? On peut savoir ?

— Demande-lui, si tu y tiens ! Moi, j'abandonne..., tonna Hubert.

Laurent perdit soudain son sang-froid :

— Ah, mais tu ne vas pas remettre ça ? ! Je n'en peux plus !

Hugo s'affala sur sa chaise et frotta ensuite ses doigts sur ses tempes.

— Les gars...

Je me retins de demander quoi que ce soit, la scène étant fascinante. Laurent et Hubert avaient entrepris un ballet post-moderne de je t'aime/moi non plus, à grands coups de soupirs, de mouvements de buste et de jeux de jambes.

— Si vous ne voulez plus bosser en équipe..., reprit Hugo.

— Cette fois-ci, je vais sérieusement y réfléchir ! s'exclama Laurent excédé.

— Tu dis ça toutes les semaines, railla Hubert en reposant violemment sa tasse.

Hugo se redressa et tapa du poing sur la table, plus pour demander le silence qu'imposer sa supériorité.

— Oui... Euh... on va en rester là, je ne veux rien savoir en fin de compte.

Laurent baissa la tête.

— Et puis, je me fiche de savoir pourquoi vous vous disputez encore. Et surtout, je ne veux plus arbitrer vos petites affaires, c'est bien compris ?

Le duo de choc secoua brièvement la tête de haut en bas.

— Voilà votre prochain cas.

Sans plus attendre, Hugo fit glisser devant eux une petite liasse de papier qu'ils se disputèrent aussitôt. Vincent Novak en profita pour se faufiler dans un coin de la pièce.

— Tu ne trouvais plus le chemin ?

Novak ne releva pas et s'installa à la droite d'Hugo. Il posa ses mains sur la table, croisa ses doigts, et d'un index rêveur tapota la jointure de sa main opposée. Je retins mon souffle en attendant que quelqu'un daigne détendre l'atmosphère.

— Vincent, comme tu n'as plus rien en cours, tu vas prendre ce dossier, décida Hugo en posant devant lui un épais dossier.

Novak pencha furtivement la tête en avant pour signifier qu'il était d'accord.

— Je sens qu'on est sur un gros truc, Vincent… Alors, prends toutes les dispositions qui s'imposent, s'il te plaît. Je pense que ça va t'occuper quelque temps.

Le directeur de P&F consulta les fiches restantes, visiblement contrarié.

— Franco n'est pas capable de reprendre le travail, son truc vire à la pneumonie si j'ai bien compris…

Il se frotta à nouveau la tête.

— … et nous n'avons pas le choix, il faut que l'argent rentre. Pas mal de dépenses imprévues ce mois-ci…

Trois têtes se tournèrent vers moi dans un même mouvement et je sentis le rouge me monter aux joues. Durant quelques secondes je fis mine de discerner toutes les nuances de blanc présentes sur le mur d'un air inspiré.

— Je suis désolée, Olympe, mais… je vais attendre qu'une affaire plus basique se présente pour toi.

— Mais… pourquoi ? dis-je en m'extirpant de ma contemplation feinte.

— Tu n'es pas encore prête à sortir de la voiture, et il ne reste que des cas trop complexes pour une débutante.

Il fouilla dans les feuilles éparses.

— Il manque un document à ce dossier… Antoinette ?

Soudain Novak se pencha légèrement vers Hugo :

— Tu sais, elle a bouclé deux affaires en deux jours…

Hugo le considéra avec attention puis se tourna vers moi.

— Moui…

Je n'en croyais pas mes oreilles, ce type était capable de compassion, voire de lucidité : j'avais affaire à un prodige en partenariat avec Lourdes ! Je me remettais à peine de mes émotions qu'un bruit épouvantable parvint à nos oreilles. Antoinette criait et ses appels à l'aide furent à nouveau couverts par un fracas que même les onomatopées les mieux disposées ne sauraient rendre. Nous nous dévisageâmes un court instant avant de nous précipiter vers l'entrée.

La pauvre blonde avait le brushing en berne. Seule sa tête dépassait avec peine d'un amas de chemises en carton : les étagères sur lesquelles elle rangeait avec soin tout l'administratif avaient cédé.

Hugo entreprit de déblayer le terrain sans se préoccuper des boîtes qui s'ouvrirent, déversant un flot continu de feuilles stabilotées.

— Antoinette, comment vous sentez-vous ?

Elle avait l'air plus humaine ainsi, pour une fois départie de ce self-control un peu glaçant.

— Je… Je vais bien… enfin… je crois.

Stella déboula du fond du couloir :

— Qu'est-ce que c'est que ce chantier ! Vous comptez faire un bûcher ?

Personne ne releva et chacun tenta d'entasser ce qui était entassable. De son côté, la secrétaire ne semblait pas se soucier de l'hématome qui s'étendait à vue d'œil sur son avant-bras et contemplait le chantier de son espace avec la tête de celle à qui on a coupé la coke avec du plâtre.

— Mais… mais…

— Asseyez-vous, Antoinette, on verra ça après.

— Mais…

— Avez-vous la tête qui tourne ?

— Mais…

— Voulez-vous qu'on appelle un médecin ?

Stella envoya valser Hugo d'un coup de hanche, se planta devant sa cousine et la souleva.

— Laissez-la respirer !

Elle la coinça ensuite sous son aisselle.

— Viens prendre l'air, ma belle, Stella sait ce qu'il te faut !

Elles se dirigèrent vers le bureau d'Hugo, qui avait la plus grande fenêtre. La comptable ouvrit en grand les battants :

— Là… Voilà… Maintenant, Stella va sortir le bourbon qu'elle garde pour les coups durs.

— Mais tout ce chantier…, reprit Antoinette en geignant.

J'observai la scène amusée, tandis qu'Hugo tournait en rond autour du tas de papiers. Novak poussa du pied quelques boîtes.

— Bon, eh bien moi, j'ai pas mal de choses à faire, hein… Je file.

Laurent et Hubert, à nouveau copains comme cochons, et sans nul doute mus par l'instinct de survie qui pousse l'être humain à fuir les scènes de crime, lui emboîtèrent le pas. J'étais doucement en train de prendre la mesure de ce qu'il risquait de se produire, quand Novak repassa la tête par la porte.

— Au moins, tu sais comment tu vas pouvoir occuper Olympe.

Et il disparut.

Stella me regarda, Hugo me dévisagea, Antoinette me fixa. J'étais faite.

— Attends… Je suis certaine qu'en ce qui concerne les affaires dont tu parlais…

— Olympe.

— Tu sais, même les dossiers de Franco, je…

— Olympe…

C'est Antoinette qui assena le coup de grâce en braquant ses yeux sur le monceau de feuilles.

— J'en ai pour des jours…

— Bon, alors c'est décidé, je remplace Franco sur le terrain et vous trois, vous me triez tout ça. Antoinette, ménagez-vous tout de même.

Génial.

— Tout doux, Boss ! Si vous comptez vous faire régler un jour, il faut que je m'occupe des factures ! intervint Stella en bombant la poitrine.

Hugo garda le silence quelques secondes.

— Bien… Olympe, vois avec Antoinette comment tu peux aider. Je repasse ce soir.

C'est à cet instant précis que je me promis d'éviscérer tôt ou tard Vincent Novak.

13

Celle qui consolait

Quelques heures plus tard, je claquai la porte du bureau. L'essentiel des archives était trié et nous avions, Antoinette et moi, sauté le déjeuner pour classer sans discontinuer. J'avais d'abord pensé que la réceptionniste se montrerait reconnaissante, mais elle avait à peine desserré les dents lors de notre interminable tête-à-tête, fuyant mon regard avec application sans que je parvienne à comprendre ce qui me valait tant d'animosité.

La tête farcie de rangement par ordre alphabétique et autres classements par codes couleurs, j'avais décidé de ne pas attendre le retour d'Hugo. Je respirais à pleins poumons l'air parisien impur, mais ô combien synonyme de libération, lorsqu'il me sembla distinguer une silhouette familière au coin de la rue. Déformation professionnelle précoce, ou bien simple curiosité, je hâtai le pas et m'engouffrai dans la ruelle avant de sursauter.

— Natacha ?

La femme d'Hugo semblait aussi surprise que moi.

— Olympe ? Mais qu'est-ce que tu fais là ?

— C'est que… enfin, il m'avait bien semblé que c'était toi, alors…

— …

— Mais… Tu te caches ?

La petite brune soupira et s'appuya ensuite contre un mur sale et tagué en guise de réponse.

— Si tu voulais voir Hugo, il n'est pas encore revenu au bureau.

— …

— J'ai passé une journée bien pourrie, j'ai dû aider Antoinette à ranger tout un tas de papiers, mais bref…

Natacha s'anima soudain, puis se redressa :

— Tu veux dire que tu étais là… pour travailler ?

Je la dévisageai quelques secondes.

— Hugo ne t'a rien dit.

Ses yeux s'embuèrent et sa bouche se mit à trembloter dangereusement.

— Je crois que tu devrais te poser un peu… Je t'offre un café ?

Elle se laissa traîner jusqu'au bistrot le plus proche, tomba sur sa chaise sans même chercher à enlever sa veste et hocha la tête lorsque le serveur lui demanda si elle prendrait du sucre.

— Qu'est-ce qui se passe ?

Cette fois-ci, elle se décomposa pour de bon et, à travers son torrent de larmes, je tentai de saisir quelques bribes de mots.

— Stress… distant… tensions… travail… doutes… jumeaux… absence…

— Bon, repris-je pleine de bonne volonté, tu as des doutes sur le travail des jumeaux ?

Elle repartit de plus belle.

— Tu stresses parce qu'il y a une absence de tensions ?

Elle se cogna alors le front sur la table. Les Japonais installés à proximité sursautèrent devant une telle manifestation d'émotions et se hâtèrent de demander l'addition. Lorsque Natacha releva la tête, je décidai de ne pas tenter une autre interprétation hasardeuse et gardai le silence jusqu'à ce qu'elle puisse s'exprimer.

— Oh… Olympe… Je deviens dingue… Hugo me paraît tellement différent en ce moment, nous nous éloignons, nous ne nous comprenons plus…

— …

— Je veux dire… On fait tous les deux des efforts, mais je sens que quelque chose de pas très clair se trame dans mon dos. Il me cache des choses.

— Tu te fais des idées, dis-je en secouant la tête.

Hugo aurait été incapable de faire le moindre mal à sa femme, je l'estimais d'une loyauté sans faille.

— Je t'assure ! Il part plus tôt, rentre plus tard. Quand il est avec nous, il démarre au quart de tour…

— Je suis sûre qu'il y a une explication très simple à tout ça. Tu ne lui as pas posé de questions ?

Natacha ricana :

— Ma pauvre… Bien sûr que si ! Il tourne autour du pot, se défend de quoi que ce soit, et m'accuse même de virer paranoïaque !

J'évitai de dire à Natacha que je trouvais également Hugo soucieux depuis quelque temps.

— Il ne m'a même pas dit que tu travaillais chez P&F ! C'est pas étrange, ça ?

Ça l'était.

— Ça ne fait que quelques jours…

— Olympe… à d'autres… Tu es sa meilleure amie, la marraine de nos enfants, leur baby-sitter… Comment peut-il oublier de me parler de ça ?

Je soufflai sur mon café brûlant pour gagner un peu de temps.

— Je… Je voudrais pouvoir te trouver une raison… mais la vérité, c'est que je n'ai pas le moindre début de piste.

Natacha s'écroula contre le dossier de sa chaise. Elle faisait peine à voir.

Je m'étais toujours bien entendue avec ce petit bout de femme, si pleine d'entrain en temps normal. J'imaginais pourtant qu'il devait être sacrément difficile d'accepter que son mari ait une amie aussi envahissante que je pouvais l'être.

— Écoute, Nat, la seule chose que je sais, c'est que c'est un poil tendu entre vous…

Elle se mâchonna l'intérieur des joues, l'air dévasté.

— … attends, relax, hein : je veux dire par là comme pour tous les couples avec des enfants en bas âge ! Les jumeaux sont adorables, mais je suis bien placée pour dire qu'ils sont limite hyperactifs, ascendant schizophrène.

Ses traits se détendirent un peu.

— Tous les jeunes couples traversent des zones de turbulence ! Regarde-moi !

Je regrettai aussi mes paroles. Brandir mon divorce en étendard n'était pas ce qu'il y avait de plus réconfortant.

— Enfin, Nat, tu comprends ce que je veux dire !

Je crochetai mes index entre eux.

— Natacha et Hugo, ça c'est du solide !

Elle se remit à pleurer bruyamment et les Japonais, plus tendus que jamais, implorèrent une nouvelle fois le serveur d'en finir.

— Bon, tu vas rentrer chez toi et te calmer.

Elle hocha la tête docilement.

— À ce propos, où sont les enfants ?

Elle hoqueta quelques phrases et je compris approximativement qu'ils se trouvaient encore à la garderie de l'école.

— Je passe les chercher.

Natacha leva vers moi des yeux pleins de reconnaissance et un nez humide.

— Merci. Vraiment, sincèrement, merci Olympe.

Je balayai ses remerciements d'un humble revers de la main.

— Écoute, tu sais quoi ? Je les garde pour la nuit et les déposerai à l'école demain matin.

Elle tendit les bras au-dessus de la table et m'étreignit gauchement.

— Tu comprends, ça en plus des coups de fil anonymes, ça fait beaucoup.

— Comment ça ? demandai-je en terminant ma tasse.

— Ça a commencé il y a une dizaine de jours, je dirais, en journée… Sur mon portable, numéro masqué évidemment.

— …

— Jamais à la même heure, quelques secondes de silence, puis ça raccroche.

— Pourquoi penses-tu que ça a un rapport avec Hugo ?

— Avant-hier, le numéro d'Hugo s'est affiché. J'ai décroché : même mutisme pesant au bout du fil, même interminable silence, puis clic final.

— Mince…

— C'est lui, Olympe. C'est lui, j'en suis sûre. Lui qui m'appelle et qui ne dit rien. L'autre jour, il a dû simplement oublier de masquer son numéro.

— C'est impossible.

— Comment tu expliques ça, alors ? Non, vraiment, je me demande même s'il ne perd pas la tête.

Je revis le Hugo de ces derniers jours, un peu à côté de la plaque, les traits tirés…

— Je sais qu'il est soucieux, car il a perdu un gros client, mais sinon… Natacha, promets-moi de ne pas t'emporter, je vais essayer de le sonder de mon côté. D'ici là, prenez une soirée pour vous, je gère les monstres !

— Ils m'épuisent… j'aimerais tellement reprendre le travail, tu sais…

Elle se pencha une nouvelle fois au-dessus de la table et pressa gauchement mes avant-bras en bafouillant encore des remerciements mâtinés de larmes.

Un peu plus tard, à notre appartement, je faisais réciter une liste de vocabulaire à Aglaé pendant que Siméon et Philémon maltraitaient mes albums de *Tintin* lorsque mon téléphone sonna.

D'un regard Aglaé me libéra de mon statut de répétitrice et se dirigea dans sa chambre, son classeur sous le bras. Je décrochai sans pour autant quitter des yeux les deux terroristes en herbe.

— Je peux passer ?

La voix de mon amie Daphné tremblait au bout du fil, les pages de mes BD favorites tournoyaient : je décidai d'appâter l'ennemi à coup de barres chocolatées pour pouvoir converser cinq minutes tranquillement.

— Qu'est-ce qui se passe ?

— Pas envie de rester seule ce soir, je peux venir ?

— Euh… Mais bien sûr !

— J'arrive.

Elle raccrocha aussitôt. Glacée par sa voix blanche, je gardai quelques secondes encore le téléphone vissé à mon oreille. Tout cela ne ressemblait pas du tout à Daphné.

Quand elle déboula sur mon palier un quart d'heure plus tard, elle avait retrouvé toute sa superbe. Elle désigna la porte de ma voisine devant laquelle s'amoncelait une dizaine de cartons.

— Il y a du mouvement par ici ?

Typiquement le genre de Daphné. Elle s'en voulait déjà d'avoir baissé la garde et changeait de sujet. Cela dit, l'amoncellement de boîtes m'intriguait. La cinquantenaire sans histoire qui occupait le second appartement du palier m'avait encore salué le matin même sans évoquer un quelconque déménagement.

— Bizarre. Je ne suis au courant de rien, bredouillai-je en l'invitant à entrer.

Elle m'embrassa avec chaleur et jeta son sac à main près de la porte. Quand elle aperçut Siméon, tout son corps se raidit, mais c'est lorsque Philémon lui jeta un Lego dans le dos qu'elle chancela tout à fait. La belle carapace de la parfaite Reine des Glaces se fendilla et je compris pourquoi une poignée de minutes plus tard.

— Mais, tu ne m'avais pas dit qu'ils seraient là ! pleurnicha-t-elle en pointant du doigt les deux individus de moins cinq ans, curieusement fort captivés par la tournure que prenait la soirée.

Daphné avait triste allure, son mascara dévoilant les limites de sa résistance à l'eau, elle se rongeait un ongle. À ses pieds, ses escarpins gisaient, comme preuves supplémentaires qu'elle avait, au moins pour la soirée, rendu son tablier d'*executive woman* irréprochable. Les garçons étaient désormais à plat ventre sur le sol. Les mains calées sous le menton, ils avaient le même air que mon père devant un documentaire animalier à la télé. Au moins restaient-ils silencieux.

— Mais qu'est-ce qui te prend ?

— Il ne manquait plus que ça, couina-t-elle.

— Tu ne m'as pas laissé le temps de te dire que je les gardais ! Et puis, quelle importance ?

— Tu parles !!!

Elle se moucha dans une serviette en papier qui traînait à côté des restes de pâtes bolognaises de notre dîner. Je vis Aglaé passer la tête par l'entrebâillement de la porte de sa chambre, écarquiller les yeux et faire marche arrière sans plus se risquer à se montrer.

Je me levai pour préparer une infusion quand Daphné me rappela à l'ordre.

— Tu n'as pas un martini ou quelque chose dans ce goût-là ?

Je fouillai ma mémoire à la recherche de la dernière fois où je l'avais vu perdre son légendaire self-control. Cela datait de cinq ans, lorsqu'elle avait alors rompu avec un notaire charmant sur le motif que celui-ci montrait un peu d'intérêt à fonder une famille. Le voyant d'alerte s'alluma illico dans mon cerveau : même mine déconfite, mêmes tremblements, même maquillage à la va-vite, je ne devais pas être loin du compte.

— Ton avocat, c'est ça ?

Elle renifla et attrapa du bout des doigts les pennes qui traînaient dans une assiette.

— Tu veux manger ? Il en reste, j'ai prévu trois fois trop pour les enfants.

— Les enfants ! Les enfants ! Bon sang ! Tout le monde n'a que ce mot-là à la bouche ! Bordel !

C'est évidemment le moment que choisirent les jumeaux pour répéter le dernier mot comme un diabolique mantra. Ils se levèrent ensuite comme un seul homme et entamèrent une course-poursuite dans la pièce. Daphné ouvrit de grands yeux incrédules et se prit la tête entre les mains en se balançant d'avant en arrière comme une démente.

— Bon, les garçons, je crois qu'il est temps d'aller vous coucher.

— NAN !

— Pas au lit !

— Allez marraine, sois sympa !

— S'il te plaît ! S'il te plaît ! S'il te plaît !

Mon amie se balança d'avant en arrière et plaqua ses cheveux sur son visage : il me fallait agir au plus vite.

— Bon… euh… Aglaé !

Aglaé déboula dans le salon, embrassa rapidement Daphné sur la joue sans que celle-ci, toujours prostrée, ne réagisse, puis, d'un geste sûr, attrapa les jumeaux du premier coup.

— Ma chérie… si tu pouvais seulement…

— Je gère.

Les garçons ne protestèrent même pas en la suivant, visiblement avisés de qui détenait l'autorité dans le périmètre.

À la fois fière et inquiète, je retournai m'asseoir près de mon amie et lui servis un petit verre d'alcool, tout en me demandant ce que j'avais pu faire à mon karma pour attirer autant de confidences dans une même journée.

— Alors ?

Je posais ma main sur l'épaule de mon amie.

— …

— Qu'est-ce qui se passe, Daphné ?

Il poussa un profond soupir.

— Oh… Toujours la même rengaine…

— …

— Tous les mêmes, reprit-elle.

— Vous vous êtes séparés ?

Elle souffla par le nez, l'air exaspéré.

— Même pas ! Monsieur est grand prince : il m'a donné « du temps pour réfléchir » !

Je saisis à mon tour une pâte rescapée.

— Franchement, ma belle, j'ai un peu de mal à te suivre…

— Les gosses ! Toujours les gosses ! Je vais finir par croire à la théorie du complot, Olympe !

— …

— Je ne peine pas à rencontrer des types extraordinaires, je sais, c'est une chance !

À qui le disait-elle…

— Oui, ils ont de bonnes situations, des casiers judiciaires vierges et ils sont séduisants, cultivés et intelligents, mais bon sang, pourquoi faut-il qu'ils éprouvent ce besoin de laisser une descendance !

Elle dit cela en prenant un air de dégoût qui me laissa perplexe.

— C'est vrai quoi ! Tu me comprends, non ?

Je fis la moue pour lui signifier que ce n'était pas vraiment le cas.

— Mais enfin, Olympe, Aglaé est une exception ! Trouve-moi cinq bonnes raisons d'avoir des enfants !

— Alors, déjà, ils cotiseront pour ta retraite !

Imparable.

— J'ai deux assurances vie et tout le monde sait que les régimes de retraite vont s'écrouler.

— Enceinte, tu as une bonne raison de te bâfrer.

Alibi de rêve.

— Je t'ai demandé cinq bonnes raisons d'avoir des enfants, je ne te parle même pas de la grossesse, car là j'ai une liste longue comme un jour sans pain de raisons de ne jamais subir ça.

— Les gros câlins ? Tu ne peux pas résister aux câlins qui sentent la confiture et le shampoing pour bébé !

— Avec leurs mains poisseuses et leurs corps étrangement proportionnés ?

— Les déclarations d'amour sincères et spontanées !

— Ne sois pas si cucul la praline !

— Les bons mots, les bricolages, le retour en enfance par procuration, quoi !

— Arrête, Olympe, à huit ans je ne voulais déjà plus être une enfant !

— Je sais ! Quelqu'un sur qui compter quoi qu'il arrive ! Tu sais que c'est Aglaé qui remplit ma déclaration d'impôts ?

Daphné me fusilla du regard mais se tut un instant. Je sentis que j'étais sur la bonne voie.

— Allons, Daphné, tout le monde sait qu'avoir des enfants ça complique l'existence par certains côtés, mais on est aussi un peu sur Terre pour ça, non ?

— Et la surpopulation, ça te parle la surpopulation ? Sans compter que je suis déjà débordée en temps normal et que j'ai bien du mal à aller voir toutes les expos qui me font envie !

— C'est quoi, le fond du problème ?

— Aymerick est l'homme de mes rêves, mais il estime qu'à quarante ans, il est temps pour lui de penser à avoir un enfant.

Elle ricana.

— Quand je pense qu'il s'attendait à me voir sauter au plafond lorsqu'il m'a fait comprendre que j'étais la génitrice idéale !

— Ça se voulait sûrement gentil !

— Dans tous les films, c'est l'inverse : les mecs ne veulent pas s'embarrasser d'enfants ! Et voilà que je tombe uniquement sur des spécimens pourvus de l'option « patrimoine génétique en alerte » !

Mon amie avait-elle besoin que je la persuade ? Était-elle venue pour que je la sermonne ou que je la remette à tout prix dans le droit chemin de femmes forcément mamans ? Peu probable. Elle cherchait simplement du réconfort et ne voulait pas se sentir jugée. Je me devais d'être à la hauteur de notre amitié. À la voir s'allonger sur mon canapé jonché de petits soldats de Siméon et pousser d'un pied encollanté une dizaine de Duplo, je compris qu'elle ne souhaitait qu'un peu d'apaisement.

Je retirai le verre de martini de sa main et préparai un chocolat chaud. Il était vingt-deux heures, les jumeaux ronflaient sur les matelas d'appoint installés au pied du lit d'Aglaé. Je plaçai une couverture sur les jambes de Daphné qui se calmait peu à peu.

— Je vais te préparer un petit truc réconfortant, taux d'échec zéro pour cent.

— De l'arsenic ?

J'éludai sa remarque et entrepris de dégotter la boîte de chocolat en poudre « façon brasserie ». J'entendis la porte d'Aglaé s'entrouvrir.

— J'ai racheté des mini-guimauves cette semaine. Regarde dans le placard au-dessus du frigo.

Daphné enfouit sa tête sous l'un des coussins.

— Tu triches ! brailla Daphné, Aglaé n'a jamais été une enfant ! C'est un mutant, une licorne, une aberration de la Nature, mais pas une enfant ! C'est pas juste !!!

14

Celle qui avait la phobie des accordéons

Je me réveillai tôt le lendemain matin, mais visiblement un peu moins que Daphné qui s'était déjà éclipsée en ne laissant comme seule trace de son passage qu'un petit mot de remerciement sur la table de la cuisine débarrassée de la vaisselle.

Elle avait également rassemblé dans un coin les jouets des garçons, définitivement maniaque.

Profitant du calme avant la tempête, je consultai mes mails et découvris un message pour le moins inhabituel : Hugo m'avait envoyé les directives concernant mon prochain dossier par ce biais. Mais plus surprenant encore, le message avait été posté à quatre heures du matin. Il me remerciait par la même occasion d'avoir pris les enfants, et se félicitait que j'aie eu le désir de les voir de façon impromptue *(sic)* et que Natacha et lui étaient ravis que je tisse des liens aussi forts avec eux.

Pas de doute, Natacha n'avait rien déballé, et l'avait persuadé qu'une envie soudaine m'avait prise de kidnapper, après une journée de boulot ô combien passionnante, deux tornades de quatre ans et demi, aussi mignonnes soient-elles... Je me retins de répondre quoi que ce soit et filai sous la douche pour être opérationnelle au plus tôt. Le timing allait être serré, je devais conduire les jumeaux à l'école maternelle avant de me rendre avec ma voiture rue Eugène-Mortier.

Une fois les documents du dossier imprimés et déposés sur la mallette, je préparai un petit déjeuner pour ma petite troupe. Démarrer la journée avec les garçons avait le gros avantage de réveiller tout fait : à neuf heures tapantes, j'avais la sensation d'avoir enchaîné expressos et rails de coke et garai ma voiture promue momentanément sous-marin d'appoint tout au bout de la rue Mortier.

Comme Hugo me l'avait demandé, je l'appelai une fois mon matériel installé tout autour de moi. J'avais également prévu des petits rideaux occultants pour opacifier l'arrière de voiture et gagner un semblant d'intimité et d'anonymat. Il décrocha à la première sonnerie.

— Déjà en place ! Bravo !

— Comme tu le vois.

— Tout s'est bien passé avec les gars ?

Je repensai aux crises de larmes de Daphné, à la cuisine constellée de pâtes bolo, et aux fous rires des enfants et répondis par l'affirmative. C'était d'ailleurs vrai, les garçons devaient être ravis de leur mini-séjour chez nous.

— Bon, je n'ai pas eu trop le choix... Tu récupères un sale truc, Olympe...

— Sale dans quel genre ? répondis-je avec la voix d'une entraîneuse de saloon.

— Oh, pas dans ce genre-là, rassure-toi. Mais dans le genre qui va pas être facile à résoudre, et surtout qui va traîner en longueur…

— Raconte.

— Gilles Laguiole, quarante-cinq ans. Le dossier a déjà été traité par un concurrent et la filature s'est soldée par un échec.

— Peut-être parce qu'il n'y a rien de probant, non ?

— C'est plus compliqué que ça… Voilà le topo : le brave Gilles est comptable dans une grosse boîte. Il y a six mois, alors qu'il allait donner sa démission, il se fait percuter par son patron, dans le parking souterrain de l'entreprise.

— Mais, attends, comment ça « alors qu'il allait donner sa démission » ?

— Disons que, l'après-midi même, une collègue a trouvé un brouillon dans sa corbeille à papier. Il a nié en bloc, prétendu que ce n'était pas du tout son intention, bref, impossible de vérifier ce point.

— Donc…

— Donc, le patron le renverse, les pompiers arrivent… Il se plaint du dos, ne peut pas se relever, et est hospitalisé dix jours pour une lombalgie. Pourtant, rien d'évident sur les clichés radiologiques, seulement, il dit qu'il a mal, très très mal…

— Ah…

— Le boss suit les recommandations du médecin-conseil, qui préconise deux mois d'arrêt, or, il joue les prolongations.

— Et que dit le médecin maintenant ?

— Il ne se déplace même pas aux rendez-vous médicaux, fait venir le toubib sur place en prétextant qu'il ne peut pas bouger… Il a réussi à avoir une dérogation et le médecin a constaté qu'il limitait ses mouvements au strict minimum, même à son domicile, et a donc conclu qu'il était encore trop diminué pour être en mesure de reprendre.

— Et c'est censé être… bizarre ?

— Disons que, maintenant, il commence à évoquer le fait de porter plainte si son boss s'acharne à vouloir le faire revenir au travail trop vite.

— Pourquoi ça ?

— Selon un témoignage, son patron n'aurait pas allumé ses phares dans le parking…

— Du coup, il exerce une sorte de chantage genre : « Si tu insistes pour écourter mon congé maladie, je te fais un procès ? »

— Voilà ! Sauf que d'après Zeiss, le patron, il ne faisait pas nuit noire dans le parking, et divers éclairages jalonnent le chemin qu'empruntent les voitures. Autre fait plutôt surprenant : Gillou n'avait rien à faire dans ce coin-là du parking.

— Il aurait fait exprès de se faire renverser ?

— Mystère ! Bref, les concurrents ont jeté l'éponge au bout d'un mois, car Gillou n'est pas sorti de son appartement une seule fois.

— Un mois !

— Et attends, tu ne connais pas encore le comble !

— Un mois…

Je n'écoutai plus Hugo, me visualisant déjà momifiée au volant de ma voiture.

— Son ex-petite-amie prétend qu'elle l'a croisé sur un triathlon.

— Sur un… triathlon ?

— Eh ouais…

— Mais ça tourne au délire !

— Bon, il est évident que tout ça paraît tiré par les cheveux, mais Zeiss, le P-DG de la boîte, est persuadé que notre Gillou a un plan parfaitement rodé…

— Et donc ?

— Et donc il est prêt à mettre gros sur la table pour tirer tout ça au clair, et vu la conjoncture actuelle je ne peux pas me permettre de refuser.

— En parlant de ça…

— Quoi donc ?

— La conjoncture, tout ça… Ça va toi ?

— Moi ?

— Eh bien oui, ça fait un moment qu'on n'a pas pris le temps de discuter et, comment dire… je te sens un peu préoccupé.

Hugo garda le silence quelques secondes.

— Allô ?

— Oui, Olympe, ne t'inquiète pas… Simplement, entre l'arrêt maladie de Franco, ce gros client qui m'a claqué entre les doigts et d'autres frais qui n'étaient pas prévus…

Je restai silencieuse à mon tour.

— Olympe ?

— Tu sais Hugo, je te suis vraiment reconnaissante de m'avoir embauchée.

— Allez, arrête, je ne disais pas ça pour ça…

— Je vais me donner à fond, je te le promets, et dès que possible je dégage le plancher.

— D'ailleurs, je ne voudrais pas paraître désagréable, mais tu ne dois pas être super attentive à ce qui se passe autour de toi, alors je ne vais pas te distraire plus longtemps.

Je me redressai instinctivement en fixant la porte cochère.

— On a fait le tour du dossier, pour l'instant ne bouge pas, au moins la première semaine… Ensuite, nous verrons si tu dois intervenir sur le terrain et la stratégie à mettre en place.

Une semaine passionnante se profilait donc.

Je raccrochai en soupirant et éloignai de moi le paquet de biscuits au chocolat prévu pour la crise hypoglycémique qui finirait bien par poindre.

En fin de journée, je passai en coup de vent chez P&F. Je voulais déposer un semblant de rapport à Hugo, histoire de montrer ma bonne volonté, mais les résultats de cette première journée de planque s'avéraient dramatiquement nuls. L'immeuble de quatre étages était encadré de chaque côté de bâtiments bien plus imposants. J'avais dénombré huit appartements, en comptant celui de Laguiole, et déjà repéré cinq de ses voisins, pour la plupart retraités. Pas de va-et-vient suspects, pas le moindre comportement étrange et pas l'ombre d'un fraudeur. Rien. Cette affaire s'annonçait vraiment palpitante.

Je profitai du trajet pour prendre des nouvelles de mes parents. Ma mère décrocha bien vite, visiblement dans tous ses états.

— Tu tombes bien, il fallait que je parle à quelqu'un.

Brigitte Posteur passait ses journées à râler, mais la plupart de ses soucis étaient généralement risibles. Mon cœur se mit à battre plus fort en percevant une réelle panique dans sa voix.

— Un problème ? Papa va bien ?

J'imaginais successivement un tas de scénarios catastrophes, mélanges d'infarctus, d'étouffements, de carambolages et accordéons (je souffrais d'une violente, incontrôlable et inexplicable phobie des accordéons).

— Oh ! Ne me parle pas de ton père ! Je ne sais pas comment je vais bien pouvoir lui annoncer ça…

Une vision vint couvrir toutes les autres, celle de ma mère dans les bras d'un autre homme, trapu, regard profond, et catogan épouvantable. Je devais vraiment faire une sale tête, car le conducteur du véhicule voisin me dévisagea jusqu'à ce que le feu repasse au vert.

— Tu m'écoutes Olympe ? Je vais avoir besoin de ton soutien.

— … euh… oui…

Tout allait dépendre de ce qu'elle s'apprêtait à m'apprendre.

— C'est ton grand-père…

Mon cœur fit plusieurs bonds en se heurtant à ma cage thoracique.

Mon grand-père maternel, Raymond, habitait dans le Sud de la France dans une de ces résidences de luxe pour personnages âgés. Il entretenait avec ses enfants et petits-enfants d'excellents rapports, mais, depuis le décès de sa femme, n'éprouvait plus le besoin de leur rendre visite. Ma mère devait le supplier pour qu'il vienne passer quelques jours en famille chaque année.

— Je me suis fourrée dans un beau pétrin, ma chérie.

Suspens insoutenable… Ma mère avait sans le savoir des talents de scénariste de *soap*.

— Mais qu'est-ce qui se passe ?

— Il va venir habiter chez nous…

— Grand-père ?!

— Ton père ne va jamais le supporter ! Et moi non plus d'ailleurs.

— Il est malade ?

— Pas du tout ! Il nous enterrera tous !

— Je ne comprends rien à ce que tu me racontes.

Je coulais un stop, ce qui eut pour conséquence quelques coups de klaxons bien mérités.

— Tu conduis ?

— J'ai mis le kit mains libres.

— Mais ce n'est pas prudent ! Tu n'en fais toujours qu'à ta tête !

Levant les yeux ciel, j'actionnai le clignotant en grimaçant et me garai sur un trottoir.

— Et arrête de faire cette moue !

— Mais ! Enfin… Voilà, je ne roule plus. Alors, qu'est-ce que c'est que cette histoire ?

— Ton grand-père s'est fait virer de la résidence.

— Viré ?

On vire des employés plus vraiment indispensables, des élèves pénibles et indisciplinés, des musiciens de groupes de rock pour arrêt de substances illicites, mais… des personnes âgées ?

— Il s'est mis à jouer et à claquer toutes ses économies au casino.

— Au… casino ?

J'aurais plus facilement vu Papy Raymond se mettre à la danse folklorique, ou même se faire tatouer tout le corps plutôt que de dilapider l'argent d'une vie dans des machines à sous.

— C'est terrible ma chérie, une véritable maladie.

— Tu étais au courant ?

— Disons… Que j'avais quelques doutes…

— Comment ça ?

— Il y a plusieurs mois, il m'a demandé de me porter caution pour un crédit à la consommation.

— Maman !!

— Je sais ! Je sais ! Ne m'accable pas ! C'est mon père ! Tu ferais bien ça pour moi, non ?

Mes grands-parents maternels n'avaient jamais roulé sur l'or, mais, prudents et économes, avaient mis de côté tout le long de leur vie. Mon grand-père, maintenant seul, avait donc suffisamment d'argent placé pour s'offrir sa résidence troisième âge de luxe.

— Je ne sais pas trop comment tout cela a commencé, ni comment ça a dégénéré, mais en résumé, il est sur la paille.

— Waouw…

— Et ce n'est pas le pire… Je crois bien qu'il a volé des choses aux *Boutons d'or.*

— Volé ?

— Une véritable pathologie…

— Et…

— Il va devoir venir chez nous, car Maurice ne veut pas en entendre parler.

Mon oncle avait beaucoup de qualités, mais peu qui puissent être utiles en société.

— Le problème, c'est que je ne sais comment annoncer à Bernard que grand-père doit rendre ses clés sous quinze jours.

— Quinze jours !

— Et encore, ils ont été chics aux *Boutons d'or* : ils lui ont laissé un peu de temps pour s'organiser.

J'imaginais sans peine la tête que mon père allait faire en apprenant la funeste nouvelle, et conseillai à ma mère de se renseigner sur l'achat d'un défibrillateur.

— Tu penses qu'il va mal le prendre ?

Question débile, mais que l'on sort chaque fois qu'on veut meubler une conversation après une sale nouvelle. Honnêtement, dans la liste des souhaits que mon père formulerait au génie de la lampe, vivre avec son beau-père monomaniaque et accro au jeu venait tout juste après l'amputation des pouces et la greffe de jambes en mousse.

— Ne dis rien à personne, je vais essayer de préparer le terrain.

J'assurai ma mère de mon soutien, ça ne coûtait rien, même si la cause me semblait perdue d'avance.

Antoinette frotta par réflexe son avant-bras en me voyant entrer chez P&F. Elle marmonna un timide bonsoir et piqua vers son écran d'ordinateur. Hugo étant en conversation téléphonique, j'en profitai pour aller saluer Stella et jauger son humeur en me rappelant sa mauvaise mine la veille. À ma grande surprise, elle m'accueillit avec un immense sourire :

— Ma maigrichonne préférée !

— Salut, Stella.

— Alors, cette nouvelle affaire ? Paraît que c'est un sacré tordu, ton client ?

Je commençai à poser une fesse sur le coin de son bureau, mais renonçai en voyant son visage changer du tout au tout.

— Prends la chaise ! Tu vas me corner les feuilles et j'ai horreur de ça ! Le beau Novak fait ça aussi, ça me rend dingue !

Je me rapprochai de la chaise désignée tandis qu'elle lissait amoureusement du plat de la main des dossiers stabilotés « impayés ».

— Alors, raconte-moi un peu ta journée ! reprit-elle comme si de rien n'était.

Ce petit côté schizophrène me faisait froid dans le dos par moments.

— Oh… Pas grand-chose malheureusement. Hugo t'a expliqué que c'était une affaire qu'on reprenait ? Je me demande si le type n'est pas clairement au courant qu'on le surveille. Et dans ce cas…

— Quoi ?

— Ça va durer des jours et des jours, et ne rien donner.

Elle haussa les épaules et mit en route un gros ventilateur fuchsia. Son bureau était à son image, elle avait amassé un tas d'objets aussi étonnants qu'incongrus. Machinalement, j'attrapai un cadre posé dans un coin et découvris une photo de Gloria Gaynor. Les yeux de Stella s'illuminèrent.

— 1979, Las Vegas. Magnifique, non ?

C'était vrai, mais je ne pouvais m'empêcher de trouver un tantinet étrange le fait d'avoir ce genre de photo dans son bureau.

— Elle me donne une de ces forces pour les impayés.

Je manquai de m'étouffer.

— Je me dis : Allez, Stella, Gloria serait fière de toi, on va les faire cracher au bassinet, ces petites enflures !

— …

— Et ça marche ! Chaque fois que je coince, elle me donne l'énergie pour trouver le point faible et faire pression ! Et BAM !

Elle cogna son poing sur la table.

— …

— C'est ça, le dépassement de soi.

— Impressionnant, assurai-je.

Hugo m'interpella du bout du couloir et j'abandonnai Stella qui entonnait une version toute personnelle de « *I Will Survive* ».

Lorsque je pénétrai dans le bureau d'Hugo, il était en train de boucler sa sacoche et enfila sa veste.

— Tu voulais me voir ?

— Je passai te faire un petit rapport.

— Et ?

— Rien d'intéressant.

Il fit la moue :

— Normal, ne commence pas à perdre patience. Dis-toi que je te paye à ne rien faire, ça te réconfortera.

— Tu rentres ?

Il hésita un quart de seconde avant de répondre. Je le connaissais suffisamment pour déceler qu'il allait mentir.

— Oui, j'ai promis à Natacha de rentrer tôt ce soir.

Il évita mon regard et saisit un sac noir dans un coin de la pièce, qu'il balança sur son dos. Il s'arrêta et se tourna vers moi :

— Un problème ?

Le ton de sa voix me troubla.

— Quoi ? Euh… non, pas du tout. Pourquoi ?

— Tu as l'air pensive ces temps-ci.

— Moi ?

Il se rapprocha de moi et me tapota l'épaule :

— Tu sais que tu peux tout me dire, Olympe ?

Même que je suis en train de me demander ce que tu mijotes ?

Pour noyer le poisson je le pris dans mes bras :

— Oh, tu sais, Aglaé, l'adolescence, pas facile tous les jours… Et puis, Bertrand et ses théories à la noix sur, je cite, l'épanouissement familial fragmenté…

Il planta ses yeux dans les miens comme pour sonder si je disais la vérité, mais j'utilisais alors mon arme secrète, à savoir mon air de chaton triste.

— Je compatis, les histoires de famille… Ça tape sur le système.

— …

— Allez… Courage.

Je l'embrassai sur la joue et le regardai quitter les bureaux en lui adressant un petit signe. À quelques mètres de moi, Antoinette s'appliquait encore à fixer son écran. Lorsque je passai derrière elle pour récupérer mon sac à main, je constatai qu'il était éteint.

15

Celle qui achetait une chouette

J'avais passé quatre jours entiers à mouler de mes fesses les différents sièges de la Clio et commençais même à m'habituer à cette vie recluse et inactive. Le temps était maussade, mais les températures acceptables et je m'estimai heureuse de ne ni cuire ni geler.

Gilles Laguiole avait, comme c'était à prévoir, brillé par son absence.

J'avais pendant tout ce temps développé une technique assez intéressante de lecture par intermittence qu'il allait me falloir breveter.

Hugo m'avait gracieusement offert mon samedi et mon dimanche, tout en me précisant qu'il n'en serait pas de même pour la semaine suivante. Hubert, qui avait besoin d'heures supplémentaires, se chargerait du samedi, et Laurent, qui n'avait pas la moindre envie de passer un dimanche avec sa femme, prendrait la suite.

De mon côté, le week-end s'annonçait chargé. J'avais promis à Aglaé de passer du temps avec elle, avec shopping au programme, et nous devions déjeuner chez mes parents pour fêter l'anniversaire surprise de ma sœur.

— Tu crois que Mamie Jeanne sera de la fête ?

— Franchement, j'en doute. Ta grand-mère était furieuse l'autre jour.

Aglaé pesta en reposant un cintre sur le portant de la quatrième boutique que nous arpentions.

— Tu as pensé au cadeau de Marie ?

La réponse était bien évidemment non, mais je répondis naturellement oui.

— J'ai quelque chose en tête, mais je ne sais pas où dénicher ça.

— Je suis très curieuse de voir de quoi il s'agit.

Je plaquai un haut à manches courtes devant ma fille :

— Va plutôt essayer ce truc au lieu de me questionner !

Aglaé retroussa sa lèvre supérieure en regardant le tee-shirt.

— T'es pas sérieuse, là ?

— Ça ne te plaît pas ? Eh bien, concentre-toi un peu sur ce que tu veux au lieu de papoter.

Aglaé leva les yeux au ciel en s'éloignant vers les cabines, les bras chargés de tuniques noires toutes quasi identiques. Mon téléphone se mit à vibrer et je décrochai en adressant un pouce en l'air en guise d'avis à ma fille qui sortait de la cabine.

— Natacha ?

— Salut, Olympe, je te dérange ?

— Du tout. Un problème ?

— C'est à toi de me dire ça : tu as du nouveau ? Une piste ?

Je soufflai dans le combiné.

— Non, Nat. Rien du tout.

— Tu crois que je me fais des idées, c'est ça ?

Je ne pouvais pas décemment lui dire que je savais qu'Hugo m'avait menti quelques jours plus tôt. Pas sans avoir de preuve.

— Je ne sais pas quoi te dire. Il a l'air soucieux, mais je pense que c'est plus lié au boulot qu'à autre chose.

— Si tu le dis, mais je n'y crois pas. Il rentre de plus en plus tard, je sais que c'est tendu en ce moment, mais je persiste à penser que quelque chose cloche.

— …

— Tu me tiens au courant, promis ?

— Promis, Nat.

Ce que je me promis surtout, c'était de comprendre ce qui occupait tant Hugo.

Aglaé se tint devant moi la seconde d'après.

— On y va ?

— Tu as trouvé quelque chose ?

Elle agita un vêtement sous mon nez.

— Tu m'as dit qu'il m'allait bien !

Comme il m'était impossible de me souvenir de la forme de la chose, je réglai sans rien dire pour ne pas aggraver mon cas.

En passant devant une librairie, Aglaé se souvint qu'il lui fallait un manuel de littérature. Je la suivis docilement à travers les rayonnages, et, au moment de passer à la caisse, ma fille eut la bonne idée de me rappeler l'anniversaire de Marie.

— C'est incroyable, dis-je posant les *Fleurs du Mal* sur le tapis roulant.

— Qu'est-ce qui te prend ?

— Il faut que tu m'emmènes ici pour que je tombe justement sur cette chouette en verre soufflé !

— Tu comptes acheter une chouette en verre soufflé ?

— Eh bien quoi ?

— C'est une blague ? Tu vas *vraiment* lui acheter cette chouette en verre soufflé ?

Même la caissière semblait de son avis.

— Aglaé, je te rappelle que Marie fête ses quarante ans.

— Mais... c'est atroce !

Je retournai l'objet entre mes doigts.

— Vous n'avez pas les mêmes goûts, c'est tout, répondis-je en posant le volatile à côté de Baudelaire.

La caissière leva un sourcil, coula un regard lourd de sens à Aglaé, et bipa le code-barres de l'objet.

— Soixante euros ?

— C'est fait main, railla la jeune femme.

— Enfin... tout de même, murmurai-je.

L'employée souleva à nouveau la chouette du tapis :

— Je l'enlève ?

— Non. Bien sûr que non. Quarante ans, ça se fête...

Je ne peux pas jurer qu'elle répondit « justement », cependant je nourris de fortes présomptions.

Je demandai dans la foulée un emballage cadeau à la jeune effrontée, qui s'appliqua à massacrer bolduc et papier le plus lentement possible, sous les regards désapprobateurs des clients pressés.

Dans les rues, les magasins fermaient les uns après les autres. Chargées de nos paquets, nous entreprîmes de rejoindre notre appartement, mais seulement après que j'eus promis à Aglaé de ne jamais lui offrir quoi que ce soit en verre soufflé. Fabrication artisanale ou non.

Nous étions rentrées depuis quelques minutes quand quelqu'un toqua à la porte. J'envoyai Aglaé ouvrir tandis que je déballai les paquets ainsi que les plats thaïs que nous avions pris à emporter.

Une voix masculine me parvint aux oreilles et de toute évidence il ne s'agissait pas de celle de Monsieur Léon.

Je me cachai pour épier dans un angle que je croyais mort.

— Maman, dit Aglaé d'un ton laconique.

— Oui ? tentai-je d'une voix qui se voulait lointaine.

— On te voit dans le miroir…

Je reculai instinctivement, puis m'avançai vers l'entrée.

Un homme d'une quarantaine d'années se tenait sur le pas de la porte et il tentait visiblement de se retenir de rire.

Il me tendit une main et serra la mienne fermement.

— Mathieu Charpentier, le voisin d'en face.

— …

— Je suis venu me présenter.

— …

— Comme le veut l'usage…

— …

— Les bonnes manières, enfin tout ça…

— …

— Maman ! Mais dis quelque chose !

— Vous allez bien ?

Je ne sais pas ce qui me surprit le plus à ce moment-là. Que ma tranquille voisine ait déménagé en douce, ou bien qu'un nouvel arrivant aussi charmant ait élu domicile sur notre palier.

— Maman ! Ferme la bouche !

— Oh ! Pardon ! Excusez-moi, c'est la surprise… Je ne savais pas, enfin… Mme Husquin ne m'a rien dit, le gardien non plus, et puis, je ne vous ai même pas entendu emménager.

Cela dit, j'avais passé le plus clair de ma semaine dans ma Clio. Mon nouvel emploi m'occupait un peu plus que le précédent, qui me permettait de satisfaire mes instincts primaires de ragots et commérages.

— Excusez-moi.

— …

— Je peux récupérer ma main ?

— Pardon ?

— Ma main.

Nos yeux convergèrent vers notre poignée interminable.

— Oh ! Certainement.

Aglaé soupira en repartant dans le couloir.

— Bienvenue Mathieu. Si je peux vous rendre service, n'hésitez pas !

— Merci Aglaé.

Notre voisin se frotta les mains et je me demandai s'il avait contracté une quelconque allergie à mon contact, ce qui aurait été fâcheux.

— Vous avez une fille charmante.

— C'est ce qu'on me dit continuellement…

— Ah…

— J'ai beaucoup de chance…

— Et vous ?

— Oh, moi, la chance, vous savez : ça va, ça vient…

— Non, je voulais dire… comment vous appelez-vous ?

Il avait une jolie voix un peu rocailleuse. Brun, bien bâti, dans les un mètre quatre-vingts, de jolies rides entouraient ses yeux d'un bleu délavé.

— Excusez-moi, je suis un peu à côté de mes pompes ce soir : Olympe McQueen.

Je retendis une main, qu'il attrapa en riant.

— Eh bien ! Enchanté Olympe McQueen !

Pour une fois qu'un type convenable venait chez moi de son plein gré, j'atomisais toutes mes chances en un quart de seconde.

— Je suis désolée, je dois vous paraître étrange…

— Un peu, mais ce n'est pas très grave.

Diplomate avec ça.

— Je ne comprends pas comment j'ai pu zapper une pareille nouvelle. Je veux dire, Mme Husquin a déménagé sans prévenir et voilà que vous emménagez dans la minute.

— …

— Ce n'est pas que ce soit pour me déplaire, hein…

De mieux en mieux. Félicitations, Olympe.

— Enfin, vous comprenez : je suis étonnée.

Il hocha lentement la tête, plus pour éviter de me contredire que pour poursuivre la conversation.

— Je suis ravie de faire votre connaissance, ne vous méprenez pas.

— …

— Et comme vous l'a déjà dit Aglaé, n'hésitez pas en cas de besoin.

Il hocha à nouveau la tête.

— Je saurai m'en souvenir.

Nous remuions toujours tous les deux frénétiquement la tête deux minutes plus tard et je finis par me résoudre à refermer la porte lorsqu'il lança :

— Le Loto.

— Pardon ?

— Votre ancienne voisine, Mme Husquin, elle a gagné au Loto.

— Quoi ?

— Pas le gros lot d'après ce que j'ai compris, mais de quoi s'acheter une maison en proche banlieue, c'est ce qu'elle m'a dit quand je suis venue visiter l'appartement.

— …

— Elle avait trop peur que je trouve ça louche qu'elle quitte l'appartement précipitamment, que ça cache un loup…

— …

— Et comme je devais trouver un logement rapidement.

— Ah ?… Je ne vous demande pas pourquoi…

— Non.

— Ce serait indiscret ?

— On peut dire ça comme ça…

— Vous avouerez que c'est curieux de votre part de lancer ça, sans en dire plus…

Il fit un large sourire et je me sentis fondre. J'avais hérité d'un voisin plus que charmant, c'était définitif.

— Gardons-en pour notre prochaine rencontre.

Hey, mais c'est qu'il passait directement en mode flirt !

— Qui vous dit qu'il y en aura une seconde, minaudai-je.

— Ma porte est approximativement… à quatre mètres de la vôtre, répondit-il le plus sérieusement du monde.

Rectificatif : il n'était pas du tout en mode flirt.

— Pas faux.

— Voilà…

— Bon, eh bien… j'ai été ravie de faire votre connaissance.

— Pareillement.

Il masqua un sourire.

— Quoi ?

— Non, c'est ce mot « pareillement ».

— Eh bien ?

— Vous avez un petit côté original assez…

— Oh ça va !

— Exotique.

— Exotique ?

— Oui.

— Mais exotique sympa ou exotique flippant ?

Il sourit à nouveau.

— Hum… Laissez-moi réfléchir. Je dirais… Sympathiquement flippant.

— Je vais vous souhaiter une bonne soirée, Mathieu Charpentier du troisième.

— Bonne soirée, Olympe McQueen du troisième.

C'est avec un sourire niais à rivaliser avec une prétendante du concours Miss France que je refermai la porte, le cœur battant un peu plus vite qu'à l'accoutumée.

— Je ne peux pas croire ce que je viens d'entendre.

Aglaé était assise à la table de la cuisine.

— Tu n'étais pas obligée d'écouter notre conversation.

— Notre appartement fait soixante-cinq mètres carrés, je me tiens dans la pièce principale et tu minaudes avec notre voisin en parlant super fort, que veux-tu…

— Je ne *minaudais* pas.

— Appelle ça comme tu veux, dit-elle en riant.

Elle saisit la télécommande et alluma le téléviseur.

— Je n'en reviens pas !

Elle augmenta le volume sonore.

— Tu m'écoutes ?

— Quoi ?

— Tu me fais la morale ou je rêve ?

— Je ne te fais pas la morale ! Je m'amuse juste du fait que ma mère flirte avec le nouveau voisin. Cela dit, tu as mon approbation.

— Ton approbation ?

— Oui, il l'a l'air sérieux. Et en plus il est canon.

Elle ouvrit un des plats à emporter et saisit une fourchette.

— Aglaé, j'hallucine ! Depuis le temps que je te recommande de ne pas te fier aux inconnus ! Tu me donnes ton *approbation* ? Et puis d'abord, tu te fais des idées !

— Arrête ! J'ai cru que tu ne fermerais jamais cette porte… Pour quelqu'un qui conseille de ne pas parler aux inconnus…

— C'est différent ! J'ai de l'expérience… et un certain flair !

Elle partit dans un tel fou rire qu'elle manqua de s'étouffer avec sa première bouchée.

— Restons-en là et viens manger tant que c'est chaud.

— C'est déjà froid.

— Mais c'est ce qu'on est censé dire dans ce genre de situation.

Je décidais de bouder.

— Ne fais pas la tête, Maman, en plus on sait toutes les deux que tu ne vas pas tenir cinq minutes.

— Je ne boude pas.

— Allez… Avoue que tu en pinces pour le beau policier ! reprit-elle en me faisant du pied.

Je sortis illico de mon silence.

— Benjamin ?

Sa fourchette pleine de nouilles sautées resta en suspens, l'une d'elles s'écrasa mollement sur la table dans un petit « ploc ».

— Qui est Benjamin ?

— Mais ?

— Le voisin ! Mathieu. Il est flic.

— Ah ?

— Qui est Benjamin ?

— Un vieux copain que j'ai revu, après ma chute dans la Seine.

Elle soupira et enfourna les pâtes rescapées.

— Ta vie est décidément un peu trop compliquée pour moi.

— Compliquée ?

— Je dirais même exotiquement compliquée, Maman.

Petit.

Petit, et fourbe.

Non, petit, fourbe et mesquin.

Je décidai de ne pas partager le canard laqué.

16

Celle qui était dans la confidence

Le lendemain, nous arrivâmes à midi pile chez mes parents. Ma mère avait été suffisamment explicite : Marie débarquerait à treize heures flanquée de mari et enfants, et il fallait du renfort pour terminer les toasts.

— Ne sois pas en retard, avait-elle martelé encore la veille au téléphone.

Je savais pertinemment qu'elle avait peur que je gâche la surprise comme les deux années précédentes… Et, pour cause, ma sœur adorée avait droit, elle, a un anniversaire « surprise » chaque année, tandis que je devais m'estimer heureuse si on collait trois bougies sur une tarte à mon intention un week-end du mois de septembre.

— Rhoo !!! Mais qu'elle est susceptible ! C'est parce que je sais que tu es moins conventionnelle que ta sœur ! avait répondu un jour ma mère alors que je me plaignais d'être la corne de rechange de la licorne. Tu as un esprit fantasque et tu ne te formalises pas pour des broutilles, ma chérie ! Et c'est ça qui est formidable ! Pas comme Marie, qui est la rigueur incarnée et qui souffre d'un cruel manque de confiance.

Au royaume des aveugles, les borgnes seront toujours rois…

Mais cette année, j'avais décidé de gagner en maturité et de ne pas saboter la petite sauterie, enfin pas de façon aussi évidente…

— Tu me jures que tu n'as pas appelé Barbara Cartland ?

Aglaé, dépitée, secoua la tête et partit embrasser mon père.

— Non, je ne l'ai pas appelée ! Cela dit, je te rappelle qu'elle est vieille, mais pas folle. Elle sait, comme tout le quartier d'ailleurs, que Marie est du 17 mars et que tu organises systématiquement un repas le dimanche qui suit.

— Qu'est-ce que tu racontes ? répondit-elle en terminant de glacer le gâteau.

— Maman ! Même mon gardien s'en est souvenu !

Elle haussa les épaules.

— J'espère que tu as apporté un cadeau cette année !

Je réprimai un sourire en entendant ma fille glousser.

— Eh bien, figure-toi que oui !

— Et elle l'a choisi avec soin, brailla Aglaé de la pièce voisine.

Ma mère leva le nez du parfait au chocolat. Elle avait une petite trace sur le menton, mais je me retins de la prévenir. Mesquin, mais jouissif.

— J'espère que tu ne vas pas me faire honte ! Je me rappelle de cette fois où tu as fait exprès de lui acheter un pull taille XS pour l'embarrasser devant tout le monde.

— Ah non, tu te trompes, Maman. Ça, c'est ce que tu as osé me faire l'année où j'ai accouché d'Aglaé…

Elle prit son air de comtesse douairière, se raidit et retourna à son gâteau.

— Chaque jour que Dieu fait, je me demande comment j'ai pu mettre au monde des enfants si différents.

Je préférai changer de sujet avant d'avoir l'envie de la tartiner tout entière de chocolat.

— C'est chouette que Léonard ait pu se libérer.

Elle soupira si fort que de petites vagues se formèrent sur le nappage. Elle consulta l'horloge de la cuisine et pinça les lèvres.

— Lui aussi m'avait promis d'arriver en avance...

Elle gémissait presque et me fit de la peine. Même si elle n'y mettait pas les formes, elle se donnait du mal pour tous nous réunir et nous étions quand même des sales garnements.

— Vous allez me rendre chèvre ! Avec tout ça je vais rater mes finitions ! reprit-elle en levant les mains au ciel comme pour implorer la déesse des entremets chocolatés. Heureusement que Marie est plus posée ! Je suis certaine qu'à treize heures tapantes, elle appuiera sur la sonnette.

Erreur, notre fratrie comptait trois sales garnements et une élève modèle.

En temps normal, la maison familiale était plutôt un havre de paix, ponctué par moments des jurons de Mamie Jeanne si jamais elle était dans les parages, des soupirs à n'en plus finir de mon père et des critiques inappropriées de ma mère, mais l'ensemble avait tout de même un formidable effet réconfortant. Or, les jours de fête, Brigitte Posteur se transformait en un dragon vociférant et sans la moindre pitié : tout allait être source de conflits, nous le savions d'avance. Mon père, habitué à ses sautes d'humeur depuis le jour de leur mariage, ne s'y trompait pas. Il s'était réfugié avec Aglaé dans son bureau où ils disputaient une partie d'échecs.

Léonard ouvrit la porte d'entrée sans prendre la peine de sonner. J'étais ravie de le retrouver et il nous suffit d'un regard pour nous comprendre : nous aurions tous deux souhaité nous trouver partout ailleurs qu'ici.

Je me levai et embrassai mon petit frère, qui, par un curieux échange de matériel chromosomique – et non grâce à ses fameux gratins de légumes comme le prétendait depuis toujours ma mère –, culminait à un bon mètre quatre-vingt-dix, tandis que nous autres étions de taille moyenne ou petite.

Quand il entoura notre mère de ses bras surdimensionnés, la colère de celle-ci s'évanouit aussitôt.

— Mon chéri ! Je savais que tu n'oublierais pas !

— Maman, tu m'as laissé douze messages hier ! Comment voulais-tu que j'oublie ?

— Et à l'heure qui plus est ! railla-t-elle en me regardant.

— Mais j'étais à l'heure aussi !

— Pourquoi faut-il que tu tires toujours la couverture à toi, Olympe ! Tu es consciente d'avoir un sérieux souci de contrôle ?

— Je n'ai pas de souci de contrôle !

— Elle a un sérieux souci de contrôle, assura-t-elle au gâteau.

— Maman !

— Et voilà qu'elle recommence ! J'espère que tu te tiens correctement à ton nouveau travail.

Soudain, telle une icône de la cyclothymie, elle nous considéra avec tendresse et la larme à l'œil.

— Quel dommage que votre petite sœur soit coincée à Oxford…

Juliette, qui se destinait à l'enseignement, poursuivait des études d'anglais dans la prestigieuse université.

Puis, se reprenant, elle se mit à vociférer, un couteau à beurre à la main.

— Qui me toaste ça ?

Léonard tourna son imposant corps vers moi en attrapant le paquet de petits pains au seigle.

— Tu as changé de boulot ?

Ma mère lui pressa le biceps :

— Figure-toi qu'elle fait du classement de dossiers chez Hugo !

Elle retourna installer les bougies sur le gâteau et poussa vers moi un pot de tarama et des blinis.

— Je ne fais pas de classement, enfin… pas exactement.

— Je vais te dire une bonne chose, reprit ma mère sans écouter et en léchant une cuillère, je disais justement il y a peu à ton père que ta fixette photographique était tout sauf ce qu'on peut appeler un vrai métier.

— Maman…, tenta Léonard qui percevait l'orage gronder au loin.

— Du pragmatique, du solide, voilà qui te fera du bien. Le secrétariat, ça, c'est de l'emploi stable ! On aura toujours besoin de quelqu'un pour ranger des trucs et répondre au téléphone, même avec ces casques assez drôles qu'ils ont conçus pour éviter les cervicalgies… Je crois que j'ai vu ça dans le magazine de la santé.

Je devais demander des tests ADN, cette femme ne pouvait définitivement pas être ma mère.

Soudain, elle se raidit :

— Les aubergines à la parmesane ! Avec vos bêtises je n'ai pas arrêté le four.

Elle se précipita dans l'arrière-cuisine et je ressentis l'envie de graver des insanités à la fourchette sur le nappage brillant du gâteau.

— Ne fais pas ça, dit Léonard en suivant mon regard.

Nous éclatâmes de rire.

— Ça fait un bail, dis-moi !

Il me sembla qu'un voile passa sur son visage.

— Le boulot, la vie, enfin tu sais ce que c'est.

J'aurais été bien embêtée de dire quel type de métier Léonard exerçait. Il avait fait des études d'informatique et s'était spécialisé dans les jeux vidéos, mais c'était à peu près tout ce que je savais.

— Et toi, ça va ? Tu ne m'avais pas dit que tu voulais changer de job.

— Oh… C'est un concours de circonstances un peu malheureux… Hugo m'a embauchée le temps que je retrouve quelque chose dans le domaine de la photo.

Le carillon de la porte d'entrée retentit et ma mère, qui venait d'émerger de l'arrière-cuisine avec le plat de gratin, se dressa comme un suricate dans la steppe.

— Marie ? Impossible, il est bien trop tôt !

Même mon père, sentant que quelque chose d'inhabituel – et donc de potentiellement dangereux pour les nerfs instables de sa femme – se tramait, s'était rapproché de l'entrée. Ma mère nous passa en revue les uns après les autres.

— Vous n'avez pas fait ça ?

Une voix nasillarde parvint de derrière la porte.

— Mais dépêchez-vous ! J'ai les bras chargés !

Mamie Jeanne tambourinait sans relâche. Ma mère fusilla son mari du regard :

— Bernard ! C'est toi ?

Il leva les yeux au ciel sans prendre la peine de répondre et ouvrit la porte.

— Mais qu'est-ce que vous fichiez ! tonna Mamie Jeanne en forçant le passage.

Elle portait un pied d'éléphant dans les bras. Il était magnifique, avec ses longues et minces feuilles dégoulinant de son tronc dodu.

— Brigitte, ma chérie, je ne suis pas venue les mains vides.

Cette dernière ouvrait et fermait frénétiquement la bouche, ce qui lui donnait un vague air de poisson-globe sous amphétamines.

— Il ne me semble pas que nous ayons déjà tenté de faire survivre cette espèce de ficus chez vous.

Le sosie, catégorie province profonde, de Barbara Cartland gratifia ma mère de son plus beau sourire.

— Heureusement que je note tout dans l'agenda que cette hôtesse très laide de Tupperware m'a donné en échange d'une commande de saladiers gigognes…

Je débarrassai ma grand-mère de l'imposante plante.

— … parce que si j'avais dû compter sur votre rappel, Brigitte…

Ma mère se mordit violemment la lèvre inférieure et repartit sans un mot vers la cuisine.

— Allez ! du nerf ! Ne restez pas tous plantés là ! On se cache dans le salon, comme d'habitude ?

Aglaé, Léonard, mon père et moi-même avançâmes sans oser objecter quoi que ce soit dans ladite pièce. Ma grand-mère s'installa à côté de moi et me tapota la jambe :

— Ça m'a fait plaisir que tu m'envoies ces SMS, ma chérie !

— Tu as un portable, Mamie ? ricana Léonard.

— Bien sûr ! Et c'est extrêmement pratique, figure-toi !

Elle lissa son pantalon machinalement. Mamie Jeanne était toujours impeccable quelles que soient les circonstances et les quarante ans surprise de sa petite fille étaient pour elle l'occasion de sortir ses bijoux les plus clinquants. On aurait pu libérer sous caution un baron de la drogue en faisant fondre l'ensemble des chaînes que son frêle cou supportait par miracle sans ployer.

— Et ma petite Olympe, ton travail alors ? Ça se passe bien ? Tu ne vas pas te faire virer, cette fois ?

Je ne pouvais pas jurer qu'Hugo ne ferait jamais ça, mais ça me paraissait hautement improbable, à moins de détruire un véhicule à chaque mission.

— C'est assez… intéressant, répondis-je le plus évasivement possible.

— Peu importe du moment que ça te permet de payer les factures ! Il n'y a pas de sot métier, ma jolie ! Je me souviens d'une amie qui a dû un temps se mettre à tapiner et…

— Maman ! tonna mon père.

Aglaé rit sous cape. Mon grand bébé ne ratait pas une miette de la conversation. Nul doute que celle-ci était plus épique que ce qui devait se dire dans les fêtes de famille de Sidonie Le Bonnec.

— Oh ! Moi, ce que je dis, hein… Il n'y a de honte que là où on en met.

Proverbe Barbara Cartlandien sans doute.

— Maman travaille pour Hugo en dépannage, déclara Aglaé, elle va bientôt reprendre la photo, car elle est très douée.

Ma fille mit tout le monde d'accord, au moins pour un temps, et chacun hocha la tête dans son coin. Quoi qu'il en soit, je notais qu'elle éprouvait une pointe de gêne à la pensée que sa mère effectuait du secrétariat chez P&F. L'idée de révéler à ma famille la réalité de mes activités commençait à me titiller le diaphragme quand quelqu'un toqua énergiquement à la porte.

— Enfin ! s'exclama ma mère en sortant de la cuisine. Midi quarante-cinq ! Pile à l'heure.

Elle ouvrit la porte et les bras en grand et j'eus l'incommensurable joie de découvrir mon ex-mari et sa femme.

— Bertrand ?

Kitty me sauta au cou. Elle sentait bon la vanille et la fraise. Elle était définitivement adorable…

— Tu as invité Kitty et Bertrand ?

Celui-ci embrassa ma mère sur les deux joues.

— *Chaton*, tu as une maman incroyable : nous l'adorons, n'est-ce pas, Chouquette ?

Ma mère rosit de la racine des cheveux jusqu'au bout des orteils.

— Bertrand ! Grand fou, va !

— Mais si, Brigitte ! Ne soyez pas modeste !

— Qu'est-ce que je devrais dire… Vous avez été tellement gentils de nous convier à cette semaine de vacances familiale.

Je me rappelai que, pour l'instant, il avait omis de m'y convier et m'efforçai de sourire.

— Allons, allons, pressez-vous ! Tous dans le salon maintenant !

À treize heures, la sonnette retentit à nouveau : Marie, Patrick, escortés de Camille et Émile, leurs versions miniatures, feignirent successivement la stupeur, l'extase et le ravissement de façon assez magistrale.

Trois heures plus tard, gavés que nous étions tous de petits fours, plats en sauces et parfait au chocolat, ma mère nous proposa de goûter.

— Brigitte, si tu t'occupais aussi bien de tes plantes que de cuisine, tu serais à la tête d'un arboretum, déclara Mamie Jeanne en s'essuyant précautionneusement les lèvres.

— Les cadeaux, piailla Kitty avec son accent délicieux et en tapant ses mains joliment manucurées entre elles.

— Cette femme est à croquer, assura la reine de la journée.

Aglaé se chargea d'apporter à Marie les paquets regroupés dans un coin de la pièce. Ma sœur fut incroyablement gâtée par mes parents – une journée en institut de beauté –, mon frère – un élégant stylo-plume –, ma fille – un bracelet fantaisie, mon ex-mari – un foulard coûteux –, le sien – un week-end à Venise. Même Mamie Jeanne lui colla un petit billet dans le haut du soutien-gorge.

Mon cadeau de verre tremblait dans sa boîte, vraisemblablement bien plus à l'aise dans sa forêt originelle que dans le pavillon de mes parents.

— Il n'en reste qu'un, brailla ma mère. C'est celui d'Olympe.

Ma sœur parut bizarrement anxieuse en déchirant le papier et en se débattant avec le bolduc, mais pas autant que moi, je peux vous l'assurer. Aglaé dansait sur sa chaise en se rongeant les ongles.

— Oh… Une…

— Chouette ? s'étonna ma mère.

— Oui, une chouette, repris-je d'un ton ferme.

Marie m'adressa un regard perplexe, puis se décida à rompre le silence :

— C'est original.

— Et pour le moins bizarre, conclut Mamie Jeanne. Savez-vous que chez les hindous, les chouettes sont présage de malheur ?

Ma mère porta ses mains sur sa poitrine, Marie grimaça et mon père éclata de rire.

— À moins que ce soit chez les Incas ou les Papous, je ne sais plus, reprit-elle en se versant la fin d'une bouteille de champagne.

— Je suis certaine que notre Olympe a voulu bien faire, tenta Bertrand.

— Moi, je trouve qu'elle a une bonne tête, cette chouette, risqua Léonard.

— C'est moi qui l'ai trouvée jolie dans la boutique, intervint Aglaé.

Je jurai dans la minute de mettre à son nom toutes les assurances vie que je finirais tôt ou tard par souscrire.

Cette déclaration eut l'avantage de détendre considérablement l'ambiance et je soufflai un peu, profitant que l'attention se soit déplacée sur Marie et Patrick et leur première place aux régionaux de danse de salon. Mais le répit fut de courte durée : pendant le traditionnel café de fin d'après-midi, Bertrand vint me passer une main dans les cheveux et les ébouriffa comme s'il flattait son plus fidèle animal de compagnie.

— Je suis en tout cas ravi qu'Olympe ait retrouvé si vite un emploi !

— C'était pas gagné avec cette histoire de plongeon dans la Seine, j'ai quelques amies qui m'ont demandé si tu avais un problème mental, le coupa Mamie Jeanne.

— Hugo est un type formidable, ajouta Léonard pour tenter de sauver les meubles.

— Et puis, au diable la photo et tous ces trucs d'intermittents du spectacle..., marmonna ma mère.

La coupe était pleine. Je me levai d'un bond et tournai sur moi-même :

— Vous pouvez m'oublier deux minutes ?

— Oh moi ! Ce que j'en dis des attardés… heureux les simples d'esprit !

— Mamie !

— Je ne fais pas de secrétariat !

— Si tu veux jouer sur les mots… du classement ?

— Ce qu'elle peut être tatillonne parfois…

— Un problème de contrôle je vous dis !

— Hugo m'a embauchée comme détective, voilà !

Silence de cathédrale.

— …

— Je fais des planques, je reste des heures dans des voitures banalisées…

— …

— … et j'ai même un taser !

Je regrettai de ne pas avoir mon reflex sur moi pour immortaliser le moment. Ma famille façon gargouilles figées valait le coup d'œil.

— Waw !

Aglaé ouvrait des yeux grands comme des soucoupes.

— J'ai lu beaucoup de choses sur les tasers dans des émissions sur le câble ! Tu crois que tu peux m'en trouver un « tombé du camion » ? s'enquit ma grand-mère, qui semblait la seule pas vraiment surprise par ma révélation.

— Et ton salaire se monte à combien de kiloeuros ? demanda mon beau-frère en replaçant sa mèche sur sa calvitie bien entamée.

— Un max, Patrick, mais je ne préfère pas te le dire.

Bertrand ferma enfin la bouche, définitivement contrarié.

— Ce n'est pas un emploi pour une mère de famille.

Kitty couina en essayant de l'apaiser avec force caresses sur son torse. Comment diable avais-je pu tomber amoureuse d'un type pareil ?

— Je trouve ça génial, moi ! assura Aglaé, et Hugo ne ferait pas faire n'importe quoi à Maman.

Tout mon entourage en était convaincu, Hugo était un saint homme et j'étais entre de bonnes mains. Moi, par contre, je resterai l'éternelle écervelée, tellement peu fiable…

— D'ailleurs, je vais devoir rentrer. J'ai des dossiers à éplucher, des rapports à faire et je commence tôt demain.

— …

J'embrassai ma mère, saluais tout le monde et décrochai ma veste du portemanteau. Aglaé m'emboîta le pas après avoir fait ses adieux à toute la famille.

— Merci pour cette journée, et encore joyeux anniversaire, Marie !

— Euh… merci pour la chouette.

La nouvelle de l'arrivée imminente de grand-père me brûlait les lèvres, mais je n'étais pas suffisamment remontée pour dégoupiller la grenade.

Mon père m'adressa en douce de grands signes de compassion. À grand renfort de simulation de pendaison et d'index dans la bouche, il ne fit que confirmer le fond de ma pensée : les membres de ma famille étaient tous givrés, mais j'avais malgré tout beaucoup d'affection pour chacun d'entre eux.

Je passais la porte quand ma mère, très digne devant son public, crut bon d'ajouter :

— Et tiens-toi convenablement je t'en prie, tache de ne pas décevoir Hugo.

— Promis Maman.

J'essayai réellement, je vous assure, d'avaler la couleuvre, et puis...

— Oh ! J'oubliais... Faites-moi signe quand il faudra déménager les affaires de Papy Raymond !

17

Celle qui tombait sur une vieille connaissance

Le lendemain matin, tout en cherchant une place non loin du domicile de Gilles Laguiole, je repensai à l'interrogatoire qu'Aglaé m'avait fait subir en rentrant la veille. Elle semblait tout simplement surexcitée par mon nouvel emploi et m'avait demandé l'autorisation d'en parler à ses amies, ce à quoi j'avais répondu par l'affirmative, avec l'air le plus cool possible.

— Mais évite de trop l'ébruiter… Il ne faudrait pas ruiner ma couverture non plus, n'avais-je pu m'empêcher d'ajouter.

— À Sidonie ?

J'avais jubilé.

— Oh oui ! Sidonie sans problème.

J'imaginais déjà la tête qu'allait faire sa mère et cette idée m'emplit d'un sentiment merveilleux.

J'actionnai le clignotant et me postai à une cinquantaine de mètres de l'immeuble. Hugo m'avait laissé un mail la nuit même pour m'informer qu'Hubert et Laurent n'avaient absolument rien constaté de nouveau. Ce Gilles habitait-il réellement là à plein-temps ? Et qui donc le ravitaillait s'il vivait seul et ne sortait jamais ?

Enfoncée sur le siège passager, des écouteurs vissés dans les oreilles et un livre de Sudoku force 5 sur les genoux – je m'étais considérablement améliorée ces derniers temps –, je scrutais et scrutais encore les fenêtres du second et la porte par intermittence.

J'étais plantée là depuis deux heures quand, dans la rue, une silhouette attira mon attention. Une femme élancée et maniérée slaloma entre des voitures qui pilèrent pour la laisser passer. Un curieux sentiment de déjà-vu s'insinua en moi, puis je tressaillis. En percevant le timbre de cette voix, qui insultait copieusement les automobilistes, je tiltai immédiatement. Aucun doute possible, je ne connaissais qu'une seule personne capable de se montrer aussi exaspérante en si peu de temps et il s'agissait de Bianca, une bien vieille connaissance. Elle s'engouffra dans le bâtiment qui jouxtait l'immeuble de Laguiole avant que j'aie pu l'observer un peu plus.

Quelque chose dans le déhanché exagéré, une façon de minauder sans pause syndicale… J'en étais certaine, il s'agissait bien de l'insupportable cousine de mon amie Rachel : Bianca dite *la peste*. Celle-ci avait passé le plus clair de son adolescence à pourrir la vie de sa cousine, et la nôtre par la même occasion. Nous avions été toutes soulagées qu'elle change de lycée lors de notre année de terminale, et pour cause, elle avait suivi ses parents en Angleterre.

En regagnant mon domicile, quelle ne fut pas ma surprise de trouver Benjamin en bas de l'immeuble. Il sourit en me voyant, puis son visage se crispa légèrement.

— Ben ? Tu vas bien ?

Il prit quelques secondes avant de répondre.

— Tu ne m'as pas rappelé, donc je me suis dit…

— …

— J'avais à faire pas très loin, alors…

Il avait effectivement laissé un message deux jours plus tôt sur mon répondeur. Mon nouvel emploi du temps était plus chargé que prévu et j'avais du mal à faire face.

— Tu me payes un café ?

Il était presque dix-neuf heures, Aglaé m'attendait déjà depuis une grosse heure et j'avais tout sauf envie de tailler une bavette avec qui que soit.

D'un autre côté, il aurait été très malpoli de ma part d'envoyer promener Benjamin alors qu'il se trouvait quasiment sur mon paillasson.

— Euh… oui, mais je t'avoue que je ne vais pas avoir beaucoup de temps…

— Oh…

— Non, mais avec plaisir, hein ! Seulement, le soir, je dois vérifier les devoirs d'Aglaé, tout ça.

Son visage se ferma un peu plus et il se redressa légèrement, comme s'il se sentait pris en faute.

— Je comprends.

Je me sentis soudain totalement idiote. Benjamin était le seul type à peu près potable qui croisait mon chemin depuis un bon moment et je me montrais presque grossière.

— Ceci dit, j'ai bien quelques minutes… repris-je en lui touchant le bras.

Le seul type à peu près potable hormis, il faut bien le dire, mon nouveau voisin, qui jugea apparemment opportun de rentrer chez lui au même moment.

— Bonsoir, Olympe.

Je sursautais en entendant sa voix légèrement rauque dans mon dos. Ben le toisa instantanément, et ils se jaugèrent avant d'échanger un bref signe de tête.

— Quelques minutes pour un café, je disais donc… Monte donc prendre un café !

Pour une raison que j'ai encore du mal à m'expliquer, je collais une bourrade dans l'épaule de Ben, façon vieux camarade de chambrée. Ce dernier, perplexe, se frotta ensuite vigoureusement le bras en me dévisageant.

J'entraperçus une lueur amusée dans les yeux de Mathieu, lequel passa devant nous sans broncher et se contenta de composer le code de l'immeuble. En toute logique, Benjamin et moi-même le suivîmes jusqu'à la cage d'ascenseur, s'ensuivit l'une des montées les plus longues de mon existence.

Nous nous séparâmes silencieusement sur le palier.

Dans l'appartement, Aglaé était vautrée sur le canapé, ensevelie sous plusieurs plaids, un roman collé sur le nez. Elle avait les yeux rouges et le nez en chou-fleur.

— Eh ! Ça va, ma chérie ?

Elle se redressa en s'apercevant que je n'étais pas seule.

— Salut, M'man.

Benjamin s'avança lui aussi et lui tendit maladroitement la main.

— Bonjour…

— Salut.

— Ça n'a pas l'air d'aller fort.

Aglaé se força à sourire, mais la pâleur de son visage m'alarma. Je m'installai auprès d'elle et lui pris la main. Elle était brûlante.

Je me tournai vers Benjamin qui devança mes paroles.

— Je tombe super mal, je ferais mieux d'y aller.

— Je… écoute, je suis désolée…

— Vous pouvez rester, murmura Aglaé en prenant sur elle.

— Aglaé, voici Benjamin. Nous étions au lycée ensemble et nous nous sommes revus récemment.

Elle secoua faiblement la tête puis grimaça, elle paraissait aller véritablement mal.

— Je ferais mieux d'appeler un médecin, mais à cette heure-ci…

— Maman…

— Il fallait m'appeler… Hugo aurait compris ! Ou même Papa !

— Maman… C'est bon…

Je me levais pour chercher mon téléphone dans mon sac à main.

— Je vais appeler SOS médecin.

— Maman, je suis passée chez le docteur tout à l'heure. C'est un virus, et il n'y a rien à faire de particulier. Il m'a prescrit des médicaments pour la fièvre, j'ai utilisé le billet que j'avais pour les courses, faudra juste penser à envoyer la feuille de soins.

— Oh…

— Eh bien… Tu es sacrément autonome, souligna Benjamin impressionné.

— Je n'allais pas déranger Papa, il plaide au tribunal le lundi… Et tu étais occupée par cette filature.

Elle rosit de plaisir en disant cela. Benjamin toussota.

— Je te laisse me rappeler ?

— Ça marche…

— Remets-toi vite, Aglaé.

Je le raccompagnai sur le palier quand mon voisin émergea de l'ascenseur. Il portait un carton volumineux. Benjamin m'embrassa timidement sur la joue et regarda Mathieu d'un sale œil jusqu'à ce que les portes se referment sur lui.

— Besoin d'aide ?

Mathieu ne tenait plus le carton que d'une main et fouillait sa poche visiblement à la recherche de ses clés. Il se mit à rire et le carton vacilla.

— Oh ! Je parlais du carton hein !

— …

— Pas de vos poches.

— …

— Je crois que nous allons en rester là pour ce soir, non ?

— Comme vous voulez ! Vous êtes tellement divertissante !

— Divertissante ?

— Divertissante.

— En plus d'être exotique ?

— Vous avez assurément plusieurs cordes à votre arc…

— Et bien bonsoir, Mathieu Charpentier du troisième.

— Bonsoir, Olympe McQueen du troisième.

Je soufflai en refermant la porte derrière moi.

— Ça se bouscule au portillon dernièrement !

— Dis donc toi ! T'es pas censée être mourante ?

— Oh ça va !

— Qu'est-ce qui te ferait plaisir ? Une soupe ?

— Une infusion, et encore…

— Tu veux que je te porte jusqu'à ton lit ?

— Tu ne peux plus me porter depuis longtemps.

Ce n'était pas tout à fait faux.

— Je voudrais juste que tu t'installes avec moi sous la couette, et me laisser bercer par le son de la télé.

— Je pense que c'est de l'ordre du possible.

Cinq minutes plus tard, elle ronflait sur mon épaule tandis que je me passionnais pour une énième rediffusion de *Quand Harry rencontre Sally*.

Je n'avais pas réussi à avoir le dernier mot : Aglaé m'avait mise à la porte de l'appartement le lendemain matin en m'assurant qu'elle passerait la journée seule à hiberner. Sidonie lui apporterait ses devoirs en fin de journée et elle m'appellerait régulièrement pour me donner de ses nouvelles. C'est tout de même très moyennement tranquille que je me garai rue Mortier et que je pris l'appel d'Hugo.

— Ça ne va pas ?

— Si, si, mais j'en ai plein le dos de ce dossier. Il ne se passe rien.

— Eh ben ça ne va pas s'arranger...

— Pourquoi ?

— Franco vient d'être hospitalisé et je vais donc te laisser là-dessus un moment encore, et je dois surtout pouvoir compter sur toi...

— Comment ça ?

— Dans quelques jours je te demanderai de tenter quelques petites choses, mais d'ici là promets-moi de rester attentive.

— Évidemment.

— Tu sais qu'on joue gros là-dessus, Zeiss, le P.-D.G. de l'entreprise, en fait une affaire personnelle et m'a promis une somme qui serait vraiment bienvenue.

— Compris...

— J'ai mis Hubert et Laurent sur un dossier dans le 95, et Vincent sur quelque chose qui l'occupe à presque temps plein.

— Respire, Hugo : je te dis que je gère !

— Promis, hein ?

— Hugo !

— Au fait, ta mère m'a téléphoné pour me demander de ne pas te mettre sur des cas d'homicides…

— Quoi !

— Et puis, elle voulait aussi que je ne mette pas d'armes à ta disposition…

— Bon sang !

Je n'ajoutai pas que Mamie Jeanne se serait damnée pour que je lui fournisse un taser de contrebande.

— … qu'est-ce que tu as bien pu lui raconter ?

— Laisse tomber, tu connais ma mère…

Aussitôt après avoir raccroché j'envoyais un SMS à Aglaé qui m'assura que tout allait pour le mieux au pays des mouchoirs et des virus.

Il y eut un peu plus de mouvements ce jour-là, une voiture s'arrêta en fin de matinée devant la porte cochère et un couple de personnes âgées en descendit. Vu le nombre de valises que contenait le coffre, ils devaient revenir de voyage. Un peu plus tard, une femme coiffée d'un chapeau et accompagnée de quatre caniches abricot composa le code de l'immeuble et poussa la porte. Un plombier sonna à l'interphone, et un électricien se présenta peu de temps après. Je consignai comme à mon habitude les moindres détails.

C'est en début d'après-midi que le plus intéressant se produisit. Bianca, la cousine de Rachel que j'avais aperçue la veille, apparut à nouveau aux abords de l'immeuble voisin. Elle pénétra dans le bâtiment et en ressortit une vingtaine de minutes plus tard. En sortant, elle noua un foulard autour de ses cheveux et j'eus la sensation qu'elle avait envie de se fondre dans le paysage plus que tout au monde. Je me contorsionnai pour ne rien rater et la suivis des yeux jusqu'à ce qu'elle tourne au coin de la rue.

Je passai le reste de l'après-midi à me remémorer les histoires auxquelles elle avait été mêlée. Cette fille qui avait tout à la fois la beauté du diable et un air angélique, s'était toujours sortie sans encombre d'un grand nombre de coups fourrés dont elle était à l'origine. Pour tromper le temps et me dégourdir les jambes, je décidai d'aller voir de plus près l'immeuble qui jouxtait celui du fantomatique Gilles Laguiole.

Hugo ne pourrait rien me reprocher, je ne faisais que fouler le macadam de la façon la plus innocente afin de repérer les environs après tout… Hyper professionnelle même.

En approchant de la façade blanche, je devinai les plaques qu'il m'était impossible de bien lire depuis la voiture. Une curiosité malsaine me poussa à aller voir d'encore plus près ce qui pouvait attirer Bianca dans ce quartier, à moins bien sûr qu'il ne s'agisse de son propre immeuble.

Une fois postée devant la porte, je dus me rendre à l'évidence : aucun logement individuel ne se trouvait dans ce bâtiment, et pour cause, il s'agissait, à en croire le sobre panneau vissé au mur, d'une discrète clinique de chirurgie esthétique. Je réprimai un sourire suffisant et un peu mesquin : voilà qui expliquait l'air curieux de Bianca. À l'approche de la quarantaine, elle ne devait pas avoir spécialement envie que son entourage apprenne qu'elle avait recours à quelques subterfuges pour conserver une beauté encore assez incroyable, il fallait bien l'avouer. Curieusement, Bianca m'apparaissait en même temps un peu plus sympathique : il y avait donc quelque chose d'humain dans son génome…

La plaque en laiton était dénuée de toute fioriture. Pas le moindre nom de médecin, seulement la mention « Clinique esthétique ». Un peu plus haut sur la façade, deux C majuscules se superposaient sur un macaron stylisé : le logo de la clinique pour les plus initiés.

Je m'approchai des portes vitrées légèrement teintées, joignis mes mains autour de mon visage pour regarder dans le hall et sursautai : un homme imposant et en costume m'observait depuis son poste. Alors que je remettais mon cœur à peu près à sa place et que je venais de décider de détaler au plus vite, le colosse se leva d'un bond, gagna rapidement de la porte et l'ouvrit à la volée. À ma grande surprise, il me sourit.

— Je peux vous aider ?

— Oh… Je crois que je me trompe…

— …

— Je devais me rendre chez quelqu'un, mais je n'ai pas noté le numéro. 27, 25, 23… je ne sais plus trop… Vous ne connaîtriez pas une Mme Vareille par hasard ?

— Mme Vareille ?

— L'annonce pour le vélo elliptique ?

Le type se frotta un sourcil.

— Pas de Mme Vareille ici.

— Eh bien, désolée…

— Pas de quoi.

Il referma la porte et retourna s'asseoir près de l'ascenseur. Le hall était très luxueux. Chic et épuré.

Par souci de discrétion, je fis le tour du pâté de maisons pour retourner à ma voiture. Une fois planquée à nouveau, je détaillai avec attention l'immeuble. Beaucoup plus haut que le reste des bâtiments de la rue, six étages bien cachés dans une rue peu passante et à l'abri des regards indiscrets.

Je me terrais dans ma Clio depuis une petite dizaine de minutes à peine lorsqu'une limousine se gara non loin sur le trottoir. Je ne saurais dire ce qui me surprit le plus. Que Bianca vienne pour la troisième fois en deux jours dans cette clinique, qu'elle se déplace en voiture de luxe, ou bien qu'elle cherche à tout prix à se dissimuler des regards à grand renfort d'imper, de lunettes et d'étoles...

18

Celle à qui on préparait un mojito avec de la menthe surgelée

Je tentai de chasser Bianca dite *la peste* de mon esprit pour me concentrer sur les fenêtres présumées de Gilles Laguiole, mais il n'y avait rien à faire, mon esprit s'obstinait à vagabonder encore plus qu'à son habitude et je me décernai volontiers la palme de « pire détective de l'Univers ».

Perdue pour perdue, je décidai d'appeler Aglaé pour la huitième fois de la journée et me raidis en tombant sur son répondeur. Les fois précédentes elle avait décroché presque aussitôt... Qu'à cela ne tienne, je composai le plus vite possible le numéro de notre téléphone fixe, mais ma voix horriblement déformée par la boîte vocale me signala que je rappellerai mes correspondants le plus vite possible, mensonge éhonté, bien évidemment.

Je ne paniquai pas outre mesure dans un premier temps. Il était approximativement dix-huit heures, Aglaé devait être trop occupée avec Sidonie pour répondre. Quelques minutes plus tard, prenant sur moi, je me persuadai encore qu'il était absolument ridicule de m'affoler, seulement, après cinq appels dans le vide, l'angoisse monta de plusieurs crans sur l'échelle des catastrophes en tous genres. Sans perdre plus de temps, j'abandonnai mon poste. Au diable, la rue Mortier, Gilles Laguiole, son absence insupportable et Zeiss, son employeur aux abois.

Lorsque j'arrivai en bas de chez moi, je fus soulagée de trouver notre immeuble égal à lui-même, c'est-à-dire ni rasé, ni en proie aux flammes. Point très positif, vous me l'accorderez. Monsieur Léon, me voyant passer en courant, sortit de sa loge.

— Un problème, Mademoiselle Olympe ?

J'éprouvais quelques difficultés à avouer avoir laissé ma fille seule toute une journée. Elle n'était plus à proprement parler un bébé, mais ma conscience avait du mal à être tout à fait en paix avec elle-même depuis qu'elle ne répondait plus.

— Je…

Ceci dit, si Aglaé avait eu un quelconque souci, Monsieur Léon en aurait été le premier informé, non ?

— En fait…

À moins… qu'elle n'ait pas été en mesure de se rendre jusqu'à lui !

Je ne pris même pas la peine de répondre au vieil homme. Des images épouvantables se succédèrent dans mon esprit tout le long de l'ascension des étages, et j'en étais à dépecer à main nue le cambrioleur qui la retenait sans aucun doute prisonnière quand je tambourinai à notre porte.

J'attendis de longues secondes sur le palier que quelqu'un vienne m'ouvrir, puis, mue par la plus froide des paniques, me résignai à insérer ma clé dans le barillet. J'actionnai la clenche et pénétrai aussi rapidement que possible dans l'entrée. Dans la pénombre, la télévision projetait çà et là un halo irréel. La petite lampe près du canapé était allumée, et, sur un bout de plaid, les romans qu'Aglaé lisait ces jours-ci semblaient l'attendre.

— Aglaé ?

Je répétai une dizaine de fois son prénom en variant allégrement nuances et intensités. Sans succès. Je parcourus l'intégralité de l'appartement en trente secondes pour parvenir à la même conclusion qu'à mon entrée dans les lieux : j'étais bien la seule âme vivante par ici.

Une longue sonnerie retentit au moment où je sniffais la robe de chambre fuchsia laissée sur le dossier d'une chaise, suivie d'une succession de petits coups sur la porte.

— Maman ?

Je restai figée, le nez dans le pilou. Étais-je donc déjà folle ? Entendais-je sa voix depuis l'au-delà ?

— T'es là ?

Des coups plus forts me sortirent de mon état semi-végétatif.

— Olympe ?

Une voix masculine ? Mon sang ne fit qu'un tour et c'est comateuse que je me ruai sur la porte d'entrée. Je trouvai sur le palier un duo détonnant : une Aglaé en pyjama et un nouveau voisin à l'air bien penaud.

— Vous allez bien ? s'enquit-il aussitôt.

Je croisais mon reflet dans le miroir de l'entrée et pâlis un peu plus. J'avais une tête à faire peur, littéralement rongée par l'angoisse qu'il soit arrivé quelque chose de grave à la chair de ma chair. Celle-ci ne la ramenait pas non plus, réalisant l'ampleur des dégâts que son absence avait eu sur mes nerfs, déjà passablement abîmés, soyons honnête.

— Tu t'es beaucoup inquiétée, j'imagine…

J'avais beau essayer, aucun son ne parvint à sortir de ma bouche.

De l'autre côté du palier, l'appartement de Mathieu était grand ouvert. Celui-ci suivit mon regard.

— Elle était sur le palier…

— J'ai raccompagné Sidonie jusqu'à l'ascenseur et la porte s'est claquée derrière moi…

Elle avait l'air d'appréhender ma réaction. Je repris ma respiration juste avant la syncope et l'étreignis de toutes mes forces.

— Mais…

Elle tenta de se défaire de mon étreinte.

— Maman, tu m'étouffes, là !

— J'aurais dû vous appeler, c'est vrai… Je n'ai pas pensé que vous flipperiez à ce point.

J'avais du mal à saisir la situation, et Aglaé éclaira ma lanterne.

— J'allais voir Monsieur Léon pour lui demander le double des clés, mais Mathieu a ouvert en m'entendant donner des coups de pieds à la porte.

— Aglaé m'a dit que vous n'alliez pas tarder à rentrer et expliqué que, comme elle était grippée, elle était restée seule chez vous…

— Allez, Maman, ne fais pas la tête ! J'ai regardé un DVD en mangeant des M&M's !

Mon voisin prenait, semblait-il, la mesure de la situation et de mon stress.

— Elle s'est installée devant ma télé pendant que je déballais mes derniers cartons.

— Maman ! Mathieu n'est pas un pervers ! Et il a une incroyable collection de bandes dessinées.

— Tu peux en emprunter autant que tu veux.

— C'est sympa, j'en prendrais soin, promis.

— Marché conclu !

Ils se cognèrent les poings comme deux vieux copains et la colère que je tentais d'enfouir au plus profond de moi – c'est-à-dire sous une grippe, des DVD, Bianca, une clinique de chirurgie esthétique, Gilles Laguiole et des M&M's – refit surface.

— Jeune fille, dans ta chambre !

Aglaé me regarda d'un air hébété.

— Qu'est-ce qui te prend ?

— Olympe..., tenta de temporiser Mathieu.

— Qu'est-ce qui me prend ? Il me prend que j'ai traversé Paris comme une furie, risqué ma vie et celle des autres conducteurs – sans compter quantité de piétons et autres cyclistes – parce que je pensais qu'un fou s'était introduit chez nous, qu'un dégénéré t'avait enlevée, ou encore que tu avais fait un malaise et qu'en tombant tu t'étais ouvert le crâne sur un bloc de couteaux rouillés, et qu'au mieux tu choperais le tétanos, ou que...

Je m'arrêtai, essoufflée.

Mathieu posa sa main sur mon bras.

— Olympe, c'est de ma faute, j'aurais dû demander votre numéro à Aglaé.

— Oui, ben... oui... voilà !

— ...

— Vous acceptez mes excuses ?

Voilà. Encore une fois j'allais passer pour une folle. Excellent.

— Et les miennes, Maman. Je ne me suis pas conduit raisonnablement.

Silence pesant. Attente insoutenable du public. Horloge comtoise imaginaire qui égrène les secondes. Aglaé se hissa sur la pointe des pieds pour m'embrasser sur la joue.

— Je viens de déballer mon shaker, risqua Mathieu.

— ...

— Et j'ai fait deux saisons en tant que barman !

Si en plus il me prenait par les sentiments...

— Vous savez faire les mojitos ?

— Mince... Je n'ai pas de menthe fraîche.

— Mais on en a en poudre dans le congélateur..., tenta Aglaé.

L'avenir de ma fille était tout tracé : négociateur au GIGN. Je déposai les armes aux pieds du duo infernal.

— Vendu...

Et voilà comment j'échouai lamentablement sur le canapé défoncé de mon voisin de palier.

Une heure et une livraison de pizza plus tard, j'avais découvert que Mathieu, en plus d'être sauvagement sexy, était drôle et intéressant, et qu'Aglaé avait définitivement recouvré l'appétit.

Je surpris à plusieurs reprises le regard malicieux de ma fille, et la possibilité que celle-ci ait commandité un chouia tout cela me traversa l'esprit. Cette dernière, pour une raison que j'ignorais mais qui corroborait justement mes soupçons, se mit à déballer les aventures de son père et de Kitty.

— ... et c'est comme ça qu'ils en sont venus à pratiquer le yoga transcendo-végétal ! C'est une sous-section du yoga où on doit se mettre en maillot de bain et se munir de légumes !

— Aglaé !

— Maman, tu t'en fiches ! C'est trop drôle !

En temps normal elle n'était pas exceptionnellement bavarde, mais voir Mathieu s'esclaffer – enfin, se retenir de se rouler par terre – la transcendait.

— Cette histoire nous aura permis de faire plus ample connaissance, déclara-t-il entre deux fous rires.

— Quelque chose me dit que vous pourriez être amené à le regretter, mon pauvre...

Il s'arrêta de rire, l'air soudain grave :

— Qu'est-ce qui vous fait dire ça ?

— Oh... Je ne sais pas, vous emménagez et, moins d'une semaine plus tard, deux folles squattent votre salon en vous racontant les us et coutumes farfelus d'une famille givrée.

Il sourit à nouveau.

— Mathieu ! Il faudra que je te présente Mamie Jeanne : elle est délirante !

— Eh ! Tout doux ! Le clou du spectacle se mérite, dis-je en souhaitant que le jour où Mathieu rencontrerait ma famille se présente après celui de l'invasion de la planète par des dinosaures mutants.

— Ça me change de mon quotidien !

— Et vous faites quoi dans la police ?

Il se raidit légèrement.

— Je suis capitaine.

— Eh ben, vous bossez pas beaucoup pour un capitaine, railla Aglaé en enfournant une nouvelle bouchée de pizza.

Mathieu fit semblant de s'indigner.

— J'ai pris trois jours pour mon déménagement, jeune fille !

— Je comprends mieux, répondit-elle d'un air entendu. Ma mère bosse pour un détective en ce moment.

Sur cette révélation, elle retourna s'asseoir devant le téléviseur, me laissant me débattre avec la curiosité de mon voisin, et mon embarras par-dessus le marché.

Mon interlocuteur pivota tout à fait vers moi, visiblement très intéressé par le prochain sujet sur la liste, et attendant que j'explique par le menu mes activités professionnelles.

Je reposai l'air de rien mon verre sur la table.

— Pas mauvais, ce mojito.

— Je vous en ferai avec de la menthe fraîche la prochaine fois.

— Avec plaisir, soufflai-je, ravie d'échapper à l'interrogatoire.

— Alors ? Quel genre de détective ?

Râpé.

— Le genre… détective d'entreprises, balbutiai-je.

— D'entreprises ? Vous allez en immersion voler des informations ?

— Non ! Bien sûr que non !

C'est qu'il était doué pour poser des questions. Forcément.

— En fait, je suis photographe, et sans vouloir me vanter, je suis plutôt douée…

— Oui…

— Mais, dernièrement, suite à des événements indépendants de ma volonté, j'ai dû… quitter mon poste.

— Ce qu'elle ne dit pas, c'est qu'elle s'est fait virer, lança Aglaé sans quitter l'écran des yeux.

— Aglaé !

— Parce qu'un déséquilibré l'a jetée dans la Seine !

Je la visai avec un torchon, mais la manquai. Elle avait plus de réflexes que sa pauvre mère.

— J'adore cette gosse, annonça Mathieu.

— Ça ne durera pas, je vais l'étriper.

Je tentai à nouveau de l'atteindre avec une serviette. Sans succès.

— Devant un flic ? rit Aglaé en esquivant.

— On dit policier ! Et ce n'est pas ça qui m'arrêtera !

Je secouai la tête de gauche à droite et déclarai forfait.

— Elle a un caractère impossible quelquefois.

— Quelque chose me dit qu'elle tient de vous.

— Ah ! Ah ! Ché qu'on peut rien 'ui cacher.

— Ne parle pas la bouche pleine !!!

19

Celle qui ne savait pas s'appliquer du rouge à lèvres

Je pris position dans la rue Mortier avec deux petites minutes de retard. Les mojitos de mon charmant voisin avaient eu raison de moi et j'avais, ce matin-là, un léger mal de crâne, plus certainement dû au stress d'avoir cru ma fille enlevée qu'aux effets secondaires du rhum, il va sans dire…

J'avalai deux gélules de paracétamol, trois gorgées d'eau, puis disposai mes petites affaires tout autour de moi. Je sentais la routine s'installer peu à peu, et ce n'était finalement pas pour me déplaire.

Une pluie fine se mit à tomber ce qui s'avérait gênant pour la visibilité : je ne pouvais pas me permettre d'actionner les essuie-glaces de façon trop fréquente. Mon esprit divaguait tandis que mes yeux passaient d'une fenêtre toujours vide à une autre qui l'était encore plus. Tout en mâchant un chewing-gum, je me remémorai la forme soudainement retrouvée d'Aglaé ainsi que le rire de Mathieu et me surpris à sourire bêtement. Curieusement, Bianca surgit, elle aussi, des souvenirs de la veille. Quelque chose me chiffonnait sans que je ne parvienne à mettre le doigt dessus…

— Maman…, soufflai-je un peu plus tard.

Ma mère faisait la tête, j'en étais à peu près certaine. Elle qui me harcelait quotidiennement de mails aussi lourds que saugrenus, ainsi que de dizaines et dizaines de messages tout aussi étranges faisait la morte depuis l'anniversaire de Marie.

Je râlai en attrapant mon téléphone. Ma mère m'horripilait, cela allait sans dite, mais j'aimais encore moins être dans ses mauvaises grâces.

Elle décrocha au bout d'une quinzaine de sonneries et je l'imaginais très bien, tapant du pied à côté du téléphone, un sourire satisfait aux coins des lèvres.

— Salut, balbutiai-je quand elle en eut suffisamment marre de me faire poireauter.

— Tiens ! Olympe… Quelle surprise…

Son ton traînant n'augurait rien de bon, elle était visiblement encore furieuse que j'aie vendu la mèche pour Papy Raymond. Je débutai la conversation timidement :

— Alors… Quoi de neuf ?

— C'est à toi qu'il faut demander ça ? Tu ne t'es pas encore fait tirer dessus ? Ou bien c'est le cas et tu n'as pas daigné nous tenir informés…

— Maman ! Je reste dans une voiture à prendre des photos ! Et je vais bien, merci.

— Passionnant à ce que je vois…

Je me mordillai les lèvres et étouffai violemment mon envie de raccrocher.

Paix et amour.

Respiration en quatre temps.

Self-control. Ma lèvre se mit à saigner et je sortis à la hâte un mouchoir en papier de mon sac à main.

— La fête s'est bien terminée ?

Pas vraiment judicieux de ma part, c'est vrai. Silence interminable au bout du fil, puis le miracle.

— Pffff... il a fallu que j'explique à tout le monde les frasques de ton grand-père !

Dommage, Aglaé allait être sacrément déçue d'avoir raté cet épisode.

— Ton père s'est mis à hyperventiler, ta sœur à chouiner sur l'honneur de la famille, quant à Barbara Cartland, c'est bien simple, je ne l'avais pas vue aussi radieuse depuis le jour où j'ai eu cette crise d'hémorroïdes durant le réveillon.

— Désolée... Je n'ai pas été très... adroite.

— Je ne dirais pas ça. Il est vrai que tu as été extrêmement sournoise, mais c'est de bonne guerre, ma chérie.

Je recrachai l'ongle que je m'étais mise à ronger.

— Par... pardon ?

— Je le méritais, je n'ai pas été très diplomate... je l'avoue.

Il allait neiger des cornes de gazelle. Ou de la choucroute. Ou les deux.

— Tu te sens bien, Maman ?

— Mais oui !

— Qu'est-ce qui t'arrive ?

— Il m'arrive que je vais avoir besoin de ton aide pour faire passer la pilule. Ton père ne parle plus depuis deux jours.

Je gardai pour moi le fait qu'il ne parlait déjà quasi pas en temps normal.

— Bof, je sais bien que ça finira par lui passer, mais je compte sur ton aide. Vous viendrez passer du temps avec Aglaé à la maison, ça fera diversion.

— D'accord…

— Tu veux savoir ce qui m'inquiète le plus ? Barbara Cartland…

— Maman !

— Oh ! Ça va ! Je disais donc que ta grand-mère avait l'air ravie de venir rendre visite à Papy ! Les deux ensemble, Olympe, tu imagines un peu ? Je suis à peu près certaine que bon nombre de cas d'alcoolisme démarrent dans des situations telles que celles que je m'apprête à vivre !

Elle soupira longuement.

— Tu verras Olympe, la vie n'est pas toujours simple.

Je me retins de rire. Je m'estimais déjà passablement vernie niveau situations étranges avec un ex collant, un job à base de taser et de voitures cramées, et une collègue sosie de Gloria Gaynor, catégorie blanche. Cela dit, je ne me voyais pas en rajouter une couche et, avant de raccrocher, assurai à ma mère que nous arriverions aussitôt que mon grand-père s'annoncerait.

Toujours aucun mouvement dans la rue, mis à part la dame qui promenait de façon régulière ses quatre caniches abricot tous absolument semblables. J'en étais à me demander s'il était possible que les chiens soient des quadruplés ou bien si l'on était moins regardant sur les similitudes entre animaux qu'entre humains, quand je repérai à ma gauche la même limousine que la veille. Instinctivement, je me redressai sur mon siège. Je fus à peine surprise de voir Bianca en descendre. Elle fut suivie de près par une silhouette masculine. La jeune femme minaudait, gloussait même, tout en dévorant l'homme des yeux. Elle lui prit le bras et l'entraîna vers le hall de la clinique. Avant de passer les portes, elle regarda alentour, comme pour s'assurer qu'elle n'était pas observée.

Je tapai le volant d'un poing rageur, sa présence si près de ma planque me rendait dingue. Certes, elle avait tout à fait le droit de se trouver là, et même de se faire lifter six fois par jour si le cœur lui en disait, mais c'était plus fort que moi : je brûlais de connaître la raison de ses va-et-vient incessants.

D'un coup de SMS, je convoquai Rachel, Alix et Daphné pour une « soirée-crise ». J'avais déjà pas mal de choses à leur raconter, concernant Benjamin, Mathieu et les frasques de mon grand-père, mais je souhaitais surtout questionner Rachel à propos de son exécrable cousine.

Avant de quitter mon poste, pour me donner bonne conscience, je me rendis devant le porche de Gilles Laguiole et sonnai au hasard. Quelqu'un déverrouilla la porte sans prendre la peine de parler dans l'interphone – les gens se plaignent ensuite de se faire cambrioler… – et je décidai d'en profiter pour inspecter l'immeuble de l'intérieur, chose qui aurait fortement déplu à Hugo, mais qu'il me semblait plus que temps de faire si je ne voulais pas passer les six prochains mois dans cette rue en regardant mes primes s'envoler.

L'appartement de ma cible était censé se trouver au deuxième étage. Hugo m'avait indiqué deux fenêtres côté rue, et, au vu de la disposition des paliers, je conclus qu'il n'y en avait aucune qui donnait côté cour.

Je bouchai le judas avec l'index et collai avec précaution mon oreille contre la porte. Rien. Pas le moindre bruit. L'idée qu'il était mort et peut-être même déjà bien sec me traversa brièvement l'esprit, cependant Hugo m'avait expliqué qu'il répondait régulièrement au téléphone lorsque le médecin du travail cherchait à le joindre…

Au moment de redescendre, je levai la tête dans la cage d'escalier. Il y avait un troisième étage, puis des chambres de bonnes au quatrième, toutes louées par des étudiants. Un violon se fit entendre – un tout jeune musicien ou un manchot s'exerçait. Soudain, quelques coups secs contre une cloison me firent sursauter. Je partis sans demander mon reste.

J'avais convenu de déposer Aglaé pour la nuit chez Bertrand et Kitty et repassai chez moi pour me préparer avant notre soirée filles. J'avais imaginé croiser Mathieu en claquant la porte, moulée dans une jolie robe, le brushing impeccable et gracieux, et le rouge fraîchement déposé sur mes lèvres, mais tombai sur lui en arrivant alors qu'une averse avait fait ressembler mon épaisse tignasse à quelque chose qui s'approchait assez du poulpe mort.

— Vous allez bien ?

Nous n'avions pas encore rompu le vouvoiement et je trouvais d'ailleurs ça assez sexy dans sa bouche. Pour être honnête, il aurait tout aussi pu me demander de venir écosser des haricots sur la tête d'un pouilleux que j'aurais sans nul doute trouvé l'activité absolument séduisante.

— Pourquoi ça ?

Il me regarda rapidement, ses yeux passèrent du haut de mon visage à mon corps, puis, un brin perplexe, Mathieu se détourna et pivota vers sa porte.

— Mais c'est parce qu'il pleut !

Je vis ses épaules se soulever, il était en train de rire !

— Je viens d'affronter une averse épouvantable, comment voulez-vous que je sois présentable ? Alors oui, ça peut aller, même si je ne suis pas vraiment au top…

Il se retourna, il était cette fois franchement mort de rire.

— Votre bouche.

— Quoi, ma bouche ?

Il m'adressa un sourire à tomber par terre, haussa les épaules et déverrouilla sa porte.

— Bonne soirée, Olympe !

Je râlai en actionnant la clenche et me hâtai vers le miroir de l'entrée. Pour une raison que j'ignorais, un gros trait de rouge barrait ma joue en diagonale. Je me refis le film de l'après-midi : j'avais tenté de me remaquiller lorsqu'une pervenche avait pointé son nez. Deux heures. Depuis deux bonnes heures, je me promenais avec une peinture squaw asymétrique. Fantastique.

Une demi-heure plus tard, je pris sur moi pour ne pas toquer chez mon voisin pour lui prouver comment je pouvais, de temps à autre, potentialiser ce que Dame Nature avait mis à ma disposition. Fort heureusement, le peu d'estime de soi qu'il me restait m'en empêcha, mais c'est passablement énervée que je rejoignis mes amies.

Daphné ne fit aucune allusion à son passage chez moi ni à son ex-amoureux en mal de descendance. Alix était ravie de laisser l'adorable bébé Côme à son mari et mit son téléphone en mode avion dès la première gorgée de mojito. Je laissai Rachel nous abreuver des intarissables anecdotes dermatologiques aussi incroyables qu'épouvantables dont elle avait le secret, avant de lancer façon grenade à fragmentation le sujet-choc de la soirée : la réapparition de Bianca la peste.

— Sans rire ? lança Daphné tandis qu'Alix toussait son cocktail.

— Ma mère m'a dit qu'elle était revenue en France, confirma Rachel, mais étant donné nos rapports, vous pensez bien que je ne l'ai pas contactée.

Elle sirotait son verre beaucoup trop tranquillement pour être honnête.

— Ça ne va pas ?

Elle se força à sourire rapidement et replaça la paille entre ses lèvres.

— C'est vraiment curieux que tu me parles d'elle… Elle a tenté de m'appeler la semaine dernière.

Et pour cause, Bianca la peste n'était pas simplement surnommée ainsi pour toutes nos querelles d'adolescentes, elle avait également tenté de séduire le mari de Rachel, et ce, juste avant leur mariage. Épisode houleux de la vie de notre amie que nous évitions soigneusement d'aborder.

Alix tenta d'alléger l'ambiance.

— Peut-être qu'elle a changé ?

Rachel secoua la tête horizontalement.

— Ça ne m'intéresse pas.

Pour détendre l'atmosphère, j'en vins au dossier Mathieu.

— T'as pas une photo ? quémanda Daphné.

— Tu es marrante, je l'ai vu trois fois, je n'allais pas faire un selfie !

Je repensai avec douleur à notre dernière entrevue, et par réflexe, frottai ma joue.

Daphné se renversa sur la banquette.

— Ce n'est pas à moi que ça arriverait…

— Quoi ?

— Qu'un célibataire canon emménage à trois mètres de chez moi.

Rachel et Alix se tournèrent vers elle en même temps. Elles n'étaient visiblement pas au courant de sa rupture.

— Eh oui ! Je suis à nouveau sur le marché, dit-elle en haussant le ton, comme si elle voulait prévenir la salle.

— Tu n'es plus avec l'avocat ?

Daphné me jeta un regard implorant et je me lançai à sa place dans de vagues explications.

— Euh... Il commence à penser, un peu trop rapidement au goût de Daphné, à... développer une...

— Il veut des enfants !! me coupa-t-elle.

Alix et Rachel restèrent épouvantablement stoïques, habituées comme nous toutes aux sautes d'humeur de notre amie, assez surprenantes pour les non initiés.

Rachel siffla la fin de son verre bruyamment.

— Dis-moi, ma chérie... Tu es consciente que plus tu vas vieillir et plus le problème va se présenter ?

— Ou alors, intervint Alix, mets-toi aux jeunes !

Je manquai de m'étouffer avec une cacahuète.

— Ben quoi ! On est encore fraîches ! Moi, si j'étais sur le marché, je pense que je regarderais des types dans la trentaine...

Daphné leva les yeux au ciel. Elle était irrémédiablement attirée par des hommes aux hautes fonctions, bien installés dans la vie... Et certainement pas par ceux qu'elle considérait comme des toy-boys. Elle prit un air faussement détaché, mais ses yeux étaient teintés de tristesse.

— Laissez tomber, je m'en remettrai, comme toujours...

Cette fois, j'avais plus de mal à la croire. Elle avait les traits tirés et ses paroles manquaient un tantinet de conviction.

— Autre sujet, lança-t-elle d'un ton sans appel.

J'évoquai alors mon grand-père flambeur et la passion de Mamie Jeanne pour les tasers quand mon téléphone portable se mit à vibrer. J'hésitai à le balancer dans mon sac, mais fus très surprise de voir le prénom de Stella s'inscrire sur l'écran. Je m'excusai, m'isolai dans un coin et décrochai.

— Oui ?

— Salut ma biche. Stella a besoin de te voir.

— Un problème ?

— Ça, Stella le sait pas encore, mais elle n'a pas du tout du tout envie que ça le devienne… Mais alors pas du tout. T'es chez toi ? J'arrive, j'ai chopé ton adresse dans ton dossier.

Je regardais autour de moi.

— Euh non… Je suis dans un bar.

— Quelle rue ?

Stella n'était pas le genre de personne avec qui on négociait.

— Alors ! Quelle rue ?

— C'est que je ne suis pas toute seule…

— Oh ! T'inquiète pas, je passe vite fait. J'en ai pour dix minutes à tout casser, mais je n'ai pas envie de parler de ça au téléphone.

Je donnai l'adresse du café et allai retrouver mes amies.

Dix minutes plus tard, Stella poussait la lourde porte en pestant sur un serveur qui mettait selon elle trop de temps à libérer l'allée. Je bloquai sans le vouloir ma respiration et jetai un coup d'œil aux filles à la dérobée. Ma collègue faisait forte impression, et ce, quelle que soit l'assemblée. Rachel gardait la bouche entrouverte tandis qu'Alix souriait bêtement.

Stella prit sans demander la moindre permission une chaise à la table voisine, mais le couple qui s'y trouvait n'osa émettre la moindre remarque.

— Sympa ici, dit-elle en observant la décoration du pub.

Je fis les présentations dans le vide.

— Stella, les filles. Les filles, Stella.

Elle hocha la tête comme pour me signifier que je parlais pour ne rien dire et adressa un sourire forcé à mes amies.

— Je peux discuter ouvertement ?

Apparemment, je devais comprendre par là qu'elle s'interrogeait sur la fiabilité de mes trois copines.

— Euh… oui.

— Bon, ça concerne Hugo.

Mon cœur se mit à battre légèrement plus rapidement. Qu'est-ce qui pouvait justifier que Stella juge important de me retrouver un soir pour me parler d'Hugo ?

— Il va bien ?

Stella se dressa instinctivement et planta ses yeux dans les miens, comme si elle s'apercevait de ma présence pour la première fois.

— S'il va bien ?

— …

— Ça, je t'avoue que je ne sais pas… Mais il ne va pas rester en vie très longtemps s'il ne s'occupe pas des affaires comme avant.

— Je ne comprends pas.

— Tout part en sucette, Olympe ! Et moi, je fais ce que je peux, mais je ne suis pas le boss !

— …

— D'ailleurs, des fois je me dis que je ferais bien de monter ma boîte…

— …

— Comme c'est ton ami, je voulais voir avec toi si tu avais quelques infos qui pouvaient expliquer son manque… d'implication, on va dire.

Le visage de Natacha baigné de larmes apparut dans un coin de ma tête.

— Les dossiers ne rentrent plus comme avant. Les clients rappellent pour relancer, et c'est à peine s'il ouvre son courrier ! Il est tout pâlichon, couverts de bleus, et il ne veut déléguer aucune tâche en plus de ça ! Non, sérieux, ça part en cacahuète ! conclut-elle en en saisissant une pleine poignée.

Daphné ne s'était pas départie de l'air qu'elle prenait quand quelque chose l'incommodait, par exemple une odeur de friture ou un frotteur dans le métro. Elle n'était pas habituée à fréquenter grand monde en dehors de son petit cercle d'amis. Ma collègue en imposait, avec son mètre quatre-vingts gainé dans du lycra noir et jaune.

— Alors, quel est ton plan ? reprit Stella la bouche pleine.

— Mon… plan ?

— Ben oui, on ne va pas rester les bras croisés à attendre que P&F dépose le bilan ! J'ai besoin d'argent pour m'inscrire au prochain championnat et tout ça commence sérieusement à me stresser.

— Je vais… voir ce que je peux faire.

Je repoussais depuis quelques jours le sujet alors même qu'Hugo avait certainement besoin d'aide… L'intervention de Stella me le confirmait.

— Je vais lui parler, demain. Oui, promis, demain matin. Je l'appellerai du sous-marin.

Stella donna un gros coup de poing sur la table et nous fûmes une bonne dizaine dans la salle à sursauter.

— Il t'a pas prévenue ? J'y crois pas !

— Quoi ?

— Il voulait que tu ailles planquer le soir, parce que ce type-là, que tu files… Laguiole, c'est bien ça ? Eh ben, c'est pas normal qu'il ne se passe rien à ce point…

— Le soir ?

— Franco revient demain, il a soigné sa tuberculose, ou son palu, enfin je ne sais pas bien, mais il revient. Hugo lui a demandé de faire la journée, et il m'a dit que tu te chargerais pour une fois de la nuit.

Youpi. Tralala.

— Eh bien non, comme tu peux le voir, il ne m'a pas prévenue.

Pas du tout le genre d'Hugo, effectivement.

— Tu es censée relever Franco à dix-huit heures.

Elle paniqua soudain :

— N'oublie surtout pas de prendre de quoi manger !

Rachel interpella un serveur d'un élégant geste de la main.

— Stella, vous prenez un verre avec nous ?

Mais celle-ci se leva brusquement, ou plutôt projeta la table devant elle, et attrapa sa fausse fourrure.

— Oh ! C'est gentil ça, ma belle ! Mais je dois filer.

Elle nous adressa un clin d'œil assez incroyable.

— Hé ! Hé ! Vous croyez quand même pas que Stella va finir la soirée seule !

Elle me donna une grande tape dans le dos et prit la direction de la sortie en gloussant bruyamment.

Un silence s'installa avant qu'Alix ne se décide à parler.

— Sacré personnage !

— Tu ne dois pas t'ennuyer, ajouta Daphné rêveusement.

Rachel soupira.

— Tu m'étonnes… J'en ai tellement marre que mes journées de boulot se suivent et se ressemblent.

Je masquai un sourire, heureuse que mes amies n'aient pas jugé trop hâtivement mon incroyable collègue.

En regagnant mon appartement un peu plus tard, l'esprit embrumé par les trop nombreuses boissons alcoolisées ingurgitées, je traînais dans le hall d'entrée de mon immeuble en pensant à Mathieu qui devait dormir profondément. Je commençai à en pincer sérieusement pour lui et avais hâte de le croiser à nouveau. Je souris une dernière fois à mon reflet avant que les portes de l'ascenseur ne se referment tout à fait. Ah… si seulement il me voyait à cet instant, j'étais clairement beaucoup plus à mon avantage que quelques heures plus tôt !

Les forces de l'Univers entendirent certainement ma prière, car sa porte s'ouvrit pile au moment où j'enfonçai ma clé dans ma serrure. Je retins un cri de joie et fis volte-face en préparant mon sourire le plus glamour, celui censé être très spontané, mais qui m'a demandé vingt années d'élaboration.

Puis, mes lèvres se crispèrent en même temps que mes mains autour du porte-clés, lequel se désolidarisa littéralement de son attache. À deux mètres de moi se tenait bien Mathieu, seulement il n'était pas seul, et même accompagné d'une blonde plutôt plantureuse et visiblement réjouie.

Il me sembla percevoir un léger trouble dans les beaux yeux de mon voisin.

Était-ce de la gêne qui pétillait derrière le gris-bleu ?

De la pitié au fond de ses iris ?

Plus probablement de la compassion.

Quoi qu'il en soit, je bredouillai un vague bonsoir tout en me retenant d'aller les lui crever.

20

Celle qui promettait d'aider sa mère

Je me levai de très mauvaise humeur, rapport, très certainement, à un rêve désagréable et un peu trop réaliste dans lequel une blonde, à l'air même pas écervelé, se pendait au cou de mon charmant voisin.

Plutôt que de pester des heures durant, je choisis de me lever du pied droit et de foncer à la boulangerie la plus proche pour apporter un plein sac de viennoiseries à Aglaé, Bertrand et Kitty.

Kitty était vêtue d'une nuisette vaporeuse qui laissait entrevoir à quel point elle pouvait être adorable jusque dans les moindres détails. Qui plus est, elle se payait le luxe de sentir divinement bon au saut du lit. Réalisant que j'avais omis de mettre du déodorant au sortir de la douche, je plaquai les bras le long de mon corps et étouffai mes envies de meurtre sous trois croissants.

— C'est super cool que tu sois venue, Maman !

Aglaé me servit un plein bol de thé.

— Les filles vont bien ?

Je tendis à Bertrand le couteau à beurre. Il lisait *Le Monde* sans nous calculer tandis que Kitty lui massait amoureusement les épaules. En fond sonore planait une musique d'ambiance très branchée. Beurk. La famille Ricoré dans toute sa splendeur.

— Hum ?

Aglaé ouvrit grand les yeux et me montra les dents. J'avais un truc coincé entre les incisives… Irrécupérable.

— Oui, elles te passent le bonjour d'ailleurs.

Ma fille ouvrit deux croissants qu'elle tartina de pâte chocolatée ultra calorique et je tendis une main pour tenter d'en attraper un. Elle me donna une petite tape sur les doigts.

— Tu ne vas quand même pas en manger quatre ?

— Gna gna gna…

Je me résignai à saisir une pomme en lui adressant ma plus belle grimace. Aglaé m'ignora royalement et trempa un croissant dans son chocolat chaud.

— Tu ne travailles pas aujourd'hui ? me demanda Kitty.

Bertrand se raidit aussitôt et, de derrière les feuilles de son journal, sortit une tête inquisitrice.

— Un problème avec ton boulot, *chaton* ?

— Bon sang, Bertrand ! Pourquoi j'ai toujours l'impression d'avoir douze ans en ta présence ?

Aglaé pouffa.

— C'est même pire : j'ai l'impression d'avoir dix ans !

Il prit un air profondément peiné.

— Mais je ne veux que ton bien, ma puce…

Kitty acquiesça en ondulant – chose difficile à imaginer si l'on n'a jamais été témoin d'une pareille scène – et me proposa un peu plus de thé pour temporiser.

— Je travaille ce soir ! Voilà ! Vous êtes contents ? Vous m'avez mise de mauvaise humeur.

Kitty fronça les sourcils, et, durant un bref laps de temps, j'eus la sensation qu'elle allait pleurer. Bertrand s'en rendit compte également et posa sa feuille de chou.

— Tu vois dans quel état tu mets chouquette !

Il l'incita à s'asseoir sur ses genoux. Aglaé, tactique et prudente, évita mon regard. Je sentais le fou rire nous gagner toutes les deux.

— Ma caille adorée, Olympe va se calmer. N'est-ce pas, Olympe ?

Il m'appelait par mon prénom : ça allait barder pour mon matricule.

— Désolée, Kitty. Je n'étais déjà pas de très bonne humeur avant d'arriver, pour tout dire.

Bertrand câlina encore sa femme jusqu'à ce qu'elle soit remise tout à fait de ses émotions, ce qui prit cinq bonnes minutes. Cette fille était incroyable, et même improbable, mais il m'avait toujours été impossible de la haïr. Sachant que je l'avais trouvée dans mon lit un matin alors que j'avais oublié ma carte d'adhérent à la salle de sport, la chose n'était pas gagnée d'avance…

Je déposai Aglaé au collège puis décidai de passer voir mes parents. J'allais me garer devant leur pavillon quand la porte du garage s'ouvrit. Mon père était particulièrement matinal. Chose encore plus étonnante, il ne prit pas la peine de descendre de la voiture pour venir m'embrasser, mais fila directement en m'envoyant tout de même quelques baisers à travers la vitre.

Je trouvai ma mère affairée à changer les draps de la chambre d'amis. J'avais annoncé ma venue un peu plus tôt par un coup de fil, mais elle sursauta en me voyant arriver, laissant tomber l'oreiller auquel on aurait juré qu'elle tentait de coller une camisole. Elle avait l'air passablement lasse.

Je contournai le lit et l'étreignis rapidement.

— Je peux t'aider ?

D'un hochement de tête, elle approuva ma proposition et me tendit une housse de couette fleurie.

— Alors ? Ça se précise ?

J'avais conscience d'employer un ton un peu trop dramatique pour la situation, mais le soupir avec lequel ma mère accueillit ma question confirma la gravité avec laquelle elle prenait les choses.

— Allez, haut les cœurs… Si ça se trouve, je ne sais pas, moi… Vous allez vous amuser comme des petits fous tous ensemble.

Soupir plus profond encore.

— Bon, eh bien, de toute façon, il faudra composer avec…

Elle fit la moue et tira d'un coup si sec sur ses coins que ceux que je tenais m'échappèrent des mains.

— Et Papa ?

Cette fois-ci elle souffla à peu près aussi fort que la tempête Katrina à son paroxysme.

— Il fait toujours la tête ?

— Toujours…

— Il allait où à cette heure-ci ?

Elle leva les yeux au ciel.

— Pffff… Son fichu bridge.

— Je crois que…

— Oui, je sais ! C'est du backgammon, mais je suis encore libre de dire ce que je veux, non ?

Elle s'assit sur le lit qu'elle venait tout juste de lisser du plat de la main, puis s'y allongea. Sans un mot je m'installai à côté d'elle. Nous restâmes quelques minutes à contempler le plafond, craquelé en de nombreux endroits.

— Depuis le temps que ton père doit refaire la peinture…

— Grand-Père a réellement claqué tout ce qu'il avait ?

— Apparemment oui… mais j'ai pris rendez-vous avec une assistante sociale pour faire le point. Il touche sa retraite, c'est certain, mais bon sang, j'ai du mal à croire qu'il ait dilapidé toute son assurance vie. Enfin…

— Tu sais… Je suis désolée pour tout ça, Maman.

— Pour dimanche ? Oh, ce n'est pas grave, répondit-elle en me tapotant la main.

— Non, je suis désolée que ça te tombe sur le coin du nez. Papy va être furax de ne plus être avec ses amis, et toi, tu vas devoir ménager Papa.

— Sans compter Barbara Cartland, ajouta-t-elle.

— Sans compter Barbara… Maman… enfin… tu ne peux pas appeler ta belle-mère Barbara Cartland ! Tu le sais ça ?

Elle explosa de rire et je l'accompagnai volontiers.

Une fois remise, elle se tourna vers moi. Elle avait un très beau visage embelli par de jolies rides d'expression. Ma mère avait beaucoup ri, énormément râlé, et cela se voyait gracieusement.

— Tu sais ce qui me mine, en réalité ?

J'hésitai à la pousser à poursuivre, mais elle n'eut pas besoin de mes encouragements.

— Je m'ennuie, Olympe. Je m'ennuie tellement.

— …

— Ton grand-père claque des milliers d'euros au casino, Barbara Cartland a tellement de copines qu'elle risque l'overdose de théine à force d'invitations, quant à toi, eh bien, maintenant tu pourchasses des malfrats…

— Euh…

— Ne m'interromps pas ! Même ton père s'est trouvé une passion pour le bridge !

— …

— Quoi !

— Non rien… pour le bridge, donc…

— Voilà… Et moi, eh bien je cuisine. Je cuisine, je mets des housses de couettes fleuries… et j'attends.

— …

— Je cuisine, et j'attends en faisant crever des plantes. Si tu savais ce que ce ficus est coriace, soit dit en passant !

Pour la première fois depuis longtemps je ne savais quoi dire. Ma mère s'ennuyait, ma mère, oui, Brigitte Posteur, baissait les armes et avouait ne pas avoir un total contrôle sur sa vie. Pire encore, son existence lui paraissait vide et insignifiante.

— Je ne sais pas, moi… trouve-toi un club ?

— Un club ? Tu veux me coller dans un de ces couloirs de la mort, c'est ça ? Ça ne te suffit pas que la moyenne d'âge de la maison se voie considérablement plombée dans quelques jours ?

— Oh ! Tu sais, je dis ça comme ça. Je cherche une idée…

— Moi aussi je cherche, figure-toi ! Et je ne trouve pas… Pourtant, crois-moi, je fais des efforts…

Je passais une partie de la matinée sur ce lit, en compagnie de ma mère et cette petite parenthèse termina d'apaiser les tensions qui s'étaient accumulées au cours des derniers jours.

Mon père était en retard pour le déjeuner et ma mère commençait à taper du pied quand j'enfilai mon manteau.

— Tu es bien certaine de ne pas vouloir rester ?

Je l'embrassai sur la joue.

— C'est gentil, Maman, mais je vais profiter de l'après-midi, j'ai des tonnes de choses à faire. Et je dois être au boulot à dix-huit heures.

Nous entendîmes la porte du garage s'actionner et j'hésitai à filer avant que mon père se fasse rectifier. Je croisai le regard de ma mère qui ne laissa pas de place au doute : j'allais devoir attendre et très certainement compter les points.

Mon père ouvrit alors la porte de l'arrière-cuisine en sifflotant, apparemment pas encore conscient qu'il vivait là ses dernières minutes.

— Ça sent bon ! s'exclama-t-il en balançant sa veste sur une chaise.

Il se dirigea vers la cocotte en fonte dans laquelle mijotait une blanquette de veau. Ma mère le dévisagea un moment, plissa les pommettes, puis se détourna de lui et se mit à découper consciencieusement une baguette de pain. Mon père s'approcha d'elle et la prit tendrement par le cou. Elle se laissa faire, puis je la vis inspirer profondément. Visiblement mon paternel souhaitait enterrer la hache de guerre.

Il vint m'embrasser à mon tour.

— Tu déjeunes avec nous, ma chérie ?

Neuf mots d'affilée ? Il allait se passer quelque chose de surnaturel, c'était certain.

Je lui tapotai la joue.

— Je ne peux pas, Papa, mais je reviens le week-end prochain avec Aglaé !

Ma mère m'adressa un sourire reconnaissant, et, tandis que j'ouvrais la porte d'entrée, je les vis s'attabler tranquillement : tout n'était pas encore perdu.

21

Celle qui mangeait les sandwichs de sa fille

Avant de me rendre sur mon extraordinaire lieu de travail, j'étais passée faire quelques courses, avais mangé une tablette de chocolat, appelé Stella, tenté de joindre Hugo et fait un peu de ménage.

À dix-huit heures, je faisais la connaissance de Franco. Mon collègue n'avait rien simulé de ses pépins de santé, il était blanc comme un linge malgré ses origines vraisemblablement italiennes. La bonne cinquantaine, il avait un sourire franc et un regard indéchiffrable.

Après avoir garé ma voiture quelques places derrière la sienne, je l'avais appelé pour lui signifier ma présence, puis rejoins.

Sa voiture empestait le tabac froid et le sapin désodorisant bas de gamme en fin de vie. Franco aurait facilement pu jouer dans *Le Parrain* ou encore un épisode des *Soprano*. Il sortit une cigarette d'un étui souple, la tapota six fois sur le volant, selon ce que j'imaginais volontiers être un toc.

— Une belle affaire merdique.

— Pardon ?

— Il y a un truc qui va pas. C'est trop tranquille. Ce type doit forcément avoir un minimum d'activité. Tu as tes notes ?

Je sortis mon carnet de mon sac. Comme Hugo ne m'avait pas prévenue, le relais ne s'était pas fait. Il les parcourut tout en faisant danser sa cigarette sur sa lèvre inférieure. J'étais fascinée : tomberait ? tomberait pas ? Il était bon pour tenir un numéro au Cirque du Soleil.

— Ouais, conclut-il. Je suis formel : c'est moche.

— Moche ?

— On se fait entuber, ça me paraît clair.

Sur ce, il me rendit son carnet et boucla sa petite mallette.

— Bon courage pour la nuit, mais ça vaut le coup de tenter. Il est probable que tu captes des choses intéressantes.

Il fit un petit signe de tête qui sembla signifier qu'il était temps pour moi de regagner ma voiture. Pas vraiment le genre bavard.

Je claquai avec précaution la portière et me glissai dans ma Clio froide. La nuit était déjà à moitié tombée et les lampadaires s'allumèrent en clignotant les uns après les autres. La première chose qui me surprit fut qu'il n'y avait aucune lumière allumée chez Gilles Laguiole. Mentalement, je revisitai la cage d'escalier. Trois appartements par palier… Non, vraiment, celui de notre client ne pouvait avoir de fenêtre côté cour. Je ne voyais qu'une seule explication plausible : il n'était pas chez lui. Je donnai une violente bourrade au volant, qui bien évidemment résista et m'endolorit la main. Je ne pouvais me résoudre à croire que je planquais là depuis tout ce temps alors qu'il n'y avait personne.

À minuit, j'avais englouti deux sandwichs triangle insipides et je songeais sérieusement à demander à P&F de prendre en charge une adhésion à un club de sport. Sur les feuilles à petits carreaux, j'avais consigné en des notes illisibles les quelques allées et venues des habitants de l'immeuble et le passage d'artisans et des livreurs. J'avais également terminé mon troisième cahier de sudoku force diabolique. Il devait certainement exister des championnats de France Sudoku catégorie détectives.

À minuit trente, les phares d'un taxi illuminèrent la rue. Je dormais probablement à moitié car l'intense luminosité me fit sursauter. Je m'étirai et me tapotai le visage. Il me fallait tenir le coup. Ce que je vis alors acheva de me réveiller tout à fait. À la lueur d'un lampadaire, Bianca apparut, sans foulard ni lunettes cette fois-ci, encore plus élégante que d'habitude. Un homme sortit à sa suite et régla le taxi. Il me disait furieusement quelque chose… Brun, grand, bien bâti… je tiltai enfin lorsqu'il sourit au chauffeur : Benoît Toussaint ! L'acteur un peu sur le retour s'était essayé à la chanson il y a peu et vivait presque à plein-temps sur les plateaux télé. Que pouvaient-ils bien venir faire tous les deux à la clinique à cette heure-ci ?

Bianca pianota sur le digicode et la porte se déverrouilla. Un capteur détecta leur présence, car les spots s'actionnèrent simultanément. Ils me laissèrent avec mes questions et disparurent en direction des ascenseurs. Quelques instants plus tard, l'obscurité reprit ses droits dans le hall d'entrée.

Je détaillai la façade de l'immeuble. Les lumières étaient éteintes, signe que peu de chambres étaient occupées. La plupart des soins devaient se faire en ambulatoire, et les quelques patients qui restaient dormaient certainement. Le dernier étage attira soudain mon attention. Il se démarquait du reste de l'édifice. Une grande baie surplombait la rue et se prolongeait par une terrasse. La pièce était baignée de lumière et de nombreuses silhouettes se dessinaient en ombres chinoises. Je décidai d'ouvrir ma fenêtre et de tendre l'oreille : de la musique ! Je sortis de la voiture pour en être sûre, mais il était évident qu'une soirée y avait lieu.

Je me sentis parfaitement idiote. Peut-être avais-je imaginé des choses... Il était probable que, depuis le début, Bianca ne se rende pas à la clinique mais dans cet endroit.

J'avançai vers les portes vitrées pour examiner la plaque vue quelques jours plus tôt. Deux C entrelacés... Le faisceau d'une torche glissa jusqu'à moi et je pivotai immédiatement, je me dirigeai sous un lampadaire et fis mine de fouiller mon sac à main à la lueur du réverbère... Je sortis mon téléphone de la poche de mon manteau et entamai une conversation imaginaire. À aucun moment je ne me retournai et priai pour que personne ne m'interpelle. Je décidai de faire le tour du pâté de maisons pour regagner ma voiture afin de ne pas attirer l'attention.

Un coup d'œil aux fenêtres Gilles Laguiole me suffit pour comprendre qu'il n'y avait chez lui toujours aucune activité. L'ensemble des appartements était d'ailleurs plongé dans le noir, mis à part deux ouvertures au troisième.

Vers trois heures, je fus étonnée de voir Bianca apparaître sur le trottoir. Elle serrait contre elle une large étole. Elle avait l'air gelée et beaucoup moins sûre d'elle que lors de son arrivée. Elle se retourna, adressa un signe à quelqu'un à l'intérieur, puis patienta. Son taxi n'arriva que deux minutes plus tard, ce qui me permit de l'observer. Elle me sembla soucieuse, torturée même. Disparue, la belle assurance du début de soirée... La scène me laissa sur une étrange sensation de malaise, et lorsque son taxi s'évanouit tout à fait au coin de la rue, je vérifiai par réflexe que les portières de ma voiture étaient bien verrouillées.

Durant l'heure qui suivit, une vingtaine de personnes quittèrent également les lieux, seules ou par petits groupes, majoritairement des hommes. Il me sembla en reconnaître plusieurs, sans pour autant réussir à mettre des noms sur les visages.

À sept heures, l'aboiement des quatre caniches abricot me tira de mon sommeil. J'avais la joue froide et endolorie, le montant de la fenêtre gravé sur la tempe et j'étais frigorifiée. J'allais réclamer à Hugo une doudoune digne de ce nom : mais comment se débrouillait l'équipe en plein hiver ?!

À mon retour, je croisai Aglaé dans la cuisine. Elle préparait son petit déjeuner et me proposa des tartines. Je devais avoir l'air passablement exténuée, car elle décida de m'apporter un plateau au lit. Je ne me fis pas prier et plongeai avec délice sous ma couette.

— Tu vas faire souvent des nuits ?

— J'en sais rien…, marmonnai-je en me tortillant pour enlever mes chaussettes.

— Je crois que ce job n'est pas fait pour toi, Maman.

— …

— Tu sais dans quel état tu es quand tu n'as pas tes huit heures de sommeil.

— …

— Alors tâche de te reposer aujourd'hui.

Elle déposa un baiser sur mon front et consulta l'heure sur mon radio-réveil.

— Faut que je file ! Heureusement que Mathieu m'emmène !

— Gnnn… Quoi ?

— Il m'a proposé de me déposer devant le collège. Il passe juste devant en allant au commissariat.

Je visualisai la blonde de l'autre soir. Curieusement, elle gisait dans une mare de sang.

— C'est… très gentil…

Ses yeux pétillèrent.

— Tu m'étonnes ! Franchement, ce type est vraiment… bien… tu sais…

Elle appuya chaque mot pour être bien certaine que je comprenais le message.

— Ouais… Ben, on en reparlera, hein…

— Je suis déjà plus là, dit-elle en empoignant son sac à dos et en se dirigeant vers la porte. À ce soir !

Je tapotai les oreillers afin de m'installer confortablement. Aglaé avait même disposé des magazines people près de moi. Cet enfant était décidément une bénédiction.

En mordant dans une tartine, je bloquai sur une page de la revue. Jean Pellegrinni, acteur de théâtre. Il posait sur une photo au bras d'une blonde pour la fête de lancement d'une pièce. Il était présent cette nuit, j'en étais sûre.

À cette fête.

Au dernier étage d'une clinique de chirurgie esthétique.

Avec Bianca.

Était-ce un appartement privé ? Je ne le pensais pas.

Je posai le magazine et la confiture de la tartine coula sur une actrice hollywoodienne. Qu'est-ce qui ne tournait pas rond dans tout ça ?

22

Celle qui localisait son patron

Stella me harcelait de SMS. Elle voulait savoir si j'avais eu des informations concernant l'étrange attitude d'Hugo ces derniers temps et sa patience avait l'air d'avoisiner celle d'un nourrisson affamé...

Non, je n'avais pas réussi à le joindre.

Oui, c'était pour le moins curieux.

Très certainement, cela ne laissait présager rien de bon.

J'avais dormi cinq heures pour récupérer de ma nuit et constaté qu'Aglaé avait une fois de plus raison : je ne valais pas un copec sans mon quota de sommeil...

Luttant contre une irrépressible envie de me pacser avec ma couette, je me traînai jusque sous la douche avec le programme de la journée en tête : il allait falloir, ne serait-ce que par égard pour Natacha, tirer au clair toute cette histoire et comprendre ce qui préoccupait tant mon ami et patron.

Je décidai de passer au bureau pour prendre la température et calmer les ardeurs de Stella. Dans ses derniers SMS, elle menaçait de m'inscrire à un concours de sosie de Madonna catégorie nue. Étant donné que je n'étais ni blonde ni très adepte du naturisme, mais que je ne sous-estimais pas la force de persuasion de ma collègue ainsi que sa force physique, je me devais de tout faire pour la rassurer.

Elle m'accueillit froidement et m'ordonna de m'installer à son bureau.

— T'as plus de mains ?

— Comment ?

— T'as plus de mains ?

Je tendis mes paumes devant moi.

— C'est bien ce qui me semblait !

— …

— Tu sais que j'ai fracturé à coups de talons le nez du dernier qui a osé ignorer mes messages ?

Je la croyais malheureusement sur parole.

— Ne t'énerve pas ! J'ai préféré passer te voir : c'est encore mieux !

Elle secoua la tête en faisant une moue dans laquelle je crus voir un instant la Gloria Gaynor de la photo. Assez troublant…

— Ouais… Admettons…

— Bon, je n'ai pas de bonnes nouvelles, hasardai-je.

Ses yeux roulèrent dans leurs orbites.

— Je n'ai pas dit que j'avais de mauvaises nouvelles, hein ! C'est juste que depuis que tu es passée me voir au pub, je n'arrive pas à joindre Hugo… Silence radio.

Elle hocha la tête de haut en bas en fronçant les sourcils.

— Je te l'avais dit ! Ça sent mauvais…

Moi non plus, je ne le sentais pas. Je connaissais Hugo depuis plus de vingt ans et pouvais assurer qu'il n'y avait jamais rien eu de mystérieux dans son comportement. Pire que ça, son entourage le trouvait même souvent un brin trop prévisible...

— Il n'est même pas passé ce matin, ajouta Stella.

Effectivement, lorsque j'avais posé la question à Antoinette à l'accueil elle avait balbutié quelques mots en se planquant derrière son ordinateur. J'avais pris ça pour un non.

Comme un fait exprès mon téléphone se mit à vibrer : Natacha. Je m'avachis un peu plus sur ma chaise sans avoir le courage de répondre.

— Alors ? Ton plan ?

— Oh ! Ça va, Stella ! répondis-je avec humeur avant de le regretter en voyant son teint rosir.

Elle ne répondit rien et saisit la tasse de café posée près d'elle.

— Bon... Je vais le filer, dis-je.

Elle haussa les épaules, visiblement vexée.

— Tu as d'autres idées ?

— J'ai des tonnes d'idées, mais celle-là, je n'en serais pas l'instigatrice, ma chérie. Tout au plus la complice...

Courageuse, mais pas téméraire...

— Encore faudrait-il que je puisse le localiser...

— S'il n'y a que ça... Va voir le beau Novak, il est dans la salle de repos.

J'évitai de questionner Stella et m'engouffrai sans demander mon reste dans le couloir, puis dans la pièce qui nous était dédiée.

Novak était bien là, endormi dans un fauteuil club défoncé et les pieds reposant sur le dossier d'une chaise à l'équilibre plus que douteux. Je dus ouvrir la porte un peu trop brusquement car il sursauta, et, par réflexe, releva les jambes. Ce qui devait arriver arriva, la chaise bascula en arrière, le faisant à son tour presque glisser de l'assise du fauteuil.

Je n'osai le regarder et hésitai un instant à rebrousser chemin, mais mon collègue, visiblement contrarié que je l'aie surpris dans cette posture, ne m'en laissa pas le temps.

— C'est moi que tu cherches ?

— Euh… pas du tout…

— Tu l'as trouvé ? beugla Stella de son bureau.

Mes épaules s'affaissèrent et je fis volte-face.

— Enfin si…

Il s'était déjà levé et se passait une main dans les cheveux. Il avait une couture du fauteuil incrustée sur la tempe, mais je gardai ce détail pour moi. En le regardant à la dérobée, je réalisai que ce qui m'impressionnait le plus chez lui, mis à part sa carrure vraiment ahurissante et son air pas commode quelles que soient les circonstances, c'était bel et bien son regard. Des yeux noirs, durs, impénétrables qui lui donnaient toujours l'air de s'attendre à tout et de ne jamais être pris au dépourvu.

— Je suis naze. Hugo m'a mis sur un gros coup, je ne sais même pas combien d'heures j'ai fait cette semaine…

Un peu surprise de cette confidence – dans la bouche charnue de Vincent Novak, cette banale phrase avait des airs de confessions intimes –, je l'observai avec attention et perdis tout à fait le fil de ce qui m'amenait.

— Tu voulais ?

Une lueur malicieuse passa très vite au fond de ses pupilles.

— Pardon… Je pensais à un truc… Ah oui. Hugo…

— Oui ?

— Il paraît que tu peux me dire où il se trouve.

Il se frotta la nuque, comme pour se concentrer.

— Bien sûr. Où est mon téléphone ?

Il farfouilla sa poche revolver et en extirpa difficilement son smartphone. J'attendis sans poser de question durant quelques secondes.

— Tu as de quoi noter ?

— Il y a des carnets dans le tiroir du buffet ! hurla Stella, qui, de son repaire, ne perdait pas une miette de notre conversation.

J'obtempérai et dénichai effectivement un carnet et un stylo.

— Il semble qu'il soit depuis une heure dans le 15e, rue de Lourmel.

Il se pencha près de moi, saisit le crayon et griffonna l'adresse sur la première feuille. Sans le vouloir réellement, je regardai l'écran de son téléphone. Une petite carte de Paris était constellée d'icônes, portant elles-mêmes des initiales. Plusieurs d'entre elles se superposaient en un même point où je lus, entre autres, OMQ. OMQ…

OMQ ?!

— Attends ! C'est moi là ?

Ses pommettes se colorèrent très légèrement. Il prit un peu plus de temps que prévu pour finir de noter l'adresse et repositionna soigneusement l'élastique sur la couverture. Je sentais la colère naître au creux de mon ventre.

— Tu nous suis tous ?

— …

— Je rêve ! Non… J'hallucine !!!

La gêne céda chez lui la place à de l'irritation.

— C'est le protocole.

— Quel protocole ? Tu veux placer des micros chez moi aussi ?

Il s'abstint de répondre me laissant en proie au doute quant à cette possibilité.

— Quoi !!!

— Hugo et moi avons tous les membres de l'équipe sur un tracker, ça peut être très utile.

— Je ne vois pas pourquoi !

Cette fois, il s'emporta carrément.

— Olympe, je me demande des fois si tu as bien conscience de là où tu travailles !

En ouvrant grand les bras pour accompagner ses propos il me heurta la main. Sans pour autant avoir mal, je passai instinctivement mes doigts sur l'endroit. Vincent s'en rendit compte et s'excusa aussitôt.

— Je ne voulais pas…

Ma colère s'évanouit en même temps qu'apparut sur son visage un air particulièrement déconfit plutôt touchant.

— Ne t'inquiète pas.

— Je suis désolé… Tu sais…

— Non je ne sais pas.

J'avais un peu honte d'enfoncer le clou, mais c'était bien fait pour lui.

— C'est normal tout ça… Imagine qu'il t'arrive quelque chose, si tu ne suivais pas les instructions et que, par exemple, tu descendes…

Hum Hum… Je n'étais pas irréprochable et je devais bien le reconnaître…

— Bref… C'est plus prudent.

Il avait déjà retrouvé son self-control et me tendit le carnet.

— En tout cas, tu voulais localiser Hugo et c'est chose faite.

Un à zéro…

— Ne traîne pas, il risque de ne pas rester des heures durant au même endroit…

Je le remerciai sans en faire trop, tout de même un peu perturbée de me savoir repérable à tout moment, même par un collègue.

J'allais quitter la pièce quand il posa une main sur mon avant-bras.

— Je suis désolé pour tout à l'heure… J'ai été un peu brusque…

— …

— Appelle-moi quand tu arrives là-bas et je te confirmerai qu'il n'a pas bougé.

Vincent Novak capable de compréhension ? Diantre ! C'est qu'il pouvait presque se montrer charmant… à sa façon…

— Au fait, ajouta-t-il alors que je passais le seuil, je localise Hugo car je dois un service à Stella… Ne t'avise pas de me redemander ça.

C'était trop beau pour être vrai…

23

Celle qui ne voulait pas pointer à Pôle emploi

J'avais choisi le métro pour me rendre dans le 15e. En sortant de la bouche, aveuglée par la lumière du jour, j'appelai comme prévu Vincent afin de m'assurer de la présence d'Hugo à l'adresse indiquée.

Il ne prit pas la peine de décrocher et envoya quelques secondes plus tard un SMS :

Cible toujours OK

Je soupirai devant un tel manque de savoir-vivre et pris le chemin de la rue de Lourmel.

À en croire la géolocalisation de son téléphone, Hugo se trouvait dans un immeuble sis au milieu de cette rue tranquille. J'avisais le numéro vingt-trois quand j'aperçus la silhouette si connue.

Plaquant mes cheveux sur mon visage, je me collai vivement contre un mur en suppliant ma bonne étoile pour qu'Hugo ne vienne dans ma direction. Je profitai de l'arrivée d'un jeune homme à proximité pour lui taxer une cigarette et me fondre un peu plus dans le paysage. Celui-ci dut penser à un plan drague, car il accepta après m'avoir longuement regardée et mis un temps incroyable pour s'exécuter. J'eus ainsi le temps d'observer Hugo, il avait un grand sac de sport à la main. Il salua vraisemblablement quelqu'un sur le pas de la porte et je priai intérieurement pour ne pas le voir embrasser ou étreindre qui que ce soit... Il n'en fit rien et disparut rapidement au coin de la rue.

Je plantai là mon bienfaiteur nicotinique et déguerpis en essuyant de copieuses insultes sur le thème inépuisable de la prostitution.

Je rattrapai in extremis Hugo qui bifurquait à un croisement et me calai sur son rythme pour reprendre un semblant de souffle. Je le vis balancer le sac par-dessus son épaule et mettre la main dans sa poche. Il en sortit son téléphone et, l'instant d'après, le mien se mit à vibrer dans mon sac à main. Je l'ignorai tout d'abord avant qu'un doute aussi troublant que déconcertant ne germe dans mon esprit... En attrapant l'appareil, je grimaçai en réalisant que ma crainte s'avérait juste. Tiraillée entre le besoin de lui parler et l'absurdité de la situation, je laissai passer quatre sonneries avant de décrocher.

— ... Allô ?

— Salut Olympe, c'est moi.

Que le seul homme de ma vie à se signaler par un « c'est moi » soit mon meilleur ami m'irrita légèrement sur le moment.

— Hugo... Difficile de te joindre en ce moment !

Je ralentis la cadence pour être certaine que ma voix ne porte pas jusqu'à lui.

Il ne répondit que par un grommellement.

— Au fait je ne te remercie pas pour la permanence de nuit à l'arrache… Heureusement que Stella m'a prévenue !

— Oh ! Je suis désolé, Olympe… C'est vrai… Je devais te tenir au courant… Ça m'est totalement sorti de l'esprit.

Je le vis se frotter la tête, chose qu'il faisait quand il se sentait coupable.

— Bon, laisse tomber, Hugo… Tu voulais ?

— Je voulais voir avec toi les horaires justement, tu pourrais rempiler ce soir ?

— Quoi ? Tu plaisantes ?

— Excuse-moi… J'ai vraiment besoin que tu m'aides…

Il avait un peu trop appuyé sur le « vraiment » pour que je reste insensible à sa supplique. Je saisis la balle au bond.

— Tu sais que je suis là, Hugo.

— Oui…

— Tu peux tout me dire…

— …

— Je ne répéterai rien aux filles cette fois…

— Ah ! Ah ! Ah ! C'est ce que tu dis !

De derrière je vis ses épaules se détendre un peu, il avait ralenti et je pris garde à faire de même.

— Tu sais, je vois bien que tu n'es pas dans ton assiette, tu passes moins au bureau…

— Ça va…

— Stella m'a dit que quelques clients avaient râlé…

— Olympe, je te dis que tout va bien !

Il s'était arrêté de marcher. Un passant manqua de lui foncer dedans et le dévisagea d'un air curieux. Je stoppai également, un peu surprise par autant d'humeur, et un peu vexée par son manque de confiance.

— Ok…

— Donc pour ce soir ?

Hugo mit son sac de sport de côté et le posa au sol. Il regarda alentour et avisa des marches. Il s'y assit tristement, le téléphone toujours vissé à l'oreille.

— C'est d'accord, murmurai-je médusée. Compte sur moi.

— Merci, murmura-t-il.

— C'est normal, je suis là je te dis…

Il garda le silence une vingtaine de secondes qui me parurent en durer mille.

— Tu sais, je suis crevé en ce moment…

— Oui ?

— Les enfants, Natacha… J'essaie de faire le maximum pour eux…

— Je comprends.

— D'ailleurs, j'emmène les gars au sport.

— Ah…

— Philémon, mets tes chaussures !

Ma mandibule faillit se désolidariser du reste de ma mâchoire. Il affabulait carrément. Je ne pouvais croire qu'il se moquait de moi à ce point. Il devait avoir perdu la tête.

— Je te laisse alors ?

— Je te rappelle très vite, Olympe… Et merci pour ta compréhension…

En raccrochant, j'hésitai à parcourir les quelques mètres qui nous séparaient et à lui défoncer le crâne à coup de… qu'avais-je dans mon sac ? Parapluie pliable ? Livre de poche ? Une lampe torche ! Voilà ! Ou bien à poser ma main sur son front pour vérifier sa température… Je ne fis ni l'un ni l'autre en le voyant se recroqueviller sur lui-même et enfouir sa tête entre ses genoux.

J'attendis qu'il se relève et le suivis un moment. Toujours dans le 15ᵉ, il entra peu de temps après dans un autre immeuble. J'aperçus sa silhouette à une fenêtre donnant sur la rue, une femme élancée s'avança et l'étreignit. Le cœur serré, je pris le parti de ne rien dire à Natacha avant d'avoir totalement éclairci la situation.

Je repassai au bureau pour récupérer ma mallette. Au passage, je voulais raconter ce que j'avais vu à Stella pour soulager ma conscience. Je n'avais pas envie de supporter seule ce fardeau, et savais qu'elle resterait silencieuse à ce sujet.

— Pas croyable, beugla-t-elle.

Je fermai la porte de son bureau en lui faisant les gros yeux.

— Un peu de discrétion !!!

— Pas croyable..., reprit-elle à peine un poil plus bas.

Elle secoua ses cheveux dans tous les sens.

— Ça ne va pas du tout, Olympe ! Faut pas traîner, tu as intérêt à lui mettre les points sur les i !

Je la regardai, incrédule.

— Tu m'amuses ! Je ne sais même pas de quoi il retourne, si ce n'est qu'il a l'air abattu, qu'il me ment ainsi qu'à sa famille, et qu'il a de drôles de rencards dans le 15ᵉ.

Stella balança un dossier rose sur la table.

— Cette entreprise n'a pas été rappelée : ils viennent d'annuler le rendez-vous prévu !

— ...

— Ils avaient au moins trois cas à nous confier... Je te laisse imaginer le manque à gagner ! Et tout ça pourquoi ? Parce qu'Hugo ne tient pas son rôle de patron. C'est le troisième depuis le début de la semaine ! Tu parles d'une publicité !

À ce rythme, et même avec toute la bonne volonté du monde, j'irais rapidement pointer avec tous mes petits camarades à Pôle emploi…

— Tu ne peux pas temporiser ?

— Moi ? Je peux tout un tas de choses, mais pas forcer des gens à attendre…

Elle se mit à rire.

— En tout cas, pas avec des moyens légaux !

Je chassais de mon esprit une Stella catégorie sado-maso et tentai de me concentrer un minimum.

— Trois clients, tu dis ?

— Oui, et j'ai en tête une quatrième boîte qui commence à tiquer sérieusement.

Je me mordis la lèvre.

— Que veulent-ils exactement ?

— C'est pourtant légitime : du sérieux et de la rapidité, bon sang !

— Rappelle tout le monde, et fixe des rendez-vous lundi matin.

— Si tu crois pouvoir forcer Hugo à venir, railla-t-elle, tu penses que j'ai pas essayé ? Il finit toujours par annuler !

— Si bien sûr… Mais c'est avec son bras droit qu'ils vont avoir rendez-vous…

Les yeux de Stella s'allumèrent comme une guirlande LED un soir de décembre et elle sourit de toutes ses dents.

— Ok, ma belle ! Ça, c'est une idée ! Je pense pouvoir temporiser pour trois de ces boîtes, mais pour ce qui est de la CARDIF, je pense que les carottes sont déjà à l'état de purée…

Lorsque je quittais son bureau sous les regards apeurés d'Antoinette – il allait vraiment falloir que je lui conseille de consulter – Stella avait déjà empoigné le téléphone fixe et s'égosillait dans le combiné.

24

Celle qui venait pour le visage

J'étais en train de me demander comment j'allais annoncer à Aglaé que je découchais encore quand ma mère téléphona.

— Ça y est. Il est arrivé.

— Déjà ?

— Eh bien oui… Il a organisé un bingo en douce… C'est officiel, ton grand-père s'est fait définitivement vider des *Boutons d'or*… Ils l'ont collé dans un TGV et ton père est parti le récupérer à la gare… Je compte sur vous dimanche, ne l'oublie pas !

Je promis, jurai, crachai que nous serions au rendez-vous dominical et m'abstins de dire à ma mère que je faisais désormais les services de nuit. Inutile de la stresser plus qu'elle ne l'était déjà.

Aglaé finissait ses devoirs. Elle était, comme à son habitude, installée en tailleur sur une chaise de la cuisine. La tête penchée exagérément, ses longs cheveux balayaient son cahier d'écolière. La scène m'émut un tantinet, elle était en passe de devenir vraiment une jeune fille, et, même si je me reposais constamment sur elle, je ne la voyais pas grandir… Accepterait-elle de vivre avec moi jusqu'à la fin de mes jours ? Ardue et délicate question…

— Hello, Maman.

Elle me gratifia d'un lumineux sourire avant de retourner à ses consignes de mathématiques. Je m'avançai jusqu'à elle et déposai un baiser sur son front.

— La journée a été bonne ?

— Pas mal… Tiens, je suis invitée à une soirée à la fin du mois.

— Et tu me dis ça comme ça ?

Aglaé leva les yeux au ciel.

— Tu aurais préféré que je te l'écrive ?

— Les mères normales ne sont-elles pas censées dire ce genre de choses ?

Elle soupira et, l'air désabusé, reprit son stylo quatre couleurs en main.

— Parce que tu crois vraiment être une mère normale.

Échec et mat.

— Tu veux du thé ? Je me fais un mojito.

— Vanille s'il te plaît… Tu vois bien…

— Quoi ?

— Non rien…

En cachette de ma fille, j'appelai son père pour lui demander de me dépanner un soir encore.

— Impossible, répondit-il. J'emmène Kitty à un ballet.

J'emmène Kitty à un ballet. Gna Gna Gna…

— Bon… Je vais me débrouiller.

— Tu es certaine de pouvoir t'en sortir, *chaton* ?

Mes mains, mues par une existence indépendante, se crispèrent de façon assez effrayante.

— Mais bien sûr… Je vais allumer la gazinière, des bougies, et la laisser seule…

— Olympe !

J'avais oublié que mon ex-mari n'avait jamais été en possession de l'option second degré…

— Je plai-sante ! Sache que j'ai des tonnes de solutions de secours, mon cher !

Vingt minutes plus tard, Rachel, Daphné et Hugo avaient répondu par la négative à ma demande.

— Et ton charmant voisin ? me suggéra Alix en berçant Côme qui avait contracté une gastro-entérite.

— Impossible…

— Pourquoi pas ? Il t'a proposé son aide l'autre fois… Et puis, Aglaé l'aime bien, je me trompe ?

J'avais tout sauf envie de lui raconter l'épisode de la blonde et baragouinai un au revoir un peu précipité.

Dans la cuisine, Aglaé discutait au téléphone avec Sidonie. Sûr que, dans un concours de mères, Constance Le Bonnec serait dans la catégorie « de luxe ».

Lorsqu'elle eut raccroché, je décidai de jouer cartes sur table.

— Je suis super embêtée, ma chérie… Je dois encore travailler ce soir…

Elle leva sur moi des yeux sombres.

— Tu ne vas pas tenir le choc… Tu as pris des vitamines ? Du café, il te faut du café, surtout pas de mojito…

Elle se dirigea vers la cafetière.

— Le hic, c'est que Papa et Kitty vont assister à un ballet.

Malgré moi, ma voix était montée dans les aigus. Aglaé se tourna vers moi et éclata de rire.

— Pas grave, lança-t-elle.

— Comment ça ?

— Je vais bientôt avoir treize ans, je peux rester seule.

— Dans onze mois !

— Est-il vraiment nécessaire que je te rappelle que tu m'as laissée seule l'autre jour ?

— C'était en journée ! Et tu as fini chez Mathieu !

— Et je n'en suis pas morte !

Hum Hum…

— À ce sujet… Si tu penses pouvoir gérer le fait de rester seule… Est-ce que ça te dérange que j'informe Mathieu de la situation ?

Elle me regarda, l'air passablement amusé.

— Ah ouais ?

— Ça me rassurerait…

— Je n'y vois pas d'inconvénients…

Un silence s'installa que je décidai de briser le plus rapidement possible.

— Bon…

— Bon.

— Je vais lui demander alors…

— Va lui demander alors.

Je saisis la clé de secours pendue à un crochet dans l'entrée et restai figée quelques secondes.

— Tu veux que je vienne avec toi ?

J'hésitai, mais cela aurait été réellement pitoyable.

— Non… non, ça va aller.

Dans sa grande mansuétude, Aglaé fit semblant d'aller allumer la télévision. Je ne devais pas traîner, j'avais en tête d'arriver avant l'heure de la relève pour fouiner un peu du côté de la clinique. Je pris une ample respiration et traversai le palier sans réfléchir plus longtemps. Mathieu ouvrit quelques secondes après mon coup de sonnette.

Je fus soulagée de constater qu'il était seul. Je dus d'ailleurs observer son intérieur avec un peu trop d'insistance, car il se retourna à deux reprises.

— Bonsoir, Mathieu.

— Olympe, quelle surprise.

— Je ne savais pas si vous seriez là…

— Eh bien je suis là, comme vous pouvez le voir… Je peux vous aider ?

— Je dois travailler ce soir, et personne n'est disponible pour garder Aglaé, est-ce que…

— Aucun problème, annonça-t-il sans me laisser le temps de terminer ma phrase.

— Mais…

— Mais ?

— C'est sûr ?

— Sûr !

Il me prit la clé des mains.

— J'imagine que c'était pour moi ?

Je regardai mes doigts entrouverts.

— Euh… oui… Mais je ne voudrais pas…

— C'est bon, Olympe, tout va bien… Je reste chez moi ce soir, Aglaé a mon numéro, j'ai vos clés, tout va bien se passer.

— Je rentre vers sept heures demain…

— Et je pars à huit, c'est parfait !

— …

— Bon courage alors, Olympe…

— Merci beaucoup.

Je plissai les lèvres et décidai qu'il était temps de me replier chez moi. Mais ce fut plus fort que moi…

— Vous n'aviez rien de prévu ?

Mathieu avait commencé à refermer sa porte.

— Comment ?

Je regrettai déjà mes paroles et commençai à torturer mes mains.

— Parce que l'autre soir… enfin, vous aviez de la visite…

Il eut réellement l'air de chercher à se remémorer de quelle soirée je voulais parler. J'avais encore le choix de me taire, ou de foncer tête baissée chez moi, mais non… on ne se refait pas…

— Votre amie…

Mathieu se passa une main dans les cheveux, et ses yeux roulèrent de droite à gauche en évitant soigneusement mon regard.

— Mon amie ?

Il me prenait pour une dinde un jour de Noël ?

— Je vous ai croisé en rentrant…

— Oh ! Oui… Bien sûr…

— …

— Non, non, soirée très tranquille en perspective. Qu'Aglaé n'hésite surtout pas, pour quoi que ce soit…

Il était vraiment très fort… J'en étais au même point, et il n'avait lâché aucune info, même pas nié, rien… Enfin, nuance : j'en étais presque au même point, à ceci près que je passais pour une curieuse désespérée.

Aglaé m'accueillit avec un petit sourire triste. Évidemment elle n'avait rien raté de notre conversation. Je rassemblai mes affaires, lui donnai les consignes d'usage, m'assurai qu'elle avait de quoi se sustenter jusqu'au lendemain matin – elle avait heureusement géré les courses et m'avait préparé un sandwich et une Thermos de thé – et me dépêchai d'aller retrouver ma voiture.

Si les dieux de la circulation étaient avec moi, je pouvais être sur place une heure avant ma prise de service. J'avais en tête un plan qui me paraissait aussi judicieux qu'infaillible pour en apprendre plus sur les allers et venues de Bianca. Sur place, le même plan m'apparut beaucoup moins malin, voire carrément risqué, mais j'avais échoué trop de fois dans une même journée pour me défiler.

Je repérai un peu plus loin la voiture de Franco qui ne m'avait pas vue, trop occupé à scruter la façade de Gilles Laguiole ou à dormir les yeux ouverts, j'hésitais. C'était parfait, je n'avais pas envie d'avoir de comptes à rendre.

Drapée dans une large étole, le visage à moitié dissimulé derrière mes plus grandes lunettes de soleil, je franchis les portes de la clinique d'un pas assuré. Le portier, qui devait vivre à côté de l'ascenseur, se leva de sa chaise et, comme pris en flagrant délit de faignantise, me salua d'un petit signe de la tête. Je répondis par un petit sourire en souhaitant qu'il ne se souvienne pas de mon prétendu numéro concernant le vélo d'appartement d'occasion. Mes prières furent entendues, car il appuya sur le bouton d'appel sans attendre que je lui demande.

— Visage ?

— Pardon ?

— Consultation corps ou visage ?

Vexée comme un pou sur la tête d'un chauve, je me contentai d'acquiescer et, une fois seule, me jetai sur l'un des miroirs qui s'étalaient sur trois pans de la cabine d'ascenseur.

— Visage ? Non, mais je rêve !

J'avais fiché mes lunettes sur le sommet de mon crâne et scrutai les rides qui s'étaient gentiment épanouies depuis quelques années. Charmant, j'allais repartir d'ici certainement bredouille et avec deux fois plus de complexes. Je choisis de positiver et d'en conclure que, très certainement, le portier estimait que mon corps était bien trop parfait pour mériter quelque soin que ce soit…

L'ascenseur stoppa net et je me retrouvai apparemment au deuxième étage de l'immeuble. Un accueil fort élégant, tout de blanc et de métal, semblait n'attendre que ma personne et mon visage, donc. Une jeune femme blonde et délicieuse, qui devait avoir dans les vingt-cinq ans et les 90 D de tour de poitrine, m'accueillit très poliment.

— Bonjour Madame. Que puis-je pour vous ?

— Mademoiselle.

— Oh… Pardon…

Elle focalisa son attention sur mes yeux et mon front, j'en aurais mis ma tête à couper.

— J'aurais voulu prendre un rendez-vous, s'il vous plaît.

— Très bien…

Complètement décontenancée par ma remarque, elle se mit à trembler. Je compris qu'en ces lieux, la patientèle était peu commode et que le moindre impair pouvait coûter très cher au personnel. Je lui adressai un franc et chaleureux sourire pour calmer le jeu, mais elle en profita pour fixer mes lèvres et mes dents. Très déstabilisant et déplaisant à dire vrai…

Après un court moment de flottement, elle se ressaisit enfin.

— Avec quel médecin avez-vous rendez-vous, je vous prie ?

Bonne question.

— Je ne sais pas, c'est pour un premier contact…

— …

Elle me regarda comme si je venais de lui demander d'épeler australopithèque à l'envers et en moins de trois secondes. J'abdiquai.

— Je ne me souviens pas de son nom.

— Ah… D'accord !

— Une amie m'a conseillé de venir ici.

— Je vois, peut-être vous rappelez-vous du nom de votre amie alors ?

Elle me cherchait ou c'était juste une impression ?

— Disons que mon amie ne souhaite pas que je la mentionne.

Et toc. Non, mais.

Stacy – sur sa blouse Stacy était gravé au fil rose – m'indiqua une chaise dont l'idée avait vraisemblablement germée dans l'esprit d'un designer qui ne s'asseyait jamais. Je cherchais un moment la position la moins inconfortable pour compulser la plaquette glacée qu'elle m'avait mise entre les mains.

Différents services cohabitaient dans la clinique. Celui de chirurgie corps et visage (*sic*), celui de médecine esthétique, l'espace épilation laser, sans oublier le service dédié aux greffes capillaires « sans cicatrices ». Je me demandais si, quelque part sur Terre, une clinique en proposait certaines « avec », peut-être moins onéreuses.

La liste des chirurgiens était plutôt succincte. Les médecins étant polyvalents, ils avaient l'air de toucher aux différentes disciplines. Une douzaine de photos illustraient leurs CV particulièrement bien fournis et pompeux.

— Est-ce que je peux me permettre de vous demander si l'un de ces noms vous dit quelque chose ?

— Je suis désolée, ça m'est totalement sorti de la tête.

Tout en se tournant vers son écran elle eut un petit mouvement des yeux qui trahissait la faible opinion qu'elle avait de ma personne. Tout son corps s'affaissa, elle ne savait plus à quel saint se vouer, mon cas était vraiment désespéré.

— Je pourrais peut-être visiter les lieux ?

Stacy parut soudain revenir à elle. Elle se redressa et d'un bond, s'éjecta de sa chaise de bureau qui avait l'air bien plus confortable que la chose sur laquelle je tentai désespérément de rester en équilibre.

— Excellente idée ! Je vais vous faire faire le tour de la clinique et des pièces accessibles au public.

Je la suivis tout en continuant de consulter la plaquette qui pratiquait l'auto passage de brosse à reluire :

Notre vocation : Votre beauté... Sur un site luxueux alliant raffinement, modernité, technicité et sécurité, la clinique ne vous propose aucun élixir, mais une chirurgie perfectionnée, précise et fonctionnelle, faite dans le but d'améliorer votre silhouette ou votre visage, pratiquée par plus de 50 chirurgiens spécialisés en chirurgie plastique, reconstructive et esthétique, de renommée internationale, qui excellent dans leur domaine.

J'eus le droit aux salles d'attente cosy où je me serais bien, il faut l'avouer, installée à demeure, aux salles de consultations et eus même le privilège – oui, oui, Stacy me le dit tel quel – de pouvoir jeter un œil par le biais d'un hublot à un bloc opératoire aussi vide qu'high-tech.

— Alors ?

Que répondre à ça...

— Très... tentant, en effet...

— Vous veniez pour du Botox, j'imagine. Et un lifting peut-être ?

Elle me dit cela les yeux dans les yeux, avec un air de complicité feint.

— On ne peut rien vous cacher, répondis-je en espaçant au maximum mes sourcils pour minimiser les dégâts.

Elle posa une main compatissante sur mon avant-bras et murmura :

— C'est votre première fois ?

— …

— Ne vous inquiétez, nos praticiens ont des doigts de fée. Retournons à l'accueil pour fixer ce rendez-vous.

J'étais en train de passer compulsivement mon index entre mes yeux quand je manquai de foncer dans une sculpture représentant un phénix en train de lutter avec une scolopendre, certainement réalisée par le cousin du designer de la chaise de l'accueil. Vincent Novak sortit alors de ce qui devait être l'espace stérilisation. Il poussait un petit chariot sur lequel étaient entassées une demi-douzaine de boîtes.

J'avais toujours vu Vincent totalement maître de ses émotions. Il ne laissait que très rarement paraître quoi que ce soit, mais, en prenant conscience de ma présence ici, l'espace de quelques secondes j'eus un aperçu de ce que pouvait exprimer celui qui apprend que sa maison a subi une explosion au gaz durant son absence. Je le vis déglutir avec peine, détourner la tête et reprendre son chemin le plus calmement possible. De mon côté, je m'excusai auprès de la sculpture sous le regard navré de Stacy et suivis la réceptionniste jusqu'à son bureau. Ses collègues soupirèrent en cœur, compatissant tout à fait avec l'épouvantable spécimen de patiente que je représentais.

— Nos douze praticiens sont tous aussi compétents les uns que les autres.

— Ah oui…, balbutiai-je en essayant de me percher à nouveau sur l'assise rotative de l'improbable chaise.

— Homme ? Femme ?

— Pardon ? Oh oui… Ça m'est égal…

— Mais votre amie…

— Un homme, incroyablement professionnel apparemment.

Elle fit une drôle de mimique et consulta son écran avec attention. D'un doigt expert et manucuré, elle tapota le plan de travail immaculé à plusieurs reprises. L'ambiance générale des lieux ajoutée à ma rencontre avec Vincent me rendait extrêmement nerveuse… Je n'avais qu'une hâte : quitter les lieux.

Mon plan était bancal, mais je ne pourrais regretter d'avoir tenté ma chance. J'avais malheureusement fait chou blanc : pas la moindre trace de Bianca, que ce soit dans les couloirs ou dans le dépliant. J'examinai avec attention la brochure avant de l'emporter. Sur une photo assez grande se tenait l'équipe au complet, mais là encore, point de Bianca.

— Ce rendez-vous ?

— Oui, bien sûr.

— Je peux vous proposer quinze heures le vendredi de la semaine prochaine ?

— Attendez que je réfléchisse…

— Nous avons eu un désistement… Vous avez beaucoup de chance… Sinon, les prochains créneaux seront dans un bon mois.

Je balançai le nom de la mère de Sidonie, ris sous cape et pris congé.

— N'oubliez pas votre petit carton, Madame Le Bonnec !

— Mademoiselle…

— Oui, excusez-moi… Mademoiselle…

En fonçant vers les ascenseurs, je jetais un coup d'œil en direction de la porte empruntée par Vincent Novak. Heureusement pour moi il ne réapparut pas. J'étais mal à l'aise d'être tombé sur lui… Cependant, j'aurais tout à fait pu venir pour un réel rendez-vous… Et puis, je n'avais rien à me reprocher, je n'étais pas en faute : j'étais passée à la clinique en dehors de mon temps de travail.

Malgré tout, j'avais dans l'idée que, quelles que soient les justifications dont j'userais, la situation ne tournerait pas à mon avantage…

25

Celle qui passait aux aveux

Je rejoignis Franco juste à temps et fis un court point avec lui. La journée s'était avérée épouvantablement monotone, et, mis à part les quelques passages habituels des habitants de l'immeuble et des patients de la clinique, mon collègue n'avait rien remarqué d'inhabituel.

— Ouvre l'œil ce soir. Ça sent le sapin, cette histoire.

— Je sais…

— On passe forcément à côté d'un truc… Quoi, je ne sais pas, mais on va le découvrir. Enfin, si tu y mets du tien.

J'avais déjà bien senti la veille qu'il avait une confiance somme toute très limitée en mes capacités.

— Je fais tout ce que je peux, me défendis-je un peu trop fort, ce qui eut effet de lui faire lever un sourcil.

Il fit comme le soir précédent danser une cigarette sur sa lèvre inférieure durant de longues minutes – ce qui manqua presque de m'hypnotiser – tout en consignant une dernière info sur le carnet commun, qu'il finit par me tendre d'un air suffisant.

— Allez… À plus.

Comprenez : sors de ma voiture, j'ai une demi-douzaine de chats à fouetter.

Je ne me fis pas prier et allai m'installer dans ma Clio.

En actionnant la poignée, je fus surprise de la trouver déverrouillée. En m'installant derrière le volant, je compris que ce n'était pas un oubli : Vincent Novak surgit de la banquette arrière et aboya une succession de phrases qui, sous le coup de la sidération et du choc, ne parvinrent pas tout de suite jusqu'à mon cerveau.

Voyant que je ne réagissais pas, il réitéra l'expérience, un ton plus bas et en articulant mieux.

— Non, mais ça ne va pas ?

— Qu'est-ce que tu es venue faire dans cette clinique !

J'avais encore ma mallette sur les genoux et je dois bien avouer qu'un court instant, je ressentis l'envie de tester le bon fonctionnement de ma bombe lacrymogène.

Pour une raison que je me m'expliquais pas – mon air effrayé, l'ambiance glauque de la rue baignée de la lumière blafarde des lampadaires, ou mes mains tremblantes, au choix –, il devina mes intentions.

— Pas de bêtises, Olympe.

— …

— Bon, je suis désolé d'avoir été aussi brusque.

— Ça va devenir une habitude ?

— Quoi ?

— Non rien…

Il soupira et s'adossa contre la banquette arrière, ce qui me permit de respirer un peu.

— Qu'est-ce que tu faisais là ? Réponds.

— Je prenais un rendez-vous, figure-toi !

Il se pencha à nouveau en avant et me dévisagea. Soit pour s'assurer que je disais la vérité, soit pour estimer l'étendue des dégâts.

Il pinça les lèvres et secoua la tête.

— Tu m'enfumes…

— …

— Alors ?

— Et toi !!!

— Comment ça ? se défendit-il.

— Pourquoi tu t'énerves ? Qu'est-ce que tu faisais là, toi aussi, à pousser ton petit chariot ?

Il eut l'air réellement surpris.

— Mais… Je bosse là !

— …

— Hugo ne t'a rien dit ?

Ah… Ce cher Hugo… Décidément…

— Non. Je ne savais pas.

— Je travaille sous couverture, et franchement j'ai bien failli me faire griller ! Je m'attendais à tout sauf à te voir !

— Je ne savais pas que je te faisais autant d'effet, raillai-je.

Cela eut au moins le mérite de le déstabiliser et de le calmer.

— Bon, excuse-moi… Je pensais que tu étais au courant…

Une idée germa aussitôt dans mon esprit farfelu : j'allais pouvoir tirer parti de cette histoire pour prendre quelques renseignements au sujet de Bianca.

— Ne te fais pas opérer, tu es très bien comme ça.

J'avalai mon chewing-gum de travers. Vincent se mit alors à me donner des tapes dans le dos. Gênée, mais rougissante, et bénissant donc la semi-obscurité qui régnait, je préférai ne pas relever cette espèce de compliment aussi bizarre que maladroit.

— Je te rappelle que je suis en train de travailler, et si ma cible en profite pour se décider à bouger…, commençai-je d'un ton très pro.

Il sortit de la voiture sans dire un mot, si bien que je crus un instant qu'il s'apprêtait à retourner à la clinique, mais contre toute attente il ouvrit la portière avant pour prendre place à côté de moi.

— Je vais surveiller moi-même l'immeuble pendant que tu me racontes ce que tu étais *vraiment* venue faire à la clinique.

Formidable.

Je regardai désespérément à ma gauche puis à ma droite : aucune échappatoire possible… N'ayant d'autres alternatives, je lui débitai donc dans les grandes lignes mes après-midi désœuvrées, l'attente interminable et la réapparition pour le moins étonnante de Bianca aussi bien dans ma vie que dans le périmètre, et ce de façon curieusement récurrente.

Vincent me regarda, incrédule.

— Tu as fait tout ça… pour suivre la cousine d'une de tes copines ?

Avec du recul, ça paraissait effectivement un peu excessif. Mais, avec du recul également, le petit manège de Bianca était pour le moins étrange… non ?

Pour être tout à fait honnête avec Vincent, et surtout appuyer mes propos, je lui racontai les événements de la nuit précédente, les allers et venues de la soirée, et la petite sauterie qui avait eu lieu au tout dernier étage.

Il écarquilla les yeux avant de me faire répéter.

— Tu sais tout. Quand elle est partie, elle avait l'air épuisée, et assez paniquée en fait.

— Tu aurais sa photo ?

Je sortis mon appareil et cherchai dans la carte mémoire. J'avais évidemment pris des clichés, je n'avais eu rien d'autre à faire.

Je zoomai sur la photo la plus exploitable, car si on mettait de côté celles où Bianca se drapait de foulards et autres étoles, ou encore celles où elle portait des lunettes de soleil, il n'en restait plus guère que quelques-unes de significatives…

Vincent grogna en observant la silhouette et secoua la tête lorsque je fis un gros plan sur son visage.

— Oui, je l'ai déjà vue. Elle passe effectivement plusieurs fois par jour.

— Alors ? Elle bosse à la clinique ?

Il fit une drôle de moue.

— Je n'en sais encore rien…

— Mais explique-moi… Quel est ton rôle exactement, là-bas ?

Il hésita avant de me répondre, soupira, puis dut décider que je n'étais pas assez dangereuse pour nuire à sa couverture.

— Hugo a accepté un gros dossier. C'est un peu une première dans le genre… Nous avons déjà fait des infiltrations, mais ça a toujours été hyper encadré et préparé à l'avance…

Je sentais qu'il n'osait dire qu'Hugo s'était un peu avancé.

— Bref, cette fois, je bosse sans filet…

— Je ne comprends pas bien…

— Les investisseurs de la clinique ont depuis quelque temps des doutes concernant des malversations au sein de l'établissement. En gros, il rentre moins d'argent qu'il ne devrait en rentrer.

— Et ?

Devant tant d'impatience il leva les yeux au ciel.

— Et on a proposé à Hugo de tirer ça au clair. J'ai donc été parachuté il y a peu à un emploi fictif de magasinier/homme à tout faire, et je dois faire un rapport sur tout le monde.

— Ça avance comme tu veux ?

Il soupira. Presque soulagé de se livrer.

— C'est de la haute voltige ! Je suis paumé dans les tâches qu'on me demande de faire et je dois pourtant assurer, sans quoi je vais me faire griller. Et en parallèle, il y a tant d'employés… Entre les infirmières, les aides-soignantes, les réceptionnistes et les médecins…

— Il manque beaucoup dans la caisse ?

— Suffisamment pour que le directoire ait proposé un gros paquet de fric à Hugo pour qu'il découvre le problème ! C'est pour ça que mon faisceau de présomption se resserre sur les médecins… Je ne vois pas comment le « petit personnel » aurait accès à de si grosses sommes. De plus, du matériel médical se volatilise…

— Et voilà que Bianca se retrouve au milieu de tout ça…

Il sourit, ce qui lui donna dix ans de moins.

— Ta Bianca ? Vaste sujet… Je me posais justement pas mal de questions à son propos…

J'avais remarqué qu'il avait tiqué lorsque j'avais évoqué la soirée au dernier étage, mais curieusement, il ne me posa pas de questions sur ce point. J'étais persuadée qu'il en savait beaucoup plus qu'il ne voulait bien m'en dire.

Je choisis de mettre les pieds dans le plat tout en continuant de fixer les fenêtres désespérément vides de Gilles Laguiole.

— Et donc, le fait qu'elle passe aussi la nuit avec des célébrités et qu'ils se rendent tous ensemble là-haut…

Ses yeux montèrent jusqu'en haut de la clinique, plongée dans le noir en cet instant.

— Dans le club de cigares ?

Première nouvelle.

— Le club de quoi ?

Il sortit une petite paire de jumelles de la poche de blouson et fixa la façade de ma cible, puis reprit sans me regarder :

— Le CC : Club de Cigares.

Comme une imbécile que j'étais, j'avais imaginé que ces deux lettres étaient simplement l'acronyme de Clinique Chirurgicale.

— C'est d'ailleurs assez coté comme club. Je ne suis pas étonné que tu y aies vu du gratin…

Il plissa les paupières et pointa un index devant lui.

— Tiens, petite soirée au troisième, par ici.

Effectivement, depuis une vingtaine de minutes, de nombreuses personnes se pressaient aux portes de l'immeuble de Gilles Laguiole.

— Oui, bon, ce n'est pas ce qui nous intéresse. Tu ne trouves pas bizarre que Bianca – qui, crois-moi sur parole, est toujours partante pour les coups tordus – passe son temps ici ?

— Tu sais moi, ce que j'en dis…

— J'ai l'impression d'entendre ma grand-mère…

— Pardon ?

— Laisse tomber, moi je trouve que c'est étrange.

Vincent posa ses jumelles sur ses genoux et se tourna vers moi.

— Ta Bianca… Elle n'a rien d'un escroc. Pour tout dire, je suis à peu près certain qu'elle est call-girl.

Bam. Comme ça. Sans préambule.

— Impossible ! répondis-je du tac au tac.

Il haussa les épaules puis les laissa retomber nonchalamment, en vieil habitué des situations dramatiques.

— Tu verras…

Il rangea ses jumelles dans sa poche.

— En attendant, moi, je mise sur les chirurgiens. Depuis deux ans, les sommes encaissées baissent alors que l'afflux des patients est toujours aussi régulier.

Il roulait des mécaniques, sur l'air de « moi, on ne me la fait pas », quand il se figea en pleine phrase. Il ressortit ses jumelles et les pointa vers la clinique. Le dernier étage s'illumina, en bas des voitures commençaient à arriver, mais apparemment c'est tout autre chose qui l'intriguait.

— Tiens, tiens…

Je me tordis le cou sans succès.

— Tu me les prêtes ?

— Ta copine est là, mais ce n'est pas sa présence qui me surprend.

Je tirai sur son avant-bras, mais il ne céda pas. Musculature impressionnante au passage.

— Attends une seconde !

Il tourna la molette centrale pour régler la vision, puis finit par me tendre les jumelles.

— Le blond en costume.

— Cravate bleu roi ?

Il prit un air de dégoût, visiblement pas du tout son style vestimentaire…

— Oui, c'est ça.

— Eh bien ?

— C'est Chapuis, un des chirurgiens de la clinique.

— Et ?

— Je trouve ça curieux.

Personnellement, je ne voyais pas en quoi la présence d'un chirurgien de la clinique s'avérait étrange, alors même que

Bianca squattait pour ainsi dire le coin… Toutefois, le grand blond, plutôt beau gosse, se pencha vers un autre homme et se mit à lui toucher le visage. Vincent trouva la chose également suspecte, car il m'arracha les jumelles des mains et refit la mise au point.

— J'hallucine !

Même sans jumelles, et grâce au lampadaire situé pile au-dessus du petit groupe, je devinais ce qui interpellait mon collègue. Le chirurgien longeait d'un index le front d'un homme connu dans le monde de la musique, un agent si mes souvenirs étaient bons.

— Eh bien, tu as bien fait de passer finalement ! lança-t-il subitement tout guilleret.

— Quoi ?

— Je vais évidemment vérifier tout ça, mais je suis presque certain que ce chirurgien fait quelques extras la nuit. Au black, j'imagine… C'est autant d'argent qui ne transite pas par la clinique. Voilà d'où vient le manque à gagner.

Bianca se trémoussait au bras d'un homme, elle poussa une femme assez menue devant elle. Le groupe entier pénétra dans le hall de l'hôtel, pour gagner, nous ne pouvions que l'imaginer, le fameux club de cigares situé au dernier étage de la clinique.

— Et ta Bianca n'est peut-être pas call-girl…

— Je te dis que ce n'est pas possible !

— Je penche pour rabatteuse, mais il va falloir que je creuse un peu.

26

Celle qui oubliait son téléphone

Il était près de vingt heures et Vincent fit mine de sortir de la voiture.

— Tu fais quoi ?

Il se tourna vers moi en souriant.

— Mon travail, très chère ! Je ne peux décemment pas rater une occasion pareille.

Je regardais les fenêtres de Gilles Laguiole toujours plongées dans le noir. Un peu plus haut, quelques silhouettes commençaient à danser.

— Je viens !

C'était une affirmation, et non une suggestion. J'avais beaucoup plus envie de fouiner avec mon collègue plutôt que de passer la nuit sur mon volant à lutter contre le sommeil.

Vincent ricana.

— Hors de question !

Mon téléphone vibra, je me hâtais de le sortir :

Tout va bien ici. Mathieu vient de passer. Bon courage pour ta nuit. Des bisous. Aglaé

Je soupçonnai Vincent d'avoir lu le message…

— Vraiment pas un job pour une mère de famille…, marmonna-t-il avant de claquer la portière.

Je le regardai s'éloigner en direction de la clinique, mais il bifurqua dans une minuscule impasse qui jouxtait l'immeuble, très certainement une entrée secondaire. Malin, celle principale était surveillée nuit et jour par un gardien, comme j'avais pu le constater l'autre soir.

Je tentai de me concentrer sur ma mission principale, mais sans succès. Une dizaine de personnes supplémentaires rejoignirent ce qui semblait être une fête, mais pas la moindre trace de Laguiole. J'avais tellement regardé sa photo que j'avais la vague impression de rechercher un membre de ma famille perdu de vue.

À minuit, je m'étais déjà assoupie deux fois, ma Thermos de thé était vide et j'avais mangé entièrement le sandwich confectionné par Aglaé. Je savais que ce que je m'apprêtais à faire était une très mauvaise idée, seulement, je me persuadai que Vincent devait être en danger : il était plus que suspect qu'il ne soit pas encore réapparu, non ? Aussi, je sortis de la Clio et décidai d'aller simplement jeter un œil à la ruelle dans laquelle j'avais vu Novak disparaître quelques heures plus tôt.

L'accès se révéla très étroit, mais suffisant pour qu'une petite camionnette puisse livrer par une entrée plus discrète des colis et du matériel à la clinique. Je me glissai jusqu'à la porte coupe-feu. Une petite pierre avait été disposée de façon à en empêcher la fermeture. Je me demandai bien pourquoi, étant donné qu'un lecteur de carte permettait à ceux qui en détenaient l'autorisation d'entrer. Cependant la chose m'arrangea bien sur le moment et je décidai de pousser la porte et de mener gentiment ma propre part de l'enquête.

J'atterris dans un couloir typique des hôpitaux : long, glauque et mal éclairé. Je me trouvai dans les coulisses de la clinique, dédiées aux réserves et autres salles de stock. Après une succession de pièces jonchées de cartons, je trouvai enfin un escalier. J'hésitai un quart de seconde, mais ce que je cherchais m'attendait définitivement dans les étages… Vincent avait dû essayer de fureter au plus près du club de cigares.

Je montai le plus haut possible et avisai la porte de sortie. Après avoir respiré un bon coup, je l'entrouvris et me retrouvai dans le noir presque complet. J'entendais vaguement de la musique, cependant celle-ci semblait plus lointaine. J'ouvris un peu plus grand la porte et progressai à la lueur des quelques lampes de secours qui jalonnaient l'espace. Je me trouvais dans un lieu identique à celui dans lequel j'avais évolué plus tôt dans la journée, c'est-à-dire dans l'un des services de la clinique et non au tout dernier étage. Je revins sur mes pas et compris le pourquoi de la chose en regardant le haut de la cage d'escalier : le dernier étage n'était apparemment accessible que par ascenseur… Pas vraiment discret.

— Mince !

Je déambulai dans le service, trouvai deux salles d'attente, un bloc, et l'accueil. Service uniquement ambulatoire à cet étage : pas de patients endormis ni de personnel de garde sommeillant dans un coin, une chance pour moi. J'accédai enfin au palier. Deux ascenseurs se trouvaient là. Le premier venait du rez-de-chaussée et desservait tous les étages médicaux, le deuxième ne semblait faire que le va-et-vient entre cet étage et le club, comme dans certains grands hôtels avec partie ultra privatisée.

Je m'étais avancée et observais les portes de ce dernier quand celui-ci se mit subitement en branle. Je m'efforçai de ne pas paniquer, des adhérents du club allaient arriver et emprunter le deuxième ascenseur, je devais simplement me replier et regagner le service par lequel j'étais arrivée… J'étais finalement assez fière de mon sang-froid… Olympe McQueen : détective ou bien ?

Je me faufilai derrière l'épaisse porte, dans la quasi-obscurité, et attendis quelques secondes que la voie soit à nouveau libre pour retourner à mon poste d'observation. Seulement, et pour une raison que j'ignore, je subis à cet instant le concept du « quand ça veut pas, ça veut pas », développé par Mamie Jeanne qui le tenait elle-même de Barbara Cartland – loi assez obscure et pénible qui veut que, comme son nom l'indique, quelquefois « quand ça veut pas, ça veut pas ». Des bruits de pas précipités se firent soudain entendre, et malgré le peu d'études supérieures suivies, je compris rapidement que quelqu'un venait dans ma direction.

Respectant donc l'adage « courage, fuyons » que Mamie Jeanne tenait également d'une télénovelas quelconque, je pris mes jambes à mon cou et me précipitai à toute vitesse vers l'escalier. Je me félicitai de l'achat de ces baskets et sprintai à peu près sans bruit. Je dis bien à peu près, car j'entendis distinctement un « Olympe » au moment où je pénétrai dans la cage d'escalier. Je continuai de progresser tout en réalisant que ce ne pouvait être que Vincent. Dans ma précipitation, j'accrochai la lanière de mon sac à main à une poignée et le contenu se déversa intégralement à mes pieds.

— Génial, jura Novak dans mon dos.

— C'est bon…

Il m'aida à rassembler mes affaires.

— Dépêche-toi ! Je suis parti car ça commençait à sentir le roussi.

Je le suivis dans le couloir et nous débouchâmes dans la ruelle quelques secondes plus tard.

— Ta Clio, vite.

En faisant toujours un petit détour pour plus de sécurité, nous arrivâmes jusqu'à ma voiture. Moi, totalement essoufflée, Vincent Novak, frais comme un gardon, cherchez l'erreur.

Une fois installée dans l'habitacle, je l'assaillis de questions.

Il attrapa une petite bouteille d'eau et but plusieurs gorgées si lentement que je faillis lui arracher le récipient des mains.

— Poker Face, finit-il par dire.

— … mais encore ?

Il se mit à rire.

— Tu n'as visiblement pas pris patience en seconde langue, toi…

Il m'avait piquée à vif, mais je ne capitulai pas pour autant.

— Allez raconte !

— …

— Et Bianca dans tout ça ?

Il soupira très fort pour bien me signifier que je le saoulais.

— C'est bien ce que je pensais, annonça-t-il avec une pointe d'autosatisfaction. Ta copine…

— Ce n'est pas ma copine !

Il souffla par le nez cette fois, définitivement agacé par mes interruptions.

— Ta copine rabat du monde au chirurgien…

Je tiquai.

— Pour… se faire opérer ?

— Botox, principalement.

Il attrapa le paquet de chewing-gums à la chlorophylle posé sur le tableau de bord, et s'en servit deux qu'il balança dans sa bouche. Il aimait faire durer le plaisir ou me faire tourner en bourrique, au choix.

— Donc…

— Donc, j'ai réussi à rentrer dans un des salons du club sans me faire remarquer, ce qui en soi est déjà un petit miracle. J'ai ensuite échangé avec un type qui filait le parfait amour avec une bouteille de whisky… Il semblerait que cette fille écume les clubs de pokers…

Horripilant.

— Et…

— Et elle ramène des clients potentiels au Dr Chapuis.

— Tu ne pourrais pas être plus clair, bon sang !

Il fit claquer une grosse bulle avant de répondre.

— Tu as déjà entendu parler de « poker face » ?

— C'est une chanson, nan ?

Il éluda ma réponse et reprit aussitôt :

— C'est le comportement d'un joueur de poker lorsqu'il s'apprête à jouer une main ou lorsqu'il regarde ses cartes.

— …

— Il est très important de savoir maîtriser ses émotions quand on joue aux jeux d'argent, et de rester parfaitement maître de sa personne. De ne laisser transparaître que l'image que l'on veut bien donner.

— …

— Pour beaucoup de joueurs, le fameux « poker face » est un visage impassible où aucun indice n'est donné à l'adversaire.

— Mais encore…

— C'est là qu'interviennent le doc et son précieux Botox.

— Tu plaisantes ?

— Le type à qui j'ai parlé avait apparemment un tic à la paupière. Il m'a dit que, grâce à l'intervention de Chapuis, il avait terminé en bonne place à trois tournois.

— Incroyable !

— Il y a des sommes colossales en jeu, tu sais… C'est plutôt malin dans le fond.

— C'est n'importe quoi !

Novak fit alors une mimique assez étonnante, qui n'était pas sans me rappeler celle de De Niro dans la scène du miroir de *Taxi Driver*. Je me retins de pouffer.

— Alors tu en es sûr ? Bianca… dans les cercles de poker ?

— Elle doit toucher de belles commissions…

— Tu penses donc que ton chirurgien irait figer tous ces joueurs à la chaîne, le soir dans le club d'amateurs de cigares. C'est un peu tiré par le lifting, non ?

— Du tout. Je n'aurais pas trouvé mieux moi-même, conclut-il. Pratique, efficace et discret.

Ça se discutait après tout…

— De plus, comme les joueurs sont tous plus ou moins connus, le chir leur fixe rendez-vous ici les soirs où il sait qu'ils ne rencontreront pas d'autres têtes connues… Cette pratique existe déjà aux États-Unis, il me semble…

— Quand je vais raconter ça à mon grand-père…

Novak se tourna vers moi.

— Il joue au poker ?

— Pas au poker, non… D'ailleurs c'est une mauvaise idée, en fin de compte… Mais parlons d'autre chose et revenons à Bianca : tu l'as croisée ?

— De loin, mais je ne tenais pas à me faire repérer. Et puis, une demi-douzaine de personnes sont arrivées et j'en ai profité pour filer… et c'est pile le moment où je te suis tombé dessus.

— Oh… Ça va…

— Enfin, peut-être devrais-je te remercier, finalement. Mon affaire a sacrément progressé : Chapuis détourne de la clientèle et des produits et s'en met plein les poches. Je vais pouvoir boucler tout ça rapidement !

Un couple sortit de l'immeuble de Laguiole et agita la main en direction d'une fenêtre.

Mon téléphone se mit à vibrer. Pensant soudainement à Aglaé et aux mille catastrophes envisageables, je saisis mon sac à main.

— C'est moi, annonça Vincent en sortant son smartphone d'une poche intérieure.

Il consulta un SMS et le rangea tandis que je cherchais compulsivement le mien. Introuvable.

— Oh ! Non !

— Quoi ?

— Hum hum…

— Ne me dis pas…

— Je crois que si…

— Tu es un véritable paratonnerre à embrouilles, c'est pas croyable !

J'en étais certaine, lors du vol plané effectué par mon sac, le téléphone était resté quelque part sur le sol du palier.

— Non, mais déjà, tu ne regardes pas de films ?

— …

— Tu vois souvent des détectives avec des talons et des sacs à main qui débordent ?

— J'ai des baskets, tempérai-je.

Il ferma les yeux et retint brièvement sa respiration.

— J'y vais, lançai-je. Surveille l'immeuble pour moi pendant ce temps.

Et sans lui laisser le temps d'objecter quoi que ce soit, je déguerpis de la voiture : direction la ruelle.

Et c'est ainsi, en allant récupérer mon téléphone dans la cage d'escalier, que je suis tombée sur le corps de Bianca… Je ne peux encore m'expliquer comment, totalement sous le choc, j'ai eu l'énergie de regagner la Clio et la présence d'esprit d'appeler Mathieu…

27

Celle qui appelait à la rescousse

Mathieu eut beau faire vite, il n'arriva que quarante-cinq minutes plus tard. Quarante-cinq très très longues minutes, durant lesquelles je patientais dans la voiture, en vérifiant toutes les six secondes que les portières étaient bien verrouillées.

Vincent ne réapparut pas durant ce laps de temps, et je fixai le pare-brise, incapable de quoi que ce soit d'autre en attendant la venue de mon sauveur, tandis que les derniers fêtards quittaient la soirée de l'immeuble de Laguiole en parlant un peu plus fort que de mesure.

Lorsque l'on toqua à ma vitre, je retins ma respiration en priant pour qu'il s'agisse de mon voisin ou au pire de mon collègue… Mathieu avait les cheveux en bataille, et portait une veste en cuir mise à même le tee-shirt avec lequel il devait dormir à en voir le côté froissé. Il me fit signe de déverrouiller les portières et vint s'installer à côté de moi. Décidément, ma Clio devenait le dernier endroit à la mode.

J'avais préparé un petit bonjour timide et reconnaissant, ainsi que d'autres formules de bienvenue, mais Mathieu n'avait pas l'air décidé à faire la causette.

— Qu'est-ce que c'est que cette histoire ?

— Merci d'être venu, bredouillai-je.

— Vous êtes bien certaine que cette personne est... décédée ?

Je n'avais vu de cadavre qu'une seule autre fois dans ma vie – un pauvre type qui avait succombé à une crise cardiaque en plein centre commercial – alors, oui, j'en étais certaine, Bianca n'était pas simplement en train de faire une pause syndicale quand je l'avais enjambée.

— Aussi sûre qu'il est possible de l'être.

— Bon... Allons voir ça.

Je me trouvai bien embêtée. J'avais demandé l'aide de Mathieu car j'estimai qu'il était le plus à même de gérer ce genre de situation, mais je n'avais pas envisagé une seule seconde devoir retourner dans cette cage d'escalier. Autant dire que l'idée me réjouissait à peu près autant que de me faire arracher les ongles un à un. Mathieu dut le comprendre puisqu'il s'exprima ensuite d'une voix beaucoup plus douce.

— Il faut juste que vous m'indiquiez le chemin.

Sans un mot, je sortis de la Clio et empruntai le même trajet que deux fois plus tôt au cours de cette interminable nuit. Foulque et la photographie culinaire me manquaient à cet instant avec une force incroyable.

Mathieu ne dit rien en me suivant dans la ruelle, ni en empruntant le passage réservé au personnel accrédité. Il ne pipa mot non plus quand nous longeâmes le couloir et quand nous débutâmes l'ascension des trois étages. Lorsque je fus à une volée de marches du corps de Bianca, je stoppai net. C'était au dessus de mes moyens.

— Continuez, vous y êtes presque…

Mathieu hocha la tête et me pressa gentiment l'avant-bras, ce qui me fit frissonner encore un peu plus.

En attendant qu'il aille constater par lui-même l'étendue des dégâts, je m'assis sur une marche et posai mon front sur mes avant-bras entrecroisés. Je l'entendis distinctement avancer jusqu'au palier suivant et tentai de faire le vide dans ma tête : Bianca était morte. Elle était repartie de ma vie encore plus vite qu'elle y était entrée à nouveau. Depuis la découverte de son corps, j'éludai la réalité de la chose, et sentis que, d'une seconde à l'autre, j'allais craquer et fondre en larmes.

Je n'entendis pas Mathieu revenir à ma hauteur, et il dut me tapoter la tête pour me sortir de mes pensées.

— Olympe ?

— …

— Olympe !

— …

Je levai enfin la tête, il ne devait pas être loin de cinq heures désormais et la fatigue et l'émotion prenaient définitivement le dessus.

— Vous avez pris des substances ces derniers temps ?

En reprenant mes esprits, j'avais tenté de lui sourire, mais je sentis ma lèvre supérieure tressauter, conséquence fâcheuse d'un manque de magnésium, ou d'un accès de panique.

— De la drogue ?

Il avait tout de même un sens de l'humour qui ne me plaisait plus qu'à moitié.

Il s'assit à côté de moi.

— Vous pouvez me le dire… Je sais très bien ce que c'est d'être dépassé par les événements…

— …

— La perte de votre emploi précédent, ce nouveau travail… Sans compter que vous élevez seule Aglaé…

Ce n'était donc pas de l'humour.

— Vous… êtes sérieux ?

Il posa une main compatissante sur mon genou. En d'autres circonstances, j'aurais sauté au plafond, mais là, j'étais simplement sidérée.

Je levai les paumes en l'air en signe d'étonnement.

— Olympe…

J'eus soudain un très mauvais pressentiment, me levai et entrepris d'avancer jusqu'au corps de la cousine de Rachel. Il n'y avait personne. Rien. Pas le moindre cheveu soyeux, pas de trace quelconque d'un œil de biche, ni même l'ombre d'une gouttelette de sang.

— Qu'est-ce que…

Mathieu se tenait à côté de moi. Il me regardait avec tellement d'empathie que j'éprouvai soudain l'envie de lui montrer à quel point une mauvaise chute dans les escaliers pouvait s'avérer fatale. Évidemment, je devais reconnaître que les talents cachés façon Houdini de Bianca pouvaient avoir quelque chose de déconcertant, et que globalement mes journées commençaient à avoir un petit côté plaies d'Égypte.

— Je n'ai rien inventé…

Le silence de mon voisin ne laissait rien présager de bon. Je me tournai vers lui.

— Je vous dis qu'elle était là ! Le cou tordu, du sang partout.

Je montai les marches pour appuyer mes propos.

— J'ai dû passer par-dessus son corps pour aller récupérer mon téléphone là-haut. À cette pensée, j'eus un haut-le-cœur.

— Je suis allée là, et puis là, et Bianca se trouvait allongée comme ça, ajoutai-je en mimant de façon grotesque et approximative.

— Retournons à votre voiture, Olympe…

— Mais non ! Je vois bien que vous ne me croyez pas !

— …

— J'aurais dû faire un selfie…

Ok, pour quelqu'un qui assurait ne pas prendre de drogue, ce n'était pas la remarque la plus judicieuse de l'année.

Abattue et résignée, je suivis Mathieu jusqu'au rez-de-chaussée. Une fois dans la ruelle, je tiltai.

— Mes chaussures !!!

— …

Je me tins au mur, et à la lueur d'un lampadaire montrai ma semelle à Mathieu. Elle était toute tachée de rouge sombre. Je le vis froncer les sourcils, un peu déstabilisé, mais pas encore persuadé pour autant.

En arrivant devant la Clio, je me mis à trembler. Vincent s'y trouvait…

— C'est qui lui ? demanda Mathieu un peu trop vivement.

— Mon collègue, Vincent Novak.

Mathieu écarquilla très brièvement les yeux, mais suffisamment pour que je m'en rende compte.

— Je vous laisse monter à l'arrière ?

N'ayant pas d'autre choix, il s'exécuta de mauvaise grâce. Voilà comment nous nous retrouvâmes, trio improbable, au petit matin dans ma voiture transformée temporairement en cellule de crise.

— Mathieu, Vincent…

Ils ne s'adressèrent pas le moindre regard et c'est Vincent qui s'exprima le premier :

— Je peux savoir où tu étais passée ?

— Eh ! Ça va ! Tu étais parti quand je suis revenue avec mon téléphone.

Il parut soulagé.

— Tu as pu le récupérer sans problème ?

— Hum… disons que je n'ai pas trouvé que mon téléphone dans la cage d'escalier.

Mathieu se racla la gorge, comme pour nous rappeler sa présence.

— Pour être honnête, j'y ai aussi trouvé Bianca…

— Bianca ?

— … un tout petit peu décédée…

— …

— Enfin beaucoup, pour être vraiment précise.

Vincent Novak ouvrit la bouche en grand et ses yeux se mirent à décrire des mouvements anarchiques.

— Tu as saisi le sens de ma phrase ?

Mathieu toussota.

— Si je peux me permettre, je n'ai rien constaté de tout ça.

Vincent se tourna cette fois vers mon voisin.

— Mais c'est quoi son problème à lui ? Et qu'est-ce qu'il fait ici ?

Je pris une profonde inspiration avant de me lancer.

— Mathieu est mon voisin, il a gentiment accepté de venir m'aider.

— …

— Tu n'étais plus là, j'ai paniqué ! Et puis il est capitaine de police !

Cette fois, je crus vraiment que Vincent allait faire une attaque. Ses yeux s'ouvrirent si grand que je pus discerner deux millimètres de blanc autour de ses iris.

— Ça va ! Il ne dira rien !

Un doute m'étreint subitement.

— Vous ne direz rien ?

— Je ne me souviens pas avoir promis quelque chose dans ce goût-là… mais comme je n'ai trouvé aucun corps…

— Il n'y a plus le corps ? réagit aussitôt Vincent.

— Non, dus-je me résigner à avouer. Mais ma semelle est pleine de sang ! C'est une preuve, non ?

— …

— Tu as bu ? demanda doucement Vincent.

— Oh ! Mais ce n'est pas vrai ! Vous avez décidé de vous liguer contre moi ou quoi ?

Un silence beaucoup trop lourd et dense pour tenir dans une Clio contenant déjà trois personnes s'installa.

Mathieu finit par intervenir à nouveau :

— Je crois qu'il est temps pour moi d'y aller.

— Euh… Oui, bien sûr… merci d'être passé.

— …

C'était, il me semble en tout cas, le genre de platitude à dire à un voisin policier qui venait constater un décès en dehors de ses heures de service, non ?

Une fois la silhouette disparue dans la rue, Vincent laissa libre cours à sa colère.

— Qu'est-ce qui t'a pris de faire venir ce flic !

— Je ne savais pas quoi faire ! Je tombe sur un cadavre… Tu étais parti… Qu'est-ce que je pouvais faire ?

— Attendre !

— Mais tu étais où ?

— Dans l'immeuble de Laguiole.

— …

— En train de faire ton job…

— …

— Quand je pense que je voulais te rendre service… Voyez-vous ça…

Il se frotta le visage, il avait sérieusement débordé sur ses horaires de boulot, sachant qu'il aurait dû quitter son poste à dix-neuf heures la veille…

— Tu es bien certaine qu'elle n'était pas juste blessée ?

— Il y avait tant de sang qu'on aurait pu faire deux mètres de boudin !

Vincent hésitait à sortir de la voiture quand mes nerfs lâchèrent.

— Je te promets qu'elle était morte, morte et remorte !

— …

— Je te le jure !

— Et lorsque tu y es retourné avec ce flic, plus rien ?

— Rien… Nickel… On aurait pu manger par terre.

Il soupira et sembla réfléchir.

— Tu dis que c'est la volée de marches juste après l'endroit où ton sac s'est vidé ?

— Oui…

— J'y passerai tout à l'heure pour regarder ça de plus près. Moi qui pensais en avoir fini avec ce dossier…

— Il faut que tu suives le chirurgien. Ce Chapuis…

— Bien sûr, c'est prévu… Mais je comptais également cuisiner Bianca au passage…

Ça, c'était râpé… J'avais du mal à intégrer son décès, comme si tout ça n'était qu'un mauvais rêve.

— Bon, au cas où ça t'intéresse, j'ai du nouveau en ce qui concerne Laguiole.

— Quoi ? !

Il commença à sortir de la voiture.

— Je ne t'en dirai pas plus, tu vas encore tout faire foirer. Débrouille-toi pour reprendre le service de ce soir et je passerai te voir.

Oh non… J'avais déjà tant de sommeil en retard… Si ça continuait, j'allais réellement finir par me mettre à la drogue pour tenir le coup…

— Rentre chez toi maintenant… Et dors, me dit-il comme s'il lisait mes pensées.

Il partit sans se retourner et disparut au coin de la rue.

28

Celle qui voulait prendre des cours de maths

Lorsque j'arrivai chez moi, Aglaé était déjà prête à partir au collège.

— La mère de Sidonie passe me prendre. Elle nous accompagne à la sortie scolaire.

— Génial.

— Comme tu ne m'avais pas signé l'autorisation, j'ai pris la liberté de la remplir et d'imiter ta signature.

— Prends, prends… Prends tout ce que tu veux ma chérie, dis-je en m'écroulant sur le canapé.

— Va te coucher, Maman !

— Gnnn…

— Tu vas pas t'endormir là ! Allez ! File dans ta chambre !

J'obtempérai en râlant, mais retrouvai avec joie mon lit.

— Papa a appelé hier soir. On doit le retrouver à vingt heures pour la soirée Scrabble/massages de la nuque.

— Nan… Le cauchemar… Me dis pas que c'est déjà ce soir…

— Et si…

Les paroles de Vincent Novak me revinrent en mémoire et je me redressai d'un coup.

— Bon sang ! Je ne pourrais pas y aller !

Aglaé me dévisagea.

— Tu refais la nuit ?

— Oui…, soufflai-je, et cette fois, je n'ai vraiment pas le choix.

— Papa ne va pas être content… Tu sais à quel point il tient à tout ce folklore…

Oui, mais j'allais pouvoir lui laisser notre fille en garde, et c'était le point positif.

— Il faudrait lui ramener de la mousse au chocolat, tu sais bien que lorsqu'on lui met de la mousse au chocolat sous le nez, il laisse tout passer.

— Ça, c'est vrai, acquiesça Aglaé.

— Tu pourrais faire de la mousse au chocolat ?

Elle leva les yeux au ciel.

— Va pour la mousse au chocolat, dit-elle d'une voix traînante tandis que je m'enfonçais un peu plus profondément sous la couette.

Je fus réveillé par la sonnerie de mon téléphone.

J'avais dû dormir profondément, car je constatai en saisissant l'appareil que plusieurs appels s'étaient succédé toute la matinée sans que je n'entende quoi que ce soit. Stella avait tenté de me joindre, suivie de Natacha, de ma mère et pour finir, d'Hugo. Je décidai de commencer les rappels par mon ami, je devais régler en priorité le détail de ma permanence du soir.

— Salut boss !

— Olympe…

Il avait la voix fatiguée, et plus du tout l'entrain habituel du Hugo que je connaissais.

— J'ai besoin de retourner bosser ce soir, je pense que ça va être plus judicieux qu'en journée.

— Ok.

— Ok ?

— Écoute, je te fais confiance. Tu dois avoir une bonne raison de me demander ça…

— Bon, ben c'est parfait alors.

— Alors à plus tard, Olympe.

— Eh ! Attends…

— Oui ?

— Faudra qu'on se prenne un pot un de ces jours, ou que tu passes prendre l'apéro… Et que je garde les enfants aussi.

— Tu sais, en ce moment, on ne sort pas des masses… Mais promis, j'y pense…

— Très bien…

Je raccrochai énervée, il me prenait vraiment et délibérément pour un lapin de six semaines.

M'armant de courage, je m'attelai ensuite à la tâche qui me portait le plus peine : rappeler Natacha.

Elle décrocha en larmes.

— Il me trompe, ce salaud ! J'en étais sûre !

— Attends, reprends calmement…

— Je l'ai suivi ! Comme tu ne le faisais pas…

— Je n'ai pas eu le temps de te rappeler, Nat ! Mais je te promets que je ne suis pas restée sans rien faire…

— Eh bien, moi, je l'ai pas lâché, figure-toi ! Et je n'ai pas été déçue… Il voit deux maîtresses, et super régulièrement, quel pauvre type…

— …

— Et pendant ce temps-là, moi, je reste avec les garçons à l'attendre et me morfondre…

Je lui demandai les adresses. Elles concordaient avec celles de l'autre jour…

— Je vais y faire un tour…

— Ne te donne pas cette peine ! C'est trop tard : j'ai commencé à faire mes valises !

— Natacha…

— Je voulais juste t'en informer. Je ne tenais pas à ce que tu gaspilles ton temps et ton énergie pour ce toquard… Et puis, j'ai eu Antoinette au téléphone également : elle dit qu'elle est persuadée qu'il a une liaison depuis quelque temps !

Je passai le reste de la communication à essayer de la raisonner, mais ne parvins qu'à gagner deux jours de répit en tentant d'arranger de manière éhontée les informations que j'avais pu glaner.

Puis, ce fut le moment d'appeler Stella. Ma collègue était elle aussi venue à la pêche aux renseignements.

— Tant que j'y suis. Je peux aussi savoir ce que tu as fait à notre Novak, il est tout chafouin.

— Chafouin ?

— Oui, je ne sais pas, grognon et un peu mou. Enfin, il est déjà reparti sur son site, il n'a fait que passer… Pour regarder ton dossier d'ailleurs !

Du Stella tout craché, elle distillait les infos au compte-gouttes.

— Dis-m'en plus !

— Oui, oui, oui… Quand tu te seras réellement rencardé sur les activités d'Hugo.

— Et ces rendez-vous lundi ? Tu as réussi à les caler ?

— Bien sûr ! Et il va falloir que tu assures sacrément, ma jolie…

Je grimaçai à l'autre bout du fil, sans faire le moindre commentaire. Oui, il allait falloir sacrément assurer pour donner envie aux entreprises de passer par-dessus les mauvaises impressions et signer avec P&F…

Ma mère rappela au moment où je composais son numéro.

— Est-ce que je peux venir habiter chez toi, le temps de quelques semaines ?

— Euh… Bonjour, Maman…

— Je n'en peux plus… Je ne suis plus chez moi !

— Qu'est-ce qui se passe ?

— Figure-toi que ton père et Papy s'entendent comme larrons en foire. Il lui a transmis le goût de la belote, ou du bridge, du rami, je ne sais plus où j'en suis !

— Ah…

— Cerise sur le gâteau, Barbara Cartland passe désormais ses journées entières à demeure ! Je vais imploser !

— Marie habite plus près, ce serait plus pratique pour toi, tu sais…, tentai-je lâchement en imaginant ma mère squatter mon lit pendant que je dormais sur le canapé.

— Ta sœur ? Ne me parle pas d'elle en ce moment, je t'en supplie !

Je me demandai quel crime de lèse-majesté avait bien pu commettre mon aînée pour ne plus être dans les bonnes grâces de la Reine Mère.

— Figure-toi que je m'ennuie tellement que je lui ai proposé de lui confectionner leurs tenues de danse, ils ont choisi le thème Brésil, et j'avais des tonnes d'idées toutes plus brillantes les unes que les autres. Bref, je m'en réjouissais d'avance…

— Et ?

— Et c'est la mère de Patrick qui a remporté le marché ! Ha ! Ha ! Ha ! Je leur promets un truc hideux ! Elle a deux mains gauches, cette gourde !

— C'est moche et mesquin, en effet... Mais, Maman, on va finir par te trouver un truc, mais un truc vraiment sympa à te faire faire... ok ?

— Et pour ce qui est de venir chez toi ?

— Bah... Si vraiment tu n'en peux plus...

— Génial !

Achevez-moi...

— J'arriverai en fin de journée !

Au cyanure...

— Tu ne crois pas que tu devrais attendre quelques jours de plus ?

— Pour quoi faire ?

— Que ferait Papa sans toi ?

La corde sensible, toujours tirer sur la corde sensible.

— Et si jamais dimanche ça ne va pas mieux quand on vient passer la journée, je te ramène avec nous...

Le compte à rebours était lancé : je n'avais plus que quelques heures pour trouver un véritable hobby à ma mère.

Lorsque je quittai mon appartement, le palier était désert. Je m'estimais chanceuse de ne pas tomber sur Mathieu. Certes, je ne pouvais pas lui en vouloir de ne pas m'avoir crue, seulement cette fois je passais définitivement pour la timbrée de service et achevais mes chances de faire bonne impression...

Chassant de mon esprit ces idées déprimantes, je décidai de me rendre aux adresses indiquées plus tôt par Natacha. Cette histoire de rendez-vous et de comportement étrange avait assez duré : j'allais, si ce n'était le prendre en flagrant délit, dire ses quatre vérités à Hugo.

Un peu plus tard dans le 15e, je m'installai à la terrasse d'un café et commandai un thé Earl Grey. Natacha m'avait donné les créneaux horaires auxquels son mari se rendait dans le secteur, et je comptais bien le mettre devant ses responsabilités une fois pour toutes. À dire vrai, il allait payer pour toutes les tuiles qui s'étaient accumulées dernièrement et ce serait bien fait pour lui.

Tout en ajoutant un peu d'eau chaude dans ma tasse, je repensai à Bianca, à sa fin incroyablement triste, et à la disparition de son corps. Qu'était-il devenu ? Qui l'avait déplacé ? Pourquoi avait-on tout nettoyé ? L'hypothèse de l'accident était définitivement rayée de la liste… Je décidai pourtant, une fois ne serait pas coutume, de suivre les conseils de Vincent Novak et de le laisser mener l'enquête. Je devais aussi me protéger un peu émotionnellement. J'avais hâte de revoir mon collègue pour qu'il m'en dise un peu plus sur Gilles Laguiole. Plus tôt cette affaire serait résolue, plus vite je pourrais m'occuper d'un autre cas, et par la même occasion prétendre à une autre prime…

Hugo arriva avant l'heure prévue devant l'immeuble. Son fameux sac noir à la main, il sonna à l'interphone. Quelqu'un déverrouilla la porte et je le vis s'engouffrer sans tarder par la porte cochère. Je déposai des pièces sur la table et traversai la rue en manquant de me faire renverser. Juste avant que la lourde porte ne se referme tout à fait, j'intercalai le bout de ma chaussure.

Dans le hall, j'examinai les différentes boîtes aux lettres. Rien de particulièrement notable, des initiales, des noms de famille, la mention d'une société immobilière. Je me souvenais l'avoir vu distinctement à l'une des fenêtres du premier étage et décidai de monter. Les vieilles marches en bois et mal entretenues craquèrent sous mon poids. Sur le palier du premier, j'observai attentivement les trois portes qui se présentaient.

La première semblait abriter un appartement classique à en juger le paillasson fantaisie et le dessin d'enfant punaisé qui représentait une famille. Près de la sonnette de la deuxième, un nom s'étalait sur une plaque, surmontant la mention « Cours particulier de mathématiques ». Sur la troisième porte, un petit panneau signalait « *systema* ». Je choisis de laisser faire la chance et sonnai chez la prof de maths. Une femme entre deux âges, les cheveux grisonnants relevés en un chignon strict vint ouvrir après quelques secondes. Elle prit d'emblée un air excédé :

— Plaît-il ?

Puis se retournant :

— J'arrive Kévin-Dérick !

— Excusez-moi de vous déranger… C'est bien ici les cours de maths ?

Elle me regarda de la tête aux pieds et les ailes de son nez se plissèrent.

— Je ne fais pas au-delà du lycée.

— Oh… Très bien, désolée.

Perplexe, elle s'apprêtait à refermer sa porte quand je tentai une approche différente et pointait du doigt la porte voisine.

— Cette plaque ? Ça a un lien avec votre activité ? Qu'est-ce que c'est ?

Ses épaules bien rigides quelques secondes plus tôt s'affaissèrent et elle secoua la tête, l'air complètement scandalisé.

— Mon Dieu non ! Vous plaisantez ? Je ne cesse de me plaindre au syndic, mais rien n'y fait ! Des cris, toujours des cris ! Des hurlements, même, quelquefois… Des bruits sourds à n'en plus finir, et du monde, du soir au matin…

— Hum… Très bien… Je ne vais pas vous embêter plus longuement.

Elle eut une moue soupçonneuse, mais ne posa pas de question, et referma sans ajouter quoi que ce soit.

Pauvre Natacha… Ça sentait sérieusement le roussi pour leur couple. Malgré tout, je ne me voyais pas toquer et prendre Hugo en flagrant délit d'adultère… Ma petite enquête avait ses limites.

Au moment où j'allais rebrousser chemin, je perçus, de derrière la fameuse porte, un très long râle. Je chassai de mon esprit les images qui vinrent instantanément s'y installer et entrepris de me diriger vers l'escalier quand une femme me heurta de plein fouet. Je ne l'avais absolument pas entendue arriver et m'excusai aussitôt très platement. Un détail attira cependant mon attention, elle tenait à la main un sac très semblable à celui d'Hugo.

La jeune femme suivit mon regard puis m'adressa un franc sourire :

— Vous avez oublié le vôtre ?

— Pardon ?

— Votre sac.

— Ah… Oui, c'est ça…

Elle se mit à rire.

— C'est votre première fois, je me trompe ?

— Oui, mais je ne vais pas y aller finalement.

Elle posa sa main sur mon épaule et me poussa gentiment vers la porte.

— J'étais comme vous la première fois ! L'appréhension, la peur d'avoir mal… Mais tout va bien se passer, ne vous inquiétez pas !

Sans que je puisse objecter quoi que ce soit, la femme me propulsa à l'intérieur de l'appartement. Je tentai de me rebiffer à nouveau alors que nous nous trouvions désormais dans ce qui semblait être l'entrée d'un lieu de perdition visiblement collectif… Des portemanteaux étaient couverts d'affaires et de nombreuses chaussures jonchaient le sol.

Des bruits plus qu'étranges provenaient de la pièce attenante. Horrifiée, je fixai la jeune femme.

— Vraiment, je ne peux pas rester.

— Détendez-vous, vous allez adorer ! C'est simple, moi je ne pourrais plus m'en passer.

Et à voix basse et en se penchant vers moi, elle ajouta :

— C'est devenu mon péché mignon, vous savez…

Je repensai à la prof de maths et à son air horrifié, et n'avais plus qu'une seule idée en tête : prendre mes jambes à mon cou.

Une cloison coulissa sur un rail et un homme passa la tête par l'entrebâillement. Il sourit à la jeune femme.

— Tu es là Isa ! Parfait ! Je te laisse te préparer.

Elle lui répondit très joyeusement et commença à se déshabiller, tandis que l'homme avait déjà disparu. Elle ôta son survêtement et se retrouva en brassière et mini-short.

— Mettez-vous à l'aise. Qui est censé s'occuper de vous ?

— De moi ? Oh… personne…

Elle tiqua, puis sourit à nouveau.

— Mickaël ?

L'homme mit quelques secondes à se montrer à nouveau.

— Oui ?

— Je crois que cette jeune femme n'ose pas entrer.

Mickaël, bas de jogging et torse nu, passablement transpirant par ailleurs, me regarda d'un air entendu.

— Allez… Entrez… Tout va bien se passer, mais va falloir m'enlever tout ça, reprit-il en désignant mes vêtements.

Isa me poussa à nouveau devant elle – décidément un problème psy, je ne voyais pas d'autre explication – et l'instant d'après, je me trouvai dans une vaste pièce qui avait dû être par le passé le séjour de ce grand appartement cossu.

Une demi-douzaine de personnes se tenaient là, certaines allongées au sol, d'autres accroupies. Deux hommes étaient vraisemblablement en train de se battre. Dans un coin, sur un épais tapis, je découvris Hugo. Il était allongé face contre terre et une femme lui marchait sur le dos. Assez spécial, comme péché mignon…

— Comment vous appelez-vous ?

— Olympe, murmurai-je, apparemment pas assez bas pour que mon prénom ne parvienne aux oreilles d'Hugo.

Celui-ci, alors qu'il paraissait presque endormi, bondit littéralement, ce qui eut pour conséquence de renverser sa jolie compagne. Semblant ne rien avoir remarqué, Mickaël continua sur sa lancée.

— C'est vraiment votre première prise de contact ?

Hugo, bien campé sur ses jambes, me fusillait du regard.

— Tout à fait, répondis-je avec l'air le plus inspiré possible, et en me concentrant sur le torse musclé de Mickaël pour ne pas être tentée de regarder Hugo.

— Notre pratique est encore assez confidentielle en France. Nous passons encore pour des originaux, mais je suis certain que vous y trouverez votre compte.

— …

— Certains d'entre nous ont commencé il y a peu et s'éclatent déjà, je peux vous l'assurer. Et encore, ce que vous pouvez observer en ce moment ne sont que les préliminaires !

La jeune femme qui piétinait Hugo quelques minutes plus tôt se rapprocha de lui et lui toucha la nuque. C'en était trop.

— Excusez-moi… Je ne devrais pas être ici… Je cherchais des cours de maths, il semble que je me sois trompée de porte.

Une petite vingtaine d'yeux se tournèrent vers moi, et je me hâtai de quitter la pièce avant que Mickaël, consterné, ne tente une nouvelle fois de me persuader de me « laisser aller ».

Je claquai la porte derrière moi et j'avais descendu à peu près trois marches quand j'entendis la voix d'Hugo. Je me figeai sans oser me retourner.

— Olympe, reprit-il d'un ton fatigué.

Je posai une main sur la rambarde.

— Écoute, Hugo, tu fais bien ce que tu veux, mais sois au moins honnête avec Natacha… Et puis, il faut aussi que tu prennes la mesure de l'impact de ton… comportement… sur la boîte.

Il ne répondit pas et se laissa tomber sur la plus haute marche.

— Comment ça ? Pourquoi me parles-tu de Natacha ? Et… le rapport avec P&F ?

Je détaillai son visage. Il avait l'air sincèrement étonné.

— Mais enfin, Hugo… Ne me dis pas que tu ne t'étais rendu compte de tout ça ? Des retentissements que tes… hum… activités allaient avoir ?

— …

— Note bien que je ne juge pas, hein. Tu fais ce que tu veux, ce sont tes affaires ! Mais du moment que ça n'a pas de répercussions trop fâcheuses sur ton entourage.

— Des répercussions ?

Il avait pris dix ans en quelques secondes…

— Mais… je fais ça pour que tout fonctionne mieux, gémit-il.

Drôle de façon de se déculpabiliser.

— Je veux bien que tu aies besoin de certaines pratiques pour ton… épanouissement personnel, mais de là à penser que cela va améliorer le quotidien de ta famille et de P&F !

— Tu ne saisis pas ? Tous les concurrents sont en train de se diversifier, il faut prendre le train en marche !

J'avais l'impression de mener une discussion parallèle.

— C'est le seul moyen que j'ai trouvé : m'y coller moi-même ! Donner de ma personne.

— Pas de détails, s'il te plaît…

— J'ai trop besoin de Vincent, Laurent et Hubert sur le terrain…

— …

— Et puis il a fallu que je t'embauche… Je ne regrette pas, hein, ne vas pas t'imaginer des choses…

— …

— Et l'arrêt maladie de Franco n'a rien arrangé… Je suis épuisé, ça demande tellement d'énergie… C'est hyper intense… J'ai des courbatures…

— Oh ! Arrête ! Je ne veux rien savoir ! Mais sois au moins honnête avec Natacha.

— Natacha ? Si je lui raconte ça, elle va râler, se sentir obligée de reprendre le travail.

Nous l'avions donc définitivement perdu.

— Hugo, je crois que tu mélanges tout.

Il se frotta les tempes longuement.

— Tout est imbriqué : si je ne développe pas l'activité de P&F, on coule. La protection de personnes, c'est l'avenir, et donc ça passe par la maîtrise des arts martiaux… Je ne peux engager personne d'autre pour le moment et je ne peux pas non plus déléguer la gestion des contrats…

— Attends…

Mais il était s'était déjà emballé.

— … c'est déjà assez tendu à la maison, alors si Natacha doit rebosser… Sans compter que toi aussi, tu as besoin de ce job, et que tu ne te débrouilles finalement pas si mal…

— Tu as parlé… d'arts martiaux ?

Il s'arrêta enfin quelques secondes.

— Oui ?

— Comment ça ?

— Eh bien… Tu as vu le coach… Mickaël.

— …

— Même si je bosse plus souvent avec Alexina.

La bombe atomique était… prof d'art martial ?

— Tu veux dire que…

À ce moment, Hugo commença à avoir une vague idée de mes soupçons. Il ouvrit des yeux grands comme des soucoupes et son menton se mit à trembler.

— Ne me dis pas…

— Mouais… Et je peux te dire que Nat est sacrément remontée… Elle t'a suivie…

— Nan ?

— Elle sait que tu viens ici très souvent, et aussi à cette autre adresse.

— Rue du Colonel-Beix ? C'est pour mes cours de krav maga…

J'appris alors en quelques minutes les grands principes du *systema*…

29

Celle dont Jean-Luc voulait manger les lacets

Je passai un long moment à réconforter Hugo. Bien sûr que oui, je pensais que la situation était récupérable, et bien évidemment que non (en tout cas je l'espérais du fond du cœur), Natacha n'avait pas encore plié bagage…

Durant une bonne demi-heure il m'avait expliqué sa théorie selon laquelle, en proposant un service *protection de personnes* à ses clients, il allait sortir P&F de sa mauvaise posture financière.

Depuis un mois déjà, il pratiquait, à raison de deux fois par jour, des entraînements d'arts martiaux pour mener à bien son projet, et force était de constater qu'il ne tenait ni le choc ni la cadence. Il s'adonnait au *krav maga*, dont j'avais déjà vaguement entendu parler comme étant une méthode d'autodéfense entre la lutte et la boxe, et au *systema*, autre art martial libre d'origine russe qui n'imposait aucune règle ou limite autre que morale. Autant dire que, depuis un mois,

Hugo ramassait pas mal, d'où la mine déconfite, les contusions et l'air épuisé…

— Tu as cru que j'avais une liaison ?

— Tu es l'ombre de toi-même, Hugo, la boîte tourne toute seule !

— …

— D'ailleurs il faut que tu prennes conscience qu'en ce moment elle ne tourne plus trop…

— Dans quelque temps, si tout va bien, j'embaucherai du personnel déjà formé en techniques de combat, se lamenta-t-il.

— Tu vois bien que tu ne peux pas tout mener de front… Ton rôle de patron, celui de père et de mari, et celui de… unité d'élite de forces spéciales ou je ne sais pas quoi…

Il s'agrippa soudain à ma main.

— J'ai déjà fait imprimer trois mille plaquettes dans lesquelles je parle de notre nouveau service…

— Écoute, chaque chose en son temps… Je vais voir comment je peux t'aider à te sortir de tout ça.

— …

— Pour l'instant, le mieux, c'est que tu retournes chez toi et que tu vides ton sac… Natacha devrait comprendre…

Je n'en étais pas vraiment sûre, mais cela ne me coûtait rien de le prétendre et je devais de toute façon me débarrasser de lui pour avancer les affaires en cours.

Je repassai par mon appartement avant de prendre comme prévu le service du soir. Aglaé ayant emporté le matin même de quoi dormir chez Bertrand et Kitty, il allait falloir que je me confectionne moi-même mon encas pour la soirée…

Dans le hall de l'immeuble, une silhouette qui ne m'était pas inconnue me précéda et je finis par réaliser qu'il s'agissait de la blonde qui avait quitté l'appartement de Mathieu à une heure assez indue quelques jours plus tôt.

La jeune femme me reconnut également et inclina brièvement la tête à mon intention. Elle portait un carton qui semblait assez lourd, et lorsque nous nous séparâmes sur le palier, je constatai, la mort dans l'âme, qu'elle avait en sa possession les clés de l'appartement.

En arrivant sur le lieu de ma planque, j'envoyai un SMS à Vincent pour lui signaler que je me trouvais dans la Clio. Il m'avait avertie dans la journée qu'il comptait terminer vers dix-sept heures.

La réponse ne se fit pas attendre.

Je descends

Effectivement, dix minutes plus tard, il réussit à me surprendre en toquant de grands coups à ma vitre. Je remarquai d'emblée son air perturbé.

— Bonjour… Un souci ?

— Depuis que tu es dans les parages, je n'ai *que* des soucis…

— Bonjour quand même, hein…

Il attrapa le paquet de chewing-gums posé sur le tableau de bord et constata non sans énervement qu'il était vide.

— Tu as pu mener ta petite enquête sur Chapuis et faire un tour dans la cage d'escalier ?

Il lança l'emballage vide devant lui, et, dans un petit *poc*, le paquet cartonné rebondit une fois avant d'atterrir sur le sol.

— Pour ce qui est des escaliers, tout est absolument irréprochable.

— C'est pas vrai… Pauvre Bianca…

— Un peu trop irréprochable justement… Bien trop propre par rapport au reste, si tu vois ce que je veux dire.

— Alors ? Tu me crois ?

Il souffla et se mit à examiner ses mains avec attention.

— Oui, je te crois… Mais tout ça ne m'arrange pas du tout…

— Enfin, celle que ça arrange le moins pour le moment, c'est Bianca, excuse-moi de recentrer un peu le…

— Chapuis ne s'est pas pointé à la clinique de la journée.

— …

— Il devait y venir. Une pleine matinée de bloc et des consultations tout l'après-midi.

— Et ?

— D'après ce que j'ai pu entendre, il ne répond pas aux appels. Pas le moindre signe de vie…

Un cadavre volatilisé, un chirurgien peu scrupuleux dans la nature…

— Tu crois qu'il se cache ?

Je m'emballai soudain sous le regard atterré de mon collègue.

— J'en suis sûre : il a dû faire disparaître le corps de Bianca, et maintenant il cherche à quitter le pays !

— Bon, parlons de ton affaire plutôt, parce que je ne suis plus certain que tu fasses bien la distinction entre les deux. Laisse-moi gérer la clinique pour l'instant, il faut que tu te concentres au maximum sur Laguiole…

— Oui, ça va, j'ai bien saisi…

Je me cognai lentement la tête sur le volant en attendant que Vincent en vienne aux faits.

— Bon, je ne vais pas pouvoir rester car je voudrais me rendre chez le chirurgien ce soir, mais pendant que tu batifolais hier dans la clinique avec ton cher voisin…

— Je ne batifolais pas !

— … je suis entré dans l'immeuble de Laguiole. Il semble que tu te sois bien fait enfumer… Franco aussi d'ailleurs !

Il adressa un petit signe à la voiture de son collègue stationnée à peine plus loin de l'autre côté de la rue. Il s'apprêtait déjà à repartir.

— Attends, tu plaisantes ? C'est tout ? Dis-m'en plus ! Je partagerai ma prime, si c'est ça que tu veux !

— Ce que je veux ?

Je crus lire de l'amusement dans son regard, mais le ton avec lequel il s'était exprimé laissait planer des sous-entendus.

— Oui ?

— Que tu boucles ce dossier le plus vite possible et ne plus t'avoir sur mon dos !

— Hyper sympa…

— Laisse tomber le deuxième étage : ta cible semble avoir migré…

Sur ces mots, il bondit à l'extérieur du véhicule et partit une fois de plus sans se retourner. J'étais complètement perdue et scrutais la façade sur laquelle quelques fenêtres éclairées commençaient à se détacher.

Parce qu'il devait s'impatienter, Franco vint me retrouver dans la Clio. Non, il n'avait encore rien vu d'autre que les personnes habituelles, et un camion de plaquiste. Oui, il n'en pouvait plus non plus de ce dossier et il espérait que sa femme lui ait préparé du cassoulet parce qu'il en rêvait depuis qu'il avait vu un reportage sur la cuisine du Sud-Ouest le week-end précédent.

La nuit était tombée et je ne quittais pas mes jumelles. Au rez-de-chaussée, vivait la vieille femme aux caniches, au premier un jeune couple et le violoniste. Ensuite, en vrac, il y avait un retraité avec un bouc ahurissant, une quarantenaire toujours sur son trente-et-un, et plusieurs étudiants, qui, eux, logeaient sous les toits. Quoi qu'il en soit, Gilles Laguiole ne recevait personne, et les rideaux de ses fenêtres ne bougeaient jamais : une véritable énigme.

J'avais du mal à me l'avouer, mais Novak m'avait vexée. Un court instant, j'avais eu la bêtise de penser qu'il voulait sincèrement me rendre service, mais force était de constater qu'il désirait simplement que ma Clio et moi-même débarrassions la rue au plus vite…

Ce soir allait être mon soir : j'allais coincer Laguiole et me concentrer ensuite sur ce qui avait bien pu advenir du corps de Bianca, que Vincent Novak le veuille ou non.

La vieille dame sortit comme les soirs précédents à dix-neuf heures tapantes, deux laisses dans chaque main. Je m'expulsai de la voiture lorsque l'heureuse propriétaire des canidés abricot revint devant l'immeuble, dix minutes plus tard.

Au moment où elle composait son code, je me penchai pour flatter l'un des chiens qui se mit à aboyer avec fureur tout en me fusillant de ses petits yeux noirs.

— Faites attention, ils sont assez sauvages, intervint la vieille dame en me regardant avec méfiance.

— Ils sont si mignons…

Elle se dérida aussitôt.

— J'ai un faible pour les caniches abricot, comme vous pouvez le voir.

— Franchement, comment leur résister ?

Elle allait passer le seuil et hésita.

— Vous alliez entrer ?

— Je venais en repérage pour tout vous dire…

— En repérage ?

L'un des chiens commença à s'attaquer à l'un de mes lacets.

— Jean-Luc !

Jean-Luc baissa la tête et se détourna de ma chaussure pour aller sentir le derrière d'un de ses petits camarades.

— J'ai vu une annonce pour un appartement à louer.

— Ici ? Je ne savais pas qu'un logement s'était libéré.

Elle se mit à ricaner.

— À moins que le Parmentier ne se soit décidé à casser sa pipe !

Sans doute parlait-elle du retraité au bouc proéminent.

— Au deuxième, il me semble ?

Elle réfléchit intensément et Jean-Luc s'assit sur ses pattes arrière, apparemment résigné.

— Non, je ne vois pas… Mais vous pouvez venir vous installer ici les yeux fermés, c'est très calme.

Oh… Ça, je ne le savais que trop bien.

— Et puis, dans quelque temps les travaux du duplex seront terminés. Mes chéris n'en peuvent plus, il faut voir comment ça perturbe leurs siestes !

— Un duplex ?

— Fatalement, ils sont d'une humeur exécrable, ensuite.

— J'imagine… Mais, vous parliez de travaux ?

— Il m'a assuré que ça se terminait.

— Pardon ?

— Excusez-moi, je parle de ce charmant monsieur dont le nom m'échappe… Je confonds toujours avec opinel…

Il ne m'en fallut pas plus pour comprendre pourquoi je ne voyais pas d'activité au second. Comme pour me donner raison, un ouvrier descendit au même moment et nous salua.

— Bonsoir, Monsieur, lança la vieille dame, nous parlions justement des travaux… Ça se termine, n'est-ce pas ?

— Pour sûr, je crois que le monsieur pend sa crémaillère demain soir, il reste quelques finitions, tout au plus.

D'un signe de tête, il nous signifia qu'il en avait fini avec nous et je profitai de son départ pour m'éclipser également.

En parcourant les quelques mètres qui me séparaient de ma voiture, je me sentis curieusement mal à l'aise. Je stoppai en pleine rue et pivotai : personne dans les parages. Pourtant, c'est en pressant le pas que je rejoignis ma Clio et je m'y enfermai prestement. Trente minutes plus tard, mes soupçons concernant Laguiole étaient confirmés : j'avais discerné la silhouette d'un homme au troisième étage, et si la coupe de cheveux ne collait pas avec les photos, au niveau carrure on se rapprochait fortement de ce rigolo de Gillou…

Je décidai de ne pas passer la nuit entière à planquer : j'en avais suffisamment appris. Je comptais revenir pour un flagrant délit, peut-être avec Vincent pour plus de sécurité et assurer mes arrières.

Il n'était que vingt-deux heures et je me réjouissais de la soirée tranquille qui m'attendait, d'autant plus que j'avais conscience que le déjeuner familial du lendemain allait être explosif…

Je garai la voiture sur ma place de parking et ressentis encore ce sentiment étrange de ne pas être en sécurité. C'est avec soulagement que je vis un homme entrer en même temps que moi dans le hall de l'immeuble. Il me sourit, tendit le bras pour tenir la porte à ma suite et m'emboîta le pas. Le côté rassurant qu'il m'avait inspiré céda la place au fil des secondes à de l'angoisse, et lorsque je me rendis compte dans l'ascenseur qu'il n'avait appuyé sur aucun bouton, je me mis à paniquer intérieurement.

Une seule solution s'offrait à moi et je n'avais d'autre choix que de la saisir : en arrivant sur le palier, je sortis avec empressement et me jetai sur la porte de Mathieu. Par un quelconque miracle, celui-ci ne l'avait pas verrouillée et je me trouvai dans son entrée en moins de temps qu'il n'en faut pour le dire. Mathieu était torse nu, une tasse à la main et transitait apparemment de la cuisine au salon. Éberlué, il m'observa sans rien dire et je vis ses yeux effectuer un travelling arrière. Je me retournai vers l'ascenseur : mon compagnon de trajet se tenait sur le seuil de l'ascenseur, une main dans la poche ; il fit alors un pas en arrière, puis disparut derrière les cloisons métalliques.

Mue par un réflexe de protection, je claquai la porte derrière moi, m'y adossai et me laissai glisser jusqu'au sol. Mathieu avait exactement la même position que lors de mon entrée fracassante.

— Vous avez réalisé que vous n'étiez pas chez vous ?

Il me fallut quelques secondes pour réussir à articuler une suite de mots sensée. Il s'agenouilla près de moi et me tendit son mug.

— Buvez un peu, vous êtes toute blanche.

— …

Puis, perplexe devant mon absence de réaction, il ajouta :

— Je n'y ai pas touché.

J'étais trop sidérée pour me mettre à pleurer, et pas assez pour me mettre en colère. Je n'avais donc pas rêvé depuis mon départ de l'immeuble : j'avais été épiée et suivie. Jusqu'à chez moi. Jusqu'à mon appartement. Où aurait pu dormir ma fille…

Je choisis finalement de tout déballer à mon voisin, enfin dans les grandes lignes…

— Vous êtes bien certaine de ne pas…

— Je ne me drogue pas ! Il va falloir vous le dire en quelle langue !

— … de ne pas exagérer ?

Je me repassai le film en marche arrière. Non, c'était définitif, l'homme de l'ascenseur m'avait suivie jusqu'à chez moi.

— Vous ne devez pas rentrer chez vous. D'ailleurs, je vous remercie, maintenant je ne vais plus être en sécurité non plus…

Je remarquai sur la table du séjour le carton que portait un peu plus tôt la blonde.

— Hé ! Je rigolais, ajouta-t-il en me touchant le bras.

Je sursautai.

— Hein ? Non… Bien sûr… Je suis désolée…

— Vous avez parfaitement réagi. Une chance que ma porte n'ait pas été fermée à clé…

— Vous êtes seul ?

— Pardon ? dit-il en suivant mon regard jusqu'au séjour sans comprendre. Oui, enfin je crois, essaya-t-il de plaisanter.

Il m'aida à me relever et me proposa à nouveau son mug.

— C'est très gentil, mais je crois que j'ai abusé de votre gentillesse pour les deux cents ans à venir…

Lassé de négocier, il me colla la tasse de force dans les mains et me traîna jusqu'à son canapé.

30

Celle qui se blessait avec une éponge

Il n'y avait rien eu à faire : Mathieu avait insisté pour que je prenne sa chambre, changé les draps et s'était installé sur le canapé. Je me sentais vraiment bête, couchée dans ce lit qui n'était pas le mien, à quelques mètres de mon appartement mais certainement plus en sécurité.

Je ne me réveillai qu'à onze heures, l'organisme totalement décalé par les nuits de veille dans la voiture et les crapahutages intempestifs qui les avaient accompagnées. Lors de mon passage dans le salon, je constatai que Mathieu, pas de service ce jour-là, dormait encore profondément. Je me faufilai sans bruit entre les chaises, cherchai un stylo au fin fond de mon sac à main, et posai à son intention un message de remerciement auquel je joignis un bon pour un dîner gribouillé sur une serviette en papier.

J'avais, en me levant, laissé un message sur le répondeur de Bertrand pour lui rappeler qu'il devait déposer Aglaé chez mes parents. Aussi, une fois mes affaires rassemblées, je fonçai les retrouver en priant pour qu'il n'y ait pas trop de circulation et sans oublier de passer prendre le pain comme je l'avais proposé à ma mère.

J'avais récupéré ma voiture dans le parking avec un peu d'appréhension, mais une fois sur le périphérique, j'oubliai le stress de la veille. En me garant devant le pavillon de mes parents, je me persuadai de relativiser : certes, j'étais probablement en danger, mais rater le repas familial se serait avéré encore plus dommageable…

Ma mère, vraisemblablement encore en froid avec ma sœur, n'avait pas daigné l'inviter. Comme mon frère Léonard se débrouillait toujours pour ne visiter nos parents qu'une fois tous les deux ou trois mois et que Juliette ne devait pas revenir en France avant le mois prochain, j'étais la seule personne susceptible de sauver et l'ambiance et la situation.

Je ne perdais pas de vue l'enjeu qui allait être le mien : aider ma mère à gérer au mieux l'arrivée dans leur vie de Papy Raymond, c'était optimiser les chances qu'elle laisse définitivement tomber cette stupide idée de cohabitation avec Aglaé et moi.

L'idée de lui faire part du caractère dangereux de mon appartement à la suite d'une série de disparitions inquiétantes me traversa l'esprit, mais je pris sur moi lorsque je l'embrassai : je ne ferais usage de cet argument qu'en tout dernier ressort.

— Alors ? Comment ça se passe ?

— J'en peux déjà plus, souffla-t-elle tandis que je déposai une bise sur sa joue. Tiens, je vais aller fumer dehors.

— Mais… Maman, tu ne fumes pas !

Elle sortit pourtant un paquet de cigarettes de son tablier et se dirigea vers la porte-fenêtre.

— J'ai bien essayé de trouver du cannabis, mais les jeunes qui squattent devant le centre commercial se sont contentés de rire et de me laisser en plan.

Je me contentai de lui passer le cendrier qu'elle me désignait.

— Le trio de choc est dans le salon...

Je décidai de lui laisser un peu de répit et me dirigeai vers les éclats de rire. Le moins que l'on puisse dire était que l'ambiance dans cette partie de la maison était au rendez-vous. Je consultai ma montre, surprise que Bertrand n'ait pas encore déposé Aglaé.

Mamie Jeanne avait revêtu sa tenue jaune canari et son blaser rose pastel. Elle avait certainement suivi un stage intensif et très récent chez *MoniqueCoiffure*, car les reflets de sa chevelure étaient plus turquoise que son bleu-gris d'origine.

Papy Raymond sauta sur ses pieds en m'apercevant, il avait, de son côté, dû faire une cure de jouvence ou d'amphétamines, tant il était radieux.

Ma mère faisait presque plus âgée que lui ces temps-ci. Mon père, quant à lui, se tenait les côtes, toujours en proie à un fou rire. Je m'étais attendu à des tensions, aux soupirs de mon grand-père et à des remarques désagréables de la part de mon père, au lieu de ça, je les trouvais réjouis et visiblement heureux d'être ensemble.

— Ma chérie ! Tu es radieuse !

Je n'étais pas dupe, mon grand-père avait du mal avec les prénoms. Léonard s'en sortait donc plutôt bien, tandis que nous autres, les filles, recevions du *ma chérie* à tour de bras. J'embrassai mon grand-père et ma grand-mère. Mon père claqua l'écran de son ordinateur portable d'un coup sec et se leva à son tour pour m'étreindre.

— De quoi parliez-vous ?

J'eus la curieuse sensation que quelque chose était en train de se tramer dans le dos de ma mère, et du mien, par la même occasion. Tous trois secouèrent la tête de gauche à droite frénétiquement avec l'air de ne pas y toucher.

— Aglaé n'est pas avec vous ? dis-je en scrutant le reste de la pièce, Bertrand devait la déposer.

— Oh ! Il vient aussi, le charmant garçon ? répondit Mamie Jeanne. Et son adorable femme, cette… comment s'appelle-t-elle déjà ?

— Kitty.

— Kitty ! Je l'avais sur le bout de la langue ! Une personne incroyable…

— Ton mari est marié ? s'enquit Papy Raymond, c'est pour le moins étonnant ! Il danse avec qui alors ?

Mon père éclata de rire :

— La danse de salon, c'est Marie ! Le divorce d'Olympe date d'il y a plusieurs années !

Mon grand-père réajusta sa casquette et changea de position sur le fauteuil qu'il occupait.

— Eh bien ! Tout m'a l'air parfait dans ce cas !

Je me demandais bien ce que la situation pouvait avoir de parfait, mais ne cherchai pas à creuser plus que ça les théories de mon grand-père.

— Bon, comment on procède, alors ? reprit le vieil homme en interpellant mon père.

Mamie Jeanne et lui baissèrent la tête, façon conspirateurs…

Je les laissai à leurs affaires et filai dans la cuisine où ma mère dressait des verrines avocat-saumon-parmesan.

— Je ne comprends pas ce que fait Bertrand.

Elle leva les yeux vers moi, mais sans réagir.

— Ohé ! Maman !

— Je devrais peut-être me mettre à l'aquabiking.

La journée s'annonçait longue… J'abandonnai ma mère à ses réflexions hautement philosophiques et entrepris de fouiller mon sac à main à la recherche de mon téléphone. Quelque chose ne tournait pas rond. Bertrand était l'homme le plus pénible, étrange et ponctuel qu'il m'ait été donné de connaître.

Cinq minutes plus tard, j'avais étalé le contenu de mon sac sur la table de la cuisine dans l'indifférence la plus totale de ma mère, fait qui tendait à prouver qu'elle avait entamé la première phase d'une dépression. Je dus rapidement me rendre à l'évidence : mon portable ne s'y trouvait pas… Je mis quelques secondes à me refaire le film de la matinée : le réveil chez Mathieu, le SMS à Bertrand… Bingo : j'avais laissé le téléphone sur la table du séjour en griffonnant un petit mot à l'attention de mon adorable et séduisant voisin.

— J'ai besoin de passer un coup de fil, dis-je à ma mère qui contemplait désormais les nuances de beige du crépi de la cuisine.

Bertrand décrocha au bout de cinq longues sonneries.

— Brigitte ?

— Non, ce n'est que moi, ne t'emballe pas. Où est Aglaé ?

— Tu n'as pas eu mon message ? répondit-il d'une voix un peu trop précipitée pour que tout aille bien.

J'avais à peu près envie de tout sauf de raconter à mon ex-mari que j'avais oublié mon portable chez un quasi-inconnu, qui, de surcroît, m'avait hébergée pour la simple et bonne raison qu'un type passablement louche m'avait suivie jusqu'à mon appartement.

— Kitty s'est blessée avec une éponge… Nous sommes aux Urgences…

Je pris une profonde inspiration et ne demandai pas plus de précision quant aux circonstances de l'accident.

— … six points de suture, c'est terrible, tiens bon, ma biquette…

— Je suis désolée, embrasse Kitty… Bon, et Aglaé ?

— Mais ? Enfin, je te l'ai dit sur le message, je l'ai déposée devant chez vous.

Il me sembla alors que tout mon sang avait déserté mon organisme. Mes bras pesaient deux tonnes, mes jambes étaient en coton. Aglaé était chez nous.

Je raccrochai au nez de Bertrand, attrapai les clés de voiture et fonçai avec une seule idée en tête : voler au secours de ma fille.

Durant la quinzaine de kilomètres qui me séparaient d'Aglaé, je me passai différents scénarios avec angoisse. Elle se trouvait seule à m'attendre depuis presque une heure… Il était clair que le type qui m'avait suivie la veille n'avait pas l'intention de me proposer un thé ou une partie de Scrabble…

Je frissonnai en me garant à proximité de notre domicile. Par précaution, j'avais jugé bon de ne pas stationner sur ma place habituelle. J'allais tenter de m'approcher de l'immeuble de la façon la plus discrète possible… Je sortis de ma mallette le taser et le spray anesthésiant au poivre et les fourrai dans les poches de mon manteau tout en regrettant de ne pas m'être penchée plus que ça sur les notices explicatives.

Je me souvins que Monsieur Léon sortait les poubelles par une porte arrière qui communiquait avec la cage d'escalier que nous n'empruntions quasiment jamais. Je m'assurai d'en avoir la clé avant de me décider à entrer par là.

Contournant l'édifice, je longeai le mur sous les regards suspicieux d'un homme qui portait dans ses bras un chihuahua marron foncé. J'étais presque arrivée à mon but, à savoir une porte coupe-feu grise et sale, quand je sentis une main ferme s'abattre sur mon épaule. L'instinct animal a quelquefois du bon : d'un geste sûr et précis, je sortis une main armée de la bombe et pressai sur l'embout tout en me retournant. Sans crier, je donnai un coup de pied qui atterrit dans le tibia de mon agresseur. Le vent eut la mauvaise idée de se lever, ce qui eut pour conséquence de me faire partager cette expérience hors du commun qu'est l'aspersion d'un spray au poivre…

Lorsque je réussis à entrouvrir les yeux, je n'avais qu'un seul but : sortir le taser et viser le plus précisément possible mon assaillant. Mais tout d'un coup, je l'entendis brailler :

— Mais ça va pas, Olympe !

À ce moment-là seulement, j'émis quelques doutes quant à une supposée agression. Les secondes passant, je retrouvai l'usage de la vue, ce qui n'était vraisemblablement pas le cas de Mathieu, qui restait – il faut le dire – extrêmement digne dans une pareille posture.

Au sol, se tenant la jambe, il gardait les yeux clos et grimaçait en se balançant imperceptiblement d'avant en arrière à cause de la douleur.

— Je suis…

— Bon sang !

Le type au chihuahua n'avait pas bougé et serrait son chien si fort que l'espace d'un instant, je me demandais s'il était encore en vie.

— Désolée… J'ai vraiment cru…

Mathieu s'appuya au mur et entreprit de se relever tandis que je cherchais un mouchoir dans mon sac à main.

— Il ne faut pas frotter. J'ai de l'eau dans ma voiture… Ça va aller, mais vous allez devoir conduite…

— Conduire ? Pour aller où ?

— Chez vos parents, c'est bien ça ? C'est en tout cas ce que m'a dit Aglaé.

Je me sentis mieux instantanément.

— Aglaé est avec vous ?

Il se frotta les tempes à défaut de pouvoir se gratter les paupières…

— Dire que j'allais simplement acheter du pain… reprit-il.

— …

— Son père s'est garé en trombe sur le trottoir. Il allait aux Urgences, une histoire d'éponge, je n'ai pas tout saisi…

— Je suis sincèrement désolée, je crois que j'ai laissé mon téléphone chez vous… Il a essayé de me joindre pour me prévenir qu'il allait déposer Aglaé…

— Pour être chez moi, il est chez moi… Il n'a pas arrêté de sonner, j'ai fini par le mettre sur silencieux.

Je me mordis les joues, il allait finir par redéménager.

— Votre Vincent a essayé de vous joindre au moins six fois…

— Vincent ?

— On peut dire qu'il est plutôt persévérant comme garçon… Et puis je vous ai vu passer, aussi discrète qu'un éléphant dans un magasin de porcelaine… Je voulais simplement vous prévenir qu'Aglaé était avec moi…

— …

— Vous ne pouvez pas retourner chez vous. Je n'ai pas eu le temps de réagir ce matin, mais deux hommes sont venus toquer à votre porte.

La nouvelle acheva ma bonne humeur tout juste retrouvée. Mathieu était tout pâle et tanguait dangereusement.

— Je vous emmène.

— Comment ? dit-il les yeux toujours fermés, mais en tendant la tête dans la direction de ma voix, ce qui donnait un petit côté comique à cette scène surréaliste.

— Chez mes parents. Je ne peux pas vous laisser ici.

Il commença à opposer un semblant de résistance et manqua de tomber. En voulant le rattraper, le taser m'échappa des mains, percuta le sol et l'embout vint se ficher sur sa chaussure. Il semble qu'il ait copieusement ressenti les effets de l'appareil, mais de façon tout de même atténuée grâce au cuir qui fit écran. Il était aussi consterné que moi – l'esprit embrumé en plus – et, sonné, se laissa conduire à sa voiture sans plus rien ajouter.

Aglaé nous regarda arriver avec la tête de celle qui passe un casting TV pour un spot sur les ravages de la drogue.

— Mais…

— Ne pose pas de question, s'il te plaît, suppliai-je en ouvrant la portière côté passager pour aider Mathieu à entrer.

— Ses yeux, Maman, ses yeux !

Il faut croire qu'il faisait une réaction toute particulière au produit contenu dans la bombe, car, loin de s'arranger, ses paupières gonflaient considérablement.

— Je crois qu'il faut qu'on le conduise aussi à l'hôpital, insista Aglaé.

L'idée de me retrouver dans une salle d'attente bondée pour usage de spray et de taser sur un officier de police me donna des sueurs froides. Risquer de croiser mon ex-mari accompagnant sa chère et tendre agressée par une éponge était plus que ce que je pouvais physiquement et mentalement supporter.

— Nous allons chez tes grands-parents.

— Mais Maman !

— J'ai promis à ta grand-mère d'être là pour le déjeuner : je serai là pour le déjeuner.

Mathieu eut un petit sursaut et tenta de dire un mot, ce qui nous fit tressaillir. Sorte de oui, de non, ou encore autre chose, puis sa tête heurta le monta de la voiture... Aglaé prit le parti du silence et je démarrai la voiture sans plus tarder, abandonnant la mienne devant notre immeuble.

31

Celle qui ne prenait pas d'ouzo

Je n'étais plus qu'à une dizaine de mètres de chez mes parents quand j'aperçus mon père et mon grand-père. Ils étaient en train de comploter à l'angle du garage.

La scène intrigua également Aglaé.

— Mais qu'est ce qu'ils font ?

— Je me le demande…

En voyant une voiture inconnue se garer sur son bout de trottoir, mon père fronça les sourcils avant de se détendre à nouveau lorsqu'il réalisa que j'étais au volant. Il dut expliquer la situation à Papy Raymond, qui se mit à mouliner des bras dans notre direction.

— Et voilà mon Aglaé, hurla-t-il en distinguant son arrière-petite-fille.

— Bonjour Papy !

— Alors ! Ton père est parti danser ?

Aglaé me coula un regard perplexe avant d'acquiescer.

— On peut appeler ça comme ça, si tu veux.

Le vieil homme glissa son bras sous celui de l'adolescente et entreprit de l'embarquer dans la maison.

— C'est quoi, cette voiture ? s'enquit mon père.

Je me retournai vers le véhicule.

— Mince ! J'ai oublié Mathieu !

— …

— Viens m'aider, Papa ! On a un invité…

Mamie Jeanne passa la tête par une fenêtre de l'étage.

— Eh bien ! Ça n'arrête pas ! C'est que tu l'as salement amoché celui-là, dis-moi ! lança-t-elle un peu trop fièrement pour une grand-mère ordinaire.

Mon père aida Mathieu à s'extirper de la voiture. Il était encore complètement groggy et se laissa faire sans opposer de résistance. Ses paupières tuméfiées allaient bleuir, c'était certain… Mamie Jeanne avait raison : je ne l'avais vraiment pas raté.

Une remarque de ma grand-mère acheva de monter à mon cerveau et je me tournai vers mon père :

— Qu'est-ce qu'elle a voulu dire par « ça n'arrête pas » ?

Un soupçon d'amusement passa sur le visage de Bernard Posteur.

— Oh ! Disons que depuis ton départ précipité tout à l'heure, il y a eu pas mal d'allées et venues.

Dans l'entrée, je tombai sur Émile et Camille, les enfants de ma sœur. J'aperçus leur père, Patrick, en grande conversation avec ma mère. Dans la cuisine, Marie remuait la vinaigrette en papotant avec… Vincent ???

J'abandonnai mon père et le laissai porter seul Mathieu. Ils tanguèrent tous les deux et mon charmant voisin échoua tant bien que mal sur une chaise sous le regard perplexe de Mamie Jeanne.

— Il est quand même pas très en forme… Je serai assez d'avis de lui proposer un brandy, qu'en penses-tu, Raymond ?

Papy Raymond se dirigea aussitôt vers le meuble qui renfermait des trésors d'apéritifs et de digestifs folkloriques rapportés au gré des voyages des uns et des pèlerinages des autres, tous quasiment jamais débouchés ni dépoussiérés.

— Ou bien de l'ouzo, proposa mon grand-père en brandissant une bouteille à l'étiquette totalement décolorée.

Les laissant gérer la réanimation du policier mal en point, je courus jusqu'à Vincent. Il était en train de couper trois baguettes en tranches.

— Je peux savoir ce que tu fais ici ?

Ma mère débarqua au même moment.

— En voilà des manières ! Vincent, une lichette d'ouzo, un kir, un verre de liquoreux ?

— Vous n'auriez pas une bière ?

Elle sourit avant de disparaître dans l'arrière-cuisine. Ma sœur, qui avait toujours été très curieuse, se passionnait pour sa vinaigrette plus que de mesure.

— Dis donc, Marie, je pense que c'est bon, là…

— Oh ! Ça va…

À contrecœur elle quitta la pièce et je refermai la porte derrière elle.

— C'est quoi, ce plan ? Qu'est-ce que tu fiches ici !

— Ce plan ? Je rêve ! J'ai passé la matinée à te chercher !

— …

— Et comme tu n'es pas fichue d'avoir ton téléphone sur toi…

— Tu m'as fliquée !!

Tout en tenant un croûton de pain et un couteau, il agita les mains.

— Pas eu le choix ! Je ne sais pas si tu as bien saisi la situation, mais il est bien possible que tu te sois fait repérer.

— Oh ! Quelle perspicacité ! J'avais remarqué, figure-toi !

Il eut l'air un peu surpris, mais poursuivit :

— Cette nuit, ça a un peu chauffé… Que ce soit à la clinique ou chez le chirurgien… Sans rentrer dans les détails, je me suis rendu compte que tu allais avoir de la visite et j'ai cherché à te prévenir ce matin…

Je me laissai tomber de tout mon poids sur une chaise.

— J'ai bêtement oublié mon téléphone chez Mathieu.

Vincent plissa les yeux.

— Je sais.

Je me sentis soudain très mal à l'aise.

— Hé ! Attends ! Hier soir en rentrant chez moi, un type m'a suivie et je n'ai pas eu d'autre choix que d'aller me réfugier chez lui !

Il serra les lèvres et secoua la tête.

— Tu fais bien ce que tu veux, ça ne me regarde pas. Quoi qu'il en soit, j'ai bien cru que tu t'étais fait enlever ou même refroidir…

Je frissonnai à cette idée.

— … et j'ai fini par me rendre chez toi quand j'ai compris, une fois sur ton palier, que ton téléphone n'était pas dans ton appartement, mais dans celui d'en face.

— …

— Personne n'a répondu quand j'ai sonné et…

Un grand fracas parvint jusqu'à nos oreilles. Je me précipitai dans l'entrée où Mathieu, en essayant de se lever, avait fait basculer sa chaise.

— Je vous l'avais dit qu'un petit coup d'ouzo lui remettrait les idées en place ! Ça me rappelle une folle soirée à Corfu, durant laquelle ce travesti…

— Papa ! Ça va aller ? s'inquiéta ma mère en revenant de l'arrière-cuisine avec un pack de bière.

Mathieu avait repris quelques couleurs et ouvrait même un tout petit peu les yeux.

— Mais c'est vrai qu'il a l'air mieux, murmura Aglaé incrédule à mon intention.

Patrick rangeait une trousse de secours. Il avait tamponné les paupières de Mathieu à l'aide de cotons imbibés de sérum physiologique. J'étais bien contente de constater que mon voisin reprenait peu à peu goût à la vie, mais craignais tout à la fois sa rémission… J'allais passer un sale quart d'heure quand il aurait recouvré tout à fait ses esprits.

— Dis, Mamie, tu peux lui resservir un petit verre ?

— C'est comme si c'était fait, ma chérie !

Mathieu se débattit quelques instants, mais la lutte ne dura guère : il n'avait vraisemblablement jamais eu affaire à une personne aussi motivée que Mamie Jeanne…

Mon père arriva de l'extérieur un brin paniqué.

— Excusez-moi, mon petit Vincent ?

Tout le monde s'adressait à mon collègue comme s'il faisait partie de la famille, donc. Charmant.

Le petit Vincent, du haut de son mètre quatre-vingt-dix, se tourna vers mon père.

— Monsieur Posteur ?

— Mme Fénec, notre voisine…

— Une vieille pie, intervint ma mère en relevant la chaise.

— … peut-être, ma chérie, mais Mme Fénec vient de me dire qu'elle entendait, je cite, des « coups et des grognements » en provenance du coffre de notre ami.

Toutes les têtes pivotèrent vers le petit Vincent qui prit un air contrit en se tournant vers moi à son tour.

— C'est que… je n'ai pas terminé de te raconter…

Marie se mit à gémir :

— Ne me dites pas… qu'il y a quelqu'un dans le coffre de cette voiture !

Aglaé leva les yeux au ciel, tandis que ma grand-mère, folle d'excitation, trépignait bruyamment. Patrick torturait nerveusement la trousse de secours entre ses doigts, et Papy Raymond se resservit un grand verre d'ouzo.

— Sans rire, il n'est pas mauvais, annonça-t-il en avisant en connaisseur la couleur du liquide à travers le verre.

Mamie Jeanne prit froidement les choses en main.

— Bernard, sors ta voiture du garage, veux-tu.

— …

— Nous n'allons pas laisser la voiture de ce cher Vincent au su et au vu de toute la rue !

Ma mère prit la bouteille des mains de Papy Raymond et sortit un autre verre.

— Surtout de cette saleté de Régine Fénec !

Mon père s'exécuta comme si tout cela était parfaitement normal. Vincent sortit dans la cour, et, une fois la place libérée dans le garage, manœuvra pour y garer son véhicule. Effectivement, si on prêtait l'oreille, il était possible de percevoir des bruits assez significatifs de protestation.

Les événements semblaient avoir achevé de réanimer Mathieu, qui alla vomir dans les toilettes et revint nous trouver ensuite, visiblement fort contrarié.

— C'est un cauchemar, dites-moi que c'est un cauchemar !

— Si vous y tenez, répondit Mamie Jeanne.

Mathieu essaya de s'assurer que c'était bien la vieille dame qui se moquait de lui ainsi.

— Est-ce que vous vous rendez compte ?

— …

— Mais enfin ! C'est n'importe quoi !

— …

— Olympe, tu réalises que la quasi-totalité des événements qui ont eu lieu aujourd'hui est totalement illégale ?

Il était plutôt drôle de constater que Mathieu était passé au tutoiement à ce moment précis. Il tenait peut-être moins le coup sous la pression que je ne l'avais présumé.

Mon père posa les clés de sa voiture sur la console de l'entrée.

— Bon… C'est qu'il commence à faire faim !

Curieusement, l'ensemble des membres de la famille eut l'air de son avis.

— Vous n'allez tout de même pas passer à table ! hurla Mathieu.

— Un ton en dessous, voulez-vous…, railla ma mère. Les lasagnes sont prêtes, mon petit, si vous en voulez une part, il ne va pas falloir tergiverser trop longtemps. Je peux vous dire que les autres ne jouent pas dans la catégorie appétit d'oiseau !

— Elle n'a pas la main verte, c'est vrai… Mais je peux vous dire que, côté cuisine, elle s'y entend, la petite, ajouta Mamie Jeanne.

— Merci, Mamie, c'est très gentil de votre part…

— Je vous en prie, Brigitte. Vous pouvez m'appeler Barbara si ça vous fait plaisir.

Ma mère manqua de s'étouffer avec la fin de son verre d'ouzo. Papy Raymond, passablement déçu, annonça que la bouteille était bel et bien vide.

Je m'approchai de Vincent :

— C'est quoi cette histoire de coffre ?

Il saisit des biscuits apéritifs dans une coupelle et en lança quelques-uns dans sa bouche.

— Quand j'ai pris conscience que ton téléphone sonnait derrière la porte de ton cher voisin, lâcha-t-il en désignant Mathieu que ma mère avait installé de force devant une assiette de crostinis.

— Oui ?

— … eh bien, un type a déboulé des escaliers.

— …

— J'ai fait mine de repartir, mais je l'ai surpris en train de crocheter ta serrure.

Je repensai à Aglaé qui aurait pu se trouver sur place…

— Alors ? Qu'est-ce que tu as fait ?

— Que voulais-tu que je fasse ! Je devais te retrouver, sans téléphone… et je ne savais pas quoi faire de lui !

— Tu l'as donc « rangé » momentanément ?

— En quelque sorte… Pas eu le temps de trop le questionner, je t'avoue.

Vincent n'avait pas l'air plus perturbé que ça et je réalisai que je n'avais pas envie de connaître tout ce qu'il avait pu faire par le passé avant de bosser pour Hugo.

La porte d'entrée s'ouvrit à la volée et le patron de P&F déboula justement devant nous.

— J'ai fait aussi vite que j'ai pu ! Olympe, Dieu soit loué, tu es vivante !

Mon père, ma mère, mes grands-parents, ma sœur, mon beau-frère, même les enfants, levèrent à peine la tête, et adressèrent un grand salut à Hugo. Ils continuèrent ensuite de s'empiffrer de toasts et de verrines.

— Hugo ? Qu'est-ce que tu fais là ?

Vincent fit la moue :

— Désolé, vieux, j'ai complètement oublié de te prévenir qu'elle était arrivée…

— Ah…

Hugo paraissait désespéré et apaisé à la fois. Il avança jusqu'à moi et me serra fort dans ses bras.

— Ce que j'ai eu la trouille qu'il te soit arrivé quelque chose ! Rassure-moi, Aglaé est là aussi ?

J'entraperçus dans un coin du séjour ma fille en train d'engloutir deux canapés d'un seul coup.

— Oui, tout va bien…

Passé le soulagement, Hugo commença à craquer. Visiblement il ne maîtrisait pas encore toutes les ficelles du *systema* censé aider à canaliser ses émotions.

Mes parents, qui le connaissaient depuis toujours, s'approchèrent, ma mère l'étreignit et mon père lui tendit un verre de vin.

— J'ai laissé Natacha en plan, avec les enfants… Déjà qu'hier, j'ai dû jouer super serré pour qu'elle ne parte pas chez sa mère…

— Désolé, Hugo, murmura Vincent très mal à l'aise.

— Tu n'y peux rien… J'ai été idiot : je ne peux pas tout gérer. Tu avais raison Olympe.

Comme souvent, quoi…

— Et figure-toi qu'alors que je me plie en quatre pour éviter à Natacha de reprendre son poste, elle me sort qu'elle rêve de retravailler et qu'elle ne peut plus supporter de rester avec les enfants !

— …

— Mais enfin, tu la connais ! Elle ne les laissera jamais à personne ! Déjà toi, c'était limite, alors…

— …

— Elle veut bien parce qu'elle sait qu'Aglaé est très mature.

— Je te remercie ! Si c'est « limite », rappelle-moi de m'abstenir les prochaines fois que tu auras besoin !

Ma mère réapparut en tenant un énorme plat à gratin avec deux grosses maniques rouges à pois.

— Marie a rajouté suffisamment d'assiettes et de couverts, tout le monde en place !

— Mais…, objecta Mathieu qui continuait à reprendre des couleurs.

— Mais si c'est froid à force d'attendre, ça va mal se terminer pour vous, jeune homme !

— Dites ? On ne mettrait pas une assiette de côté pour le type du coffre ? proposa Mamie Jeanne en levant son verre de vin rouge.

32

Celle qui découvrait un complot

Chose incroyable, Vincent et Mathieu avaient réussi à se mettre d'accord sur un point : Aglaé et moi-même devions passer le week-end loin de chez nous et donc rester chez mes parents.

Dans le garage familial, j'assistai ébahie à l'ouverture du coffre. Un homme moustachu d'une bonne quarantaine d'années se trouvait coincé là. Un bâillon l'empêchait de crier et Vincent l'avait saucissonné à l'aide d'une corde et d'un ou deux rouleaux de chatterton. Je constatai d'ailleurs qu'il en avait un certain stock.

Avant d'enlever le morceau de tissu qui obstruait sa bouche, Vincent mit le type en garde :

— Si tu te mets à hurler, sache que ça ne durera pas.

L'homme lui lança un regard noir mais ne cria pas lorsqu'il en eut la possibilité. Toujours en silence, Mathieu l'aida à sortir du coffre. Le fait d'avoir été immobilisé quelques heures rendit la marche difficile, l'individu s'assit sur une caisse et se frotta un moment les poignets quand tous ses liens furent enlevés.

Mathieu paraissait terriblement mal à l'aise. Il savait qu'il agissait complètement en dehors de ses fonctions, et surtout qu'il aurait dû faire part de ces faits bien plus tôt à sa hiérarchie. Aussi conduisit-il un semblant d'interrogatoire en douceur, alors que Vincent rongeait son frein dans un coin du garage.

Mamie Jeanne entra en portant un plateau quand le moustachu commençait à passer à table. Elle avait décidé que tout le monde aurait droit à une part de lasagnes, en avait fait réchauffer une assiette, et versa également du vin rouge dans un verre à pied.

— Allez, mon petit, ça ne vous fera pas de mal…

— …

— … quelle que soit l'issue de votre histoire…

— …

— Vous savez, dans les films, même les condamnés à mort ont droit à un dernier repas.

L'allusion coupa visiblement l'appétit de l'homme, qui reposa son assiette après deux bouchées. Mamie Jeanne soupira et décida qu'elle avait fait suffisamment d'efforts pour l'étranger.

— Ce que j'en dis, moi, des condamnés à mort…

Elle partit et claqua la porte derrière elle. Contre toute attente, le moustachu, qui devait sans doute plus s'inquiéter d'être tombé dans un asile d'aliénés que d'être séquestré tout court, se mit à parler : il était censé m'éliminer au même titre que les autres, que j'imaginais sans peine être Bianca et le chirurgien. Il n'était qu'un maillon de la chaîne, n'était pour rien dans tout ça, et ne faisait, bien sûr, qu'exécuter des ordres. Bla bla bla…

— Ah ben voilà ! Tu me crois maintenant !

Mathieu ouvrit de grands yeux pour me signifier de me taire, mais c'était plus fort que moi.

— Je n'ai pas rêvé !

Je pris à parti l'homme qui louchait sur le vin.

— Il ne me croyait pas ! J'ai bien vu Bianca dans la cage d'escalier ! Vous avez donc liquidé le médecin aussi ?

Le type s'offusqua :

— Ah non ! Je n'ai rien à voir là-dedans, je ne me suis occupée que de cette femme.

— Est-ce que Monsieur veut un peu plus de vin ? intervint Papy Raymond en passant la tête par la porte.

— Non ! tonna Mathieu.

— C'est que je viens de tomber sur une bouteille de mirabelle 1977. À mon avis, rien que du bon !

N'y tenant plus, Mathieu se leva, hésita un court instant, puis entreprit de rattacher l'homme et de le remettre dans le coffre. L'homme soupira mais se laissa faire, pas plus surpris que ça par l'incongruité de la scène.

— Il faut se rendre au commissariat.

Vincent souffla, pragmatique et déjà résigné.

Il avait finalement lâché le morceau et informé Mathieu de l'activité du Dr Chapuis, des injections de Botox réalisées au cercle de cigares pour figer les *poker face* des compétiteurs qui le désiraient, et du rôle joué par Bianca.

— Cette fois, je peux dire adieu à ma prime…

— Il faut surtout savoir ce qui se trame et pourquoi ça vire au règlement de comptes.

Je ne posai pas plus de questions, raccompagnai mon grand-père dans la cuisine et laissai Mathieu et Vincent prendre en main la suite des événements.

Lorsque je les saluai, l'ambiance se chargea soudain. Ils me regardèrent tous les deux, détournèrent ensuite les yeux, puis grimpèrent dans la voiture de Vincent. Je me sentais très mal à l'aise d'être à l'origine de cette situation.

Au moment de quitter le garage, Mathieu, les yeux encore larmoyants à cause du spray, m'annonça qu'il envoyait le plus vite possible une équipe pour surveiller le pavillon de mes parents. Je ne puis l'assurer, mais Vincent me sembla grimacer dans son dos.

Quand je réapparus dans la maison, Hugo sanglotait dans les bras de ma mère. Marie et Patrick répétaient une chorégraphie tandis qu'Émile les filmait et que Camille battait la mesure, rien que de tout à fait ordinaire chez les Posteur. En me voyant, Aglaé fit mine de se pendre avec une corde imaginaire.

Lorsque je déboulai dans le salon, Mamie Jeanne cacha précipitamment un carnet sous son chemisier jaune et tapota sa volumineuse chevelure bleutée, chose qu'elle ne faisait que lorsqu'elle était gênée, c'est-à-dire assez peu souvent… Papy Raymond était en train de noter sur un papier une succession de chiffres et mon père lui assena un violent coup de pied.

— Vous allez finir par cracher le morceau, tous les trois ?

Ils me regardèrent mi-outrés, mi-offusqués, et secouèrent frénétiquement la tête.

— Que vas-tu imaginer ?

— Vraiment, Olympe !

— Je t'assure !

— Je vous rappelle que je suis détective, maintenant…

Ils se figèrent.

— Je sais tout…, bluffai-je.

Les épaules de mon père s'affaissèrent, la choucroute de Barbara Cartland se dégonfla un poil, quant à Papy Raymond, il chercha des yeux la bouteille de mirabelle.

— On ne fait rien de mal, murmura-t-il.

— C'est ton père qui a commencé, balança Mamie.

— Maman ! tonna ce dernier.

— Moi, j'ai été contre l'élevage depuis le début ! Brigitte va être furieuse !

Comme pour appuyer ses propos, Régis jappa à ses pieds.

Des images de mon père se pressèrent dans mon esprit. Cet air réjoui, ces allées et venues incessantes, sa passion subite pour le bridge ou le backgammon.

— Un élevage de quoi ?

Mon père me lança un regard soupçonneux.

— Tu sais… quoi… exactement, Olympe ?

Depuis quand parlait-il autant aussi ?…

— Que vous trafiquez quelque chose de pas… raisonnable ?

— Elle bluffe !

— Je le savais !

— C'est bien ma petite-fille !!!

— Mais un élevage de quoi ?

— Vous voyez qu'elle bluffe !

Je sentis mes poings se serrer et la moutarde me monter au nez.

— Un élevage de quoi, bon sang ! hurlai-je, attirant malgré moi les regards des autres membres de la famille.

Mon père me prit par le bras et me traîna jusqu'à son bureau. Les deux octogénaires nous suivirent sans broncher.

— Alors… J'attends, repris-je en tapant du pied.

Il baissa les yeux.

— De lévriers.

— De... lévriers ?

Papy Raymond hocha frénétiquement la tête, comme s'il venait d'apprendre qu'il allait faire partie d'un programme spatial.

— N'est-ce pas très excitant ?

De mon point de vue, les soldes avec budget illimité, une nuit avec Bradley Cooper ou encore un tour du monde pouvait être envisagé comme une perspective excitante. Un élevage de lévriers, non.

— Mais... vous parlez bien de... chiens ?

— Attention, rien que des pures races, précisa Mamie Jeanne.

Mon père se laissa tomber sur le fauteuil de bureau.

— Ne dis rien à ta mère, je veux lui annoncer moi-même, s'il te plaît...

Il avait l'air grave, presque triste.

— Je n'y comprends rien, tu veux la quitter ?

— La quitter ? Bien sûr que non ! s'indigna-t-il.

— Quelle idée, railla Mamie Jeanne, il ne trouverait jamais mieux que Brigitte.

Je joignis les mains et frottai le bout de mon nez.

— Il va vraiment falloir que vous soyez un peu plus clair, tous les trois...

Mamie Jeanne expliqua comment elle avait compris que mon père ne s'était pris de passion ni pour le backgammon, ni pour le bridge. Suspectant qu'il fasse des « bêtises », elle avait, avec l'aide de sa copine Mona, suivi son fils durant plusieurs jours, et découvert qu'il se rendait sur des champs de courses.

— Au départ, j'avoue que j'ai trouvé étrange qu'il se passionne pour des courses de chiens... Mais... Je me suis vite prise au jeu aussi : c'est tellement grisant, il faudra que tu viennes !

Il avait acheté son silence ainsi, et depuis, il allait assister aux compétitions et aux entraînements avec sa mère et sa copine Mona.

— Mais vous avez tous le virus du jeu ! m'écriai-je. Et tu as entraîné Papy Raymond là-dedans !

Le vieux fit la moue et écarta ses mains devant lui.

— Je suis raisonnable mon petit, tu sais…

— Je l'ai fait interdire de pari, expliqua mon père.

— Et cette histoire d'élevage ?

— C'est le cœur du problème, dit Mamie, je ne sais pas comment Brigitte va prendre la chose.

— C'est qu'il a déjà acheté un terrain et tout le reste ! Pour sûr, les bestioles vont être à l'aise !

Mon père n'osait même plus me regarder.

— Tu vas vraiment te lancer dans… un élevage de chiens de course ?

— …

— Enfin, Papa, tu n'as jamais voulu t'occuper de Franck-Elvis !

L'épagneul arthritique en profita pour gémir dans un coin de la pièce.

— Souvent femme varie, annonça Mamie d'un air théâtral, et force est de constater que les hommes aussi.

Mon père s'anima soudain, il avait les yeux qui pétillaient.

— Je sais, ça paraît dingue… Mais ça me passionne, Olympe ! J'ai réellement l'impression d'avoir trouvé ma voie, tu comprends ? De me trouver à *ma* place.

J'aurais tout donné pour avoir une seringue de Botox à m'injecter en intraveineuse. Seulement, il paraissait tellement sûr de lui… Et, surtout, je me faisais vraiment l'effet de jouer les mères supérieures…

— Pour ta mère…

— Oh ! Ne t'inquiète pas, je vais me garder de lui dire quoi que ce soit !

— Merci…

— Seulement, je ne sais pas si tu t'en es rendu compte, mais ta femme s'ennuie, mon petit Papa.

Il eut l'air sincèrement surpris.

— Je dirais même qu'elle est un poil jalouse de ton épanouissement, alors qu'elle pense que c'est le bridge qui te passionne, je te rappelle.

— Le backgam… tenta Papy Raymond.

— Oh ! Ça va bien, hein !

Bernard Posteur soupira, certainement en prenant la mesure de ce qui l'attendait.

— Et il ne va pas falloir tarder, les équipements et les premières bêtes arrivent dans dix jours, rappela Mamie Jeanne.

Je les laissai tous les trois peaufiner les derniers détails de leur délirant projet, et partis à la recherche d'Hugo. Dans l'entrée, Marie et Patrick reprenaient pour la dixième fois leur chorégraphie, Aglaé leur faisant de judicieuses remarques qu'Émile consignait sur un petit carnet.

Dans la cuisine, je trouvais Hugo ragaillardi. Ma mère lui avait fait un lait de poule et il l'accompagnait de petites madeleines. Elle semblait heureuse de s'occuper de lui.

— Ça va mieux on dirait !

— Oui…

— Tu en veux, ma chérie ?

J'optai pour un thé et m'installai à table avec eux.

— Je pense que tu frises le burn-out, Hugo…

— Bien possible.

— C'est sûr ! ajouta ma mère.

— J'ai voulu bien faire…

— J'ai quelques suggestions quant à l'organisation de la boîte, mais je ne veux pas que tu aies l'impression que je marche sur tes plates-bandes…

Il eut l'air étonné.

— Tu ne veux pas déléguer ! Je ne sais pas si tu t'en rends compte ?

Il fit la moue et saisit une autre madeleine.

— Et Natacha qui veut retravailler…, reprit-il doucement

— Ça te pose un problème ?

— Bien sûr que non !

— Alors ? Quoi ?

Il se tassa un peu plus sur la chaise.

— Oh… Je vois ça d'ici… On va voir des tonnes et des tonnes de nounous en tout genre, aucune ne va jamais convenir… Elle n'arrive pas à les laisser à quelqu'un d'autre…

Ma mère toussota. Depuis plusieurs minutes, je la voyais triturer des miettes de gâteau et se tortiller.

— Si je peux me permettre…

— …

— Je me disais que… je pourrais peut-être faire l'affaire…

— Toi ?

Elle prit l'air indigné.

— Et pourquoi pas moi ?

Hugo s'était instinctivement redressé.

— Mais oui ! Pourquoi pas vous !

— …

— Je suis sûre que Natacha serait ravie. Après tout, vous m'avez quasiment élevé tant je suis venu squatter chez vous…

À bien y réfléchir, l'idée n'était finalement pas mauvaise du tout.

Hugo se leva d'un bond, contourna la table et embrassa ma mère, puis il fila dans l'entrée pour attraper son manteau, bousculant au passage Patrick qui tentait une figure.

— Désolé, c'est pour une urgence ! Brigitte, vous êtes un amour ! Je vous appelle dès que possible !

33

Celle qui contrôlait la situation

Nous avions passé, Aglaé et moi, la journée du dimanche en famille, condamnées à rester isolées le temps que l'affaire de la clinique soit résolue. Comme il l'avait promis, Mathieu avait envoyé une équipe pour surveiller la maison de mes parents et nous y étions tous demeurés confinés.

La veille, comme j'étais dans l'impossibilité de me rendre dans la rue Mortier, Hugo y avait fait dépêcher Franco qui, lors de l'énorme crémaillère de Gilles Laguiole, avait eu tout le loisir de rentrer en se faisant passer pour un ami d'ami. Il avait pu constater quel duplex incroyable celui-ci occupait… et avait photographié notre Gillou en plein jerk. J'allais partager ma prime avec Franco, mais la toucher tout de même.

À la maison, je craignais que les révélations de mon père aient un effet quelque peu explosif sur l'état nerveux de ma mère, cependant, l'espoir d'être employée comme nourrice de Siméon et Philémon avait sur elle une influence plutôt bénéfique. Je conseillai toutefois à mon père d'attendre qu'Hugo donne des nouvelles, ce qu'il fit le dimanche matin en validant la proposition de ma mère.

Lorsque mon père, de façon curieusement décontractée, fit part de ses projets à sa femme, celle-ci se montra intéressée, et même admirative devant tant d'esprit d'entreprise...

— Tu me surprends, mon Bernard ! Tu me surprends !

Elle eut pour lui un regard empreint d'admiration et je réalisai une fois de plus que la nature humaine, tout comme ma famille, était décidément insondable.

Jalouse des projets professionnels de notre mère, Marie tenta de lui refourguer la confection de leurs nouveaux costumes de gala.

— La mère de Patrick n'est pas aussi douée que toi, finalement...

— Impossible, Marie, je me suis engagée.

Elle avait déjà tout prévu, les trajets en RER, les horaires d'école et les activités Montessori qui allaient bien dans le package.

Un peu plus tard dans la journée, Vincent appela sur le fixe de mes parents.

— Comme ton téléphone est toujours chez lui...

Il avait l'air de mauvaise humeur.

— Je peux dire adieu à cette prime, étant donné la tournure des événements...

— Je suis désolée...

— Tu n'y es pour rien.

Il m'expliqua que, grâce à l'intervention de Mathieu et aux aveux du moustachu, qui, ravi et rassuré de se retrouver enfin dans un milieu judiciaire digne de ce nom, avait coopéré, un trafic de stupéfiants avait été mis au jour.

— De la drogue ?

— Tu sais, quand des types se mettent à éliminer des personnes à la chaîne, c'est rarement pour des raisons futiles…

Non content de shunter l'activité de la clinique en injectant le soir venu du Botox aux accros du poker, le Dr Chapuis s'était apparemment intéressé d'un peu plus près à l'usage de drogue dans le milieu du jeu. D'après Vincent, pour combattre l'anxiété, certains joueurs recherchaient des bêtabloquants, ou encore de la Ritaline ou de l'Adderall, pour doper leurs performances mentales. En plus de cela, ils pouvaient rester éveillés et vigilants plus longtemps… Ces produits créaient de fortes dépendances et facilitaient l'addiction des consommateurs. Ce que n'imaginait pas le bon docteur, c'est que des réseaux semblables et très organisés géraient déjà tout cela, et avaient vu d'un très sale œil cette concurrence amateur s'installer.

— Une équipe de police a découvert le corps de Bianca dans un congélateur de la clinique.

— …

— Chapuis s'en sort mieux, il a été retrouvé dans un sale état, mais vivant. Les têtes pensantes de l'organisation voulaient avant tout récupérer son carnet d'adresses pour ne pas manquer d'opportunité… *Business is business…*

— Je vais bientôt pouvoir rentrer chez moi ?

— Je pense que oui… Le commandant Charpentier m'a demandé de t'en informer…

Je perçus la moquerie dans le ton de sa voix. Pour Vincent, les fonctionnaires de police n'étaient clairement pas dans notre camp.

— Au fait, Olympe, tu… as pu faire le point avec Hugo ?

Je levai les yeux au ciel. J'allai devenir l'assistante sociale de P&F…

— Oui, ça devrait s'arranger…

Mais c'était avant de me remémorer que Stella avait planifié une pleine matinée de rendez-vous de la dernière chance, censée sauver l'entreprise de la liquidation.

Ayant eu un feu vert définitif, j'embarquai Aglaé dans la voiture de Mathieu. J'étais assez soulagée de ne pas avoir récupéré ma mère en lot de consolation. C'est toute heureuse qu'elle vint m'embrasser, la perspective de se rendre utile la réjouissant. J'avais dans l'idée que Philémon et Siméon n'allaient pas faire les caïds très longtemps avec une nounou de cette trempe…

Aglaé était ravie de son week-end et me demanda la permission de faire un exposé sur ma personne, sur le thème de la profession. J'étais heureuse que ma fille soit fière de mon nouveau travail, mais espérais qu'elle mette quelques détails de côté…

Je pris une douche et me glissai dans des vêtements propres avant d'effectuer le dernier des douze travaux de cet interminable week-end… Légèrement maquillée et parfumée, je sonnai à la porte de Mathieu pour récupérer mon portable. La porte s'ouvrit et je tombai nez à nez avec la blonde…

— Olympe ! s'exclama Mathieu, le visage encore sérieusement tuméfié.

— Bonsoir… Désolée, je dérange…

— …

— Je venais chercher mon téléphone…

— Hélène allait partir. N'est-ce pas, Hélène ?

La jeune femme se tourna vers lui et déposa un baiser sur sa joue. Elle me coula un drôle de regard, empreint à la fois de jugement et d'intérêt. Je l'exécrai encore plus.

— À la prochaine, Mathieu, dit-elle en posant une main sur son torse.

Elle finit par se déplacer lentement jusqu'au palier et appela l'ascenseur. Mathieu m'invita à entrer sans attendre.

— Contente d'être chez toi, j'imagine ?

Il avisa mon téléphone sur la table, le saisit et me le tendit. Il restait encore de la batterie et je m'aperçus qu'il y avait vingt-deux messages et appels en absence. Intriguée, je relevai tout de même la tête, consciente que Mathieu attendait que je parle.

— Je voulais vraiment, sincèrement m'excuser… Pour tout ça…

Par où commencer ? Le dérangement en pleine nuit ? L'agression ? L'après-midi délirante chez mes parents ? Et globalement l'implication dans cette affaire ? Contre toute attente, il se mit à rire.

— Ne fais pas cette tête…

J'étais soulagée qu'il ne prenne pas plus mal les événements.

— Je suis… assez comme ça, repris-je, je n'y peux rien… Même quand je pense contrôler la situation… Ça dérape…

— Cela dit, dit-il en s'approchant, quelquefois, il y a du bon dans la perte de contrôle…

— Cette jeune femme a l'air de plutôt bien contrôler, elle…

Il se raidit, surpris, puis sourit à nouveau.

— Je n'ai pas précisé qu'Hélène était mon ex-femme, il me semble…

Je m'efforçai de ne rien laisser paraître de mon étonnement – et de ma joie.

— … d'où mon déménagement, tout ça…

— Tout ça… oui, continuai-je en me mordant les lèvres.

— À ce sujet, j'ai trouvé ceci sur la table…

Il me mit sous le nez l'invitation à dîner griffonnée sur une serviette de table.

— Ça tient toujours, ou bien ce n'est plus d'actualité ?

Je minaudai, feignant d'hésiter.

— Est-il noté une date limite ?

Il fit mine de s'en assurer :

— Apparemment non… Alors quand ? demanda-t-il du tac au tac en plantant ses yeux dans les miens.

— Demain. Vingt heures.

— Parfait. Je passe te chercher, je choisis le restaurant.

Il tendit une main vers moi, et toucha mon avant-bras.

— Je suis ravi…

— Qu'il n'y ait pas de date limite ?

Il rit doucement en secouant la tête.

— Voilà… qu'il n'y ait pas de date limite.

Sa main se referma un peu plus sur mon bras lorsqu'on frappa à la porte. Mathieu fronça les sourcils et s'avança pour ouvrir. Aglaé se tenait sur le seuil, le téléphone fixe à la main :

— Salut, Mathieu ! Euh… Daphné a saturé le répondeur, elle veut que tu la rappelles…

J'étais déçue de laisser ainsi mon voisin.

— Vingt heures tapantes, dit-il en guise d'au revoir en s'appuyant au montant de la porte.

Je fermai les yeux et souris pour lui certifier que j'avais bien enregistré l'information, et traversai le palier avec ma fille.

Assise sur le canapé, des papillons au creux du ventre, je relevai les messages.

Vincent avait appelé un certain nombre de fois avant de comprendre que je n'étais pas en possession de mon téléphone. Stella avait tenté de me joindre également, et, en dehors de ces appels, Daphné avait harcelé ma ligne.

Épuisée et dépourvue du courage qu'il allait me falloir pour les rappeler, je gagnai mon lit en coupant tous les téléphones.

34

Celle qui refusait un poste

Sur le chemin du bureau, je me forçai à rappeler Daphné. Elle décrocha aussitôt.

— Enfin ! Mais je vais t'étriper !!!

— Je t'expliquerai, je n'étais pas chez moi... bref...

— Je suis enceinte !!! Tu entends ça ? Enceinte !!!

— ...

J'étais sidérée. Je m'attendais à tout sauf à ça. Elle était désormais silencieuse au bout du fil.

— Ma pauvre... Je sais à quel point tu ne souhaites pas...

Un cri me parvint aux oreilles, si strident que je dus en éloigner le téléphone quelques secondes.

— Je suis folle de joie !!! reprit-elle.

J'avais sans conteste raté un épisode. Soit il ne s'agissait pas de la même Daphné qui quelques jours plus tôt sanglotait dans mon salon, soit elle avait été l'objet de manipulations scientifiques.

— Tu as entendu ?

— Euh… oui ?

— Je suis si heureuse !!! Et Aymerick aussi, si tu savais !

Que répondre à ça ?

— Je ne *voulais* pas que ça arrive tu comprends, mais comme c'est venu par hasard, de façon assez incompréhensible même…

— Passe-moi les détails…

— C'est différent !

— Ah…

— Et avec cet homme, délicieux… et que j'aime !!!

— Eh bien… Je suis censée te féliciter ?

— Un peu, oui !

— Félicitations, alors…

— Mieux que ça ! Fais un effort !

— Félicitations !!!

— Et je veux tout, je vous préviens !

— Tout ?

— La baby shower, et tout le reste !

Je raccrochai plutôt perplexe tout d'abord, puis réfléchis tout en montant les escaliers qui menaient à P&F. Devant l'imposante et curieuse porte, je marquai un temps d'arrêt et souris. Ma vie, comme celle de mes proches, prenait définitivement une drôle de tournure mais ce n'était pas pour me déplaire.

Dans l'entrée, Stella s'entretenait avec Antoinette. Elles avaient l'air soucieuses.

— Bon sang ! s'exclama Stella, j'ai bien cru que tu allais te pointer après le premier rendez-vous.

Hugo arriva au même moment, Vincent à ses côtés.

— Un revenant, railla Stella.

Hugo ne répondit rien, mais rougit légèrement. Peu après, Laurent, Hubert et Franco passèrent la porte. Il régnait dans les locaux un silence pesant.

— Je propose une petite réunion ?

Chacun hocha la tête et se dirigea vers la salle de repos. Je pris conscience qu'Hugo avait minci mais s'était étoffé. Les séances d'entraînement intensif l'avaient épuisé, mais sculpté !

Je restai debout et fis face à l'assemblée.

— Hugo, j'ai pris la liberté la semaine dernière de demander à Stella de fixer des rendez-vous aux clients qui se désespéraient d'avoir de tes nouvelles.

Il rougit un peu plus et acquiesça, tout en restant épouvantablement silencieux. Stella hésita avant d'intervenir :

— Tu sais, Hugo, il fallait bien qu'on tente quelque chose… Je ne pouvais pas rester à ne rien faire. On a tous besoin d'un salaire et envie de continuer de bosser, je me trompe ?

Les quatre hommes de l'équipe et Antoinette hochèrent la tête timidement.

— Et les inscriptions au Championnat de France de sosie coûtent une petite blinde !

— Je comprends, souffla Hugo.

— Sur six clients potentiels, cinq ont accepté de donner une chance à P&F. Et Olympe va tout déchirer, j'en suis sûre !

Je me tournai vers mon imposante collègue qui avait en ce jour forcé encore plus qu'à l'accoutumée sur le maquillage, ce qui en soi était un petit exploit, et lui pris la main.

— *Tu* vas déchirer, Stella…

Un mouvement de panique envahit le petit groupe. Hugo écarquilla les yeux, Vincent ouvrit la bouche à plusieurs reprises, Franco jaunit – ce qui était assez étrange à observer – et nos Dupond et Dupont s'agitèrent.

— Quoi ?

— Tu es parfaite pour ce rôle, Stella !

Elle aurait été capable de vendre du poisson à un type allergique à l'iode, une force de persuasion qui défiait l'entendement, et surtout, elle fichait carrément la trouille.

— Je ne vais pas savoir faire ça !

Je cherchai le regard d'Hugo.

— Qu'en penses-tu ?

Il nous dévisagea l'une après l'autre, et tordit sa bouche en tous sens avant de répondre.

— Je crois que… l'idée est excellente.

— Stella, l'avenir de P&F est entre tes mains…

La sonnette retentit, le premier client était pile à l'heure.

Il se passa alors quelque chose d'assez incroyable. Stella, sous nos regards incrédules, se mua en quelques instants en super négociatrice. Dans ses yeux, on pouvait tout à la fois lire la détermination, la résolution et l'assurance. Elle serra les poings et fronça les sourcils. Nous avions créé un alien, un monstre de conviction, et j'étais certaine qu'elle allait mener à bien les entretiens.

— C'est parti, les gars ! Et ça va chauffer !

Elle fit craquer ses mains et son cou, s'échauffa rapidement les épaules, et vint faire claquer sa main contre chacune des nôtres.

— Mais, mon coco, dit-elle à Hugo, dès que les finances sont au beau fixe, je veux une augmentation !

Ce n'était pas Stella qui entrait dans l'arène, mais bel et bien Gloria. En cet instant, je me jurai d'aller la soutenir avec force banderoles à ses championnats de France.

Lorsqu'elle quitta la pièce, chacun semblait soulagé. Hugo se leva et me prit dans ses bras, Franco, Laurent et Hubert levèrent un pouce en l'air à mon intention, et Vincent m'adressa un clin d'œil chargé de tout un tas de choses, ce qui me déstabilisa quelques secondes. J'avais réussi mon baptême du feu.

Antoinette quitta la pièce en dernier.

— Je suis désolée, murmura-t-elle en fixant ses escarpins.

— …

— Je voyais qu'Hugo allait mal, Natacha était inquiète, et moi…

Je la laissai se dépêtrer.

— Et moi, eh bien, je pensais… que vous…

— Laissons tomber, ok ?

— J'ai même appelé Natacha plein de fois, sans oser lui parler… au début…

Les coups de fil anonymes.

— On oublie, Antoinette…

Elle leva des yeux reconnaissants vers moi.

— C'est vrai ?

— Oui, passons à autre chose.

Elle sourit, hocha la tête, et retourna à l'accueil.

Je m'apprêtai à la rejoindre quand mon téléphone vibra dans ma poche revolver. Le numéro m'était inconnu mais je décidai de répondre tout de même.

— Olympe McQueen ?

— Oui ?

— Nadège Poulet, agence RéflexIntérim. Nous avons un poste de photographe à pourvoir, photographie culinaire…

— …

— … êtes-vous spécialisée dans les nappages et les sauces ?

— Oh… Je crois que je me défends…

— Notre client aimerait vous rencontrer, seriez-vous disponible cet après-midi ?

Les mots jaillirent de ma bouche sans que je ne contrôle quoi que ce soit.

— Non, ça ne va pas être possible…

— Demain matin ?

— Non plus, je suis désolée…

— Mais ?

Je respirai un grand coup et me sentis bizarrement très détendue.

— Je ne suis plus à la recherche d'un emploi, vous pouvez me rayer de votre liste.

Je raccrochai et croisai mon visage dans la porte vitrée. Je souriais sans m'en rendre compte.

Sur le comptoir de l'accueil se trouvaient plusieurs dossiers. Sur l'un d'eux était placé un Post-it ; mon nom y était inscrit au marqueur.

Je le saisis, le fourrai dans mon sac, non sans avoir mémorisé l'adresse de ma prochaine affaire…

Remerciements

À mes parents, Denise et André, qui suivent toujours mes folles aventures avec joie !

À Raphaël pour sa compréhension et sa présence...

À ma famille et ma belle famille, un brin plus classiques que celle d'Olympe !

Plus largement, j'ai envie d'adresser un chaleureux clin d'œil aux femmes qui m'entourent :

À mes filles, Margaux et Joséphine, que dire...

À mes sœurs qui sont de vraies amies, Claire, Delphine, Fabienne et Sylvaine.

À mes belles sœurs formidables, Alexandra et Clotilde.

À mes nièces qui sont d'incroyables femmes en devenir, Alice, Charlotte, Chloé et Emma.

Tout particulièrement, Alexandra, Audrey et Carole pour tout ce que vous êtes et bien plus encore.

À Camille, Delphine, Amélie, Emilye, Solène, depuis toutes ces années, Marie H, Florence, Marie B... et plus globalement à toutes mes amies !

À Cynthia, Serena et Virginie (sans oublier Bertignac et les entrailles)

À mes amies auteurs Sophie Noël et Anne-Véronique pour leur soutien sans faille.

À Marie Vareille, chère consœur de talent et amie si précieuse...

À toutes les jolies rencontres, faites par le biais des salons, des réseaux sociaux et des blogs, Candice, Jessica, et j'en oublie beaucoup...

À la talentueuse LuLu in the sky pour avoir donné vie à Olympe !

À la série « Friends » pour l'idée des titres de chapitres.

Aux lectrices Charleston, et aux blogueuses et blogueurs littéraires, qui sont nos complices, en particulier Carène (merci pour les coquilles !), Holly et Nine.

À Laury-Anne, mon éditrice de choc, quel bonheur de travailler avec toi !

À Charleston au grand complet, Karine bien sûr, Élise, Hélène, Christine, Alice, Pierre-Benoît et toute l'équipe...

Et puis, bien sûr, à Olympe, cousine de Joséphine, et ô combien formidable... Née en Turquie au cours de l'été dernier, elle s'est imposée comme ambassadrice de choc pour cette comédie policière. Olympe c'est un peu le condensé de toutes les qualités et de tous les défauts, mais avec du coeur et c'est avant tout une héroïne époustouflante : que je me suis régalée ! Si tout va bien, ma chère, je te retrouverai bientôt pour de nouvelles aventures et c'est peu dire que je m'en réjouis ! (Il faut que je cite Stella et tous les autres, sinon je sens qu'il va m'arriver des soucis)

Alors lectrices, lecteurs, j'espère du fond du cœur que cette histoire tonitruante saura vous faire passer quelques agréables heures de lecture...

Aubin
IMPRIMEUR

Achevé d'imprimer en mars 2016
N° d'impression 1511.0254
Imprimé en France

Découvrez une nouvelle inédite d'Olympe McQueen :

Rien ne va plus !

La rencontre d'Olympe et Kitty
est en téléchargement gratuit sur notre site !
http://editionscharleston.fr/olympe

www.editionscharleston.fr

Retrouvez-nous chaque mois dans vos boîtes mail !
www.editionscharleston.fr/inscrivez-vous-newsletter

CHARLESTON
Des livres qui swinguent